翠川稜
illustration 赤井てら
5
Dairokukoujodenka ha
Kurokishisama no
Hanayomesama
「……ヴィクトリア
……殿下……？」
第六皇女殿下は
黒騎士様の花嫁様

アレクシスが後ろに距離をとり、
振り向きもしないまま背後の
三人の海賊に一撃を与える。

『帝国の軍服、しかも黒とくりゃあ、
帝国の黒騎士様ってやつだな！』

大陸中の男性の心を
射止めたと言わしめる、
美しい黄金の姫――。
グローリア・ナージャ・
サーハシャハルが
そこに立っていた。

シャルロッテは眼鏡を
持ち上げてフレームを弄《いじ》る。
視線の先では…。

アレクシスは式典用の軍服姿で
ヴィクトリアを祭壇の前で待っていた。
皇帝自身が一人の父親として娘を嫁に出す情景。

皇帝に付き添われ、
ヴィクトリアの長いベールと
ドレスのトレーンが
式場の通路に広がる。

INTRODUCTION

挙式目前の二人に次々と事件が

オルセ村の近くで雪崩《なだれ》が発生し、鉱山事務所が被災した。
第七師団の団員、工務省の職員らを救出するため、
ヴィクトリアとアレクシスは鉱山の坑道に入る。
坑道内で魔獣が作った縦穴に落ちてしまう二人。
だが、坑道内は魔素が強いため魔獣が徘徊《はいかい》していること、
魔族領から逃れてきたドワーフの末裔《まつえい》が
ひっそりと暮らしていることを知る。
行方不明になっていた被災者を救出した二人は、
社交シーズンの夜会に出席するために帝都へ行く。
そこで待っていたのは皇妃だった。
成長してサイズが変わったヴィクトリアの花嫁衣裳を作り直すと言う。
そして姉ヒルデガルドは、アレクシスに帝都で起きている
令嬢の誘拐事件について捜査の協力を依頼していた。
領地をアピールするため、夜会に出席していたヴィクトリアだが、
成長した姿を見た各国の王侯貴族から、婚約しているにも拘《かかわ》らず、
自国に迎え入れたいという打診や噂《うわさ》に辟易《へきえき》する。
アレクシスはそんなヴィクトリアのために
帝都でのお忍びデートに誘うのだが……。

第六皇女殿下は黒騎士様の花嫁様　5

翠川稜

ヒーロー文庫

第六皇女殿下は黒騎士様の花嫁様
Dairokukoujodenka ha
Kurokishisama no Hanayomesama
5
illustration / 赤井てら

CONTENTS

イラスト／赤井てら
装丁・本文デザイン／5GAS DESIGN STUDIO
校正／福島典子（東京出版サービスセンター）
DTP／鈴木庸子（主婦の友社）

この物語は、小説投稿サイト「小説家になろう」で
発表された同名作品に、書籍化にあたって
大幅に加筆修正を加えたフィクションです。
実在の人物・団体等とは関係ありません。

一話　クララ・フォン・ブロンザルトの来訪

朝、アメリアがドアをノックをしてヴィクトリアの部屋に入ってきた。

ヴィクトリアはベッドの上に上半身を起こして、昨夜アレクシスからもらった指輪を見つめていた。

指輪をもらった時は、外した手袋をすぐにはめられてしまい、その指輪をしっかりと見ることができなかった。再び手袋を外そうとしたらアレクシスに止められた。領主館に戻る馬車の中では眠り込んでしまい、いま目が覚めてようやくじっくり見られるのだ。

菫《すみれ》色の透明な石。これはオルセ村近くにある鉱山から、狼《おおかみ》のアッシュが持ってきたという。

菫色の石を中央に、周りに小さな透明な石。周りの石はダイヤだと思われるが、中央にある透明な菫色の石はなんだろうと思う。何面もの細かいカットがほどこされているので、光の反射がすごい。じっと見つめ、細い指先でカッティングされた表面に触れる。硬度や透明度、そしてわずかながらに感じる魔力。魔石の類《たぐい》にも感じられる。

シャルロッテが加工した精緻《せいち》なカットが室内の光を拾ってキラキラと輝く。宝飾品にはあまり興味を持たないヴィクトリアだが、贈り主がアレクシスということもあり、とても気に入っているようだ。

「おはようアメリア……見て、すごく綺麗《きれい》なの。黒騎士様が贈ってくださったのよ」

ヴィクトリアは十七歳の身体になったものの、雰囲気は以前の面影を強く残しており、口調も幼く感じる。

「はい、姫様の瞳の色と同じで、素晴らしいです」

「お誕生日の贈り物……素敵な指輪……」

アレクシスから最初に贈られた真珠の指輪も素敵だった。ヴィクトリアも気に入っていて、ずっと身に着けていたけれど、身体が大きくなって指輪がはまらなくなってしまい、がっかりしていたところでの思わぬプレゼントだった。

「では、黒騎士様とご一緒にお食事の前に、お湯を使いませんと」

その言葉に、ヴィクトリアはいそいそとベッドの端に寄って、寝室で使用しているふわふわとして暖かな上靴を履く。

「そうね。そうします。……あれ？　わたし昨日疲れて……馬車の中で眠ってしまいましたよね……どうやってここまで来たのかしら？」

「閣下が姫様を運んでくださいました」

「えええええ！　起こしてほしかった！」

ヴィクトリアはそう言うが、あの場でそれは誰にもできないだろう。

馬車の中で黒騎士に寄り掛かって眠ってしまったヴィクトリアを誰が起こせるというのだ。傍《そば》で見ていたアメリアも、なんとも幸せそうな顔で眠るヴィクトリアを起こすのも忍びなかったし、ヴィクトリアに寄り掛かられていたアレクシスが同じぐらい幸せそうで、めちゃくちゃ甘くて優しげだったので、置物のごとく沈黙を守っていたのだ。

その状態でヴィクトリアを起こせるはずもない。獅子《しし》の檻《おり》に手を突っ込むようなものである。

「閣下がそのままにとおっしゃったので」

実際そんなことは言ってはいないが、もし起こそうとしたら絶対言われただろう言葉をアメリアは告げた。

「もうそろそろ、わたしのこの姿に慣れてくれてもいいと思うの！」

「……」

「前の姿の時みたいに、いつだって抱っこしてくれてもいいんですよ!?」

ぐっとヴィクトリアは握り拳を作って、アメリアに訴える。

その姿の姫様を常に抱っこするのは閣下には難しいのではないか、とアメリアは思った。身体が大きく成長して体重が増えたと、ヴィクトリアはリハビリ時などことあるごとに嘆くが、そういった意味ではない。

自分に釣り合うような大人の女性に近づいたヴィクトリアを、アレクシスが一人の女性として意識してしまうからだ。

「そしたら、自信もつくんだけどな……」

「自信ですか？」

「どんな姿になってもわたしのことをちょっとは好きって思ってくれるかなって」

ヴィクトリアが両手で頬を押さえて俯《うつむ》く。

アメリアはその様子を見て遠い目になる。「ちょっとは好き」のレベルは、軽く超えてますと心の中で呟《つぶや》きながら。

「大丈夫ですよ、姫様をお好きに決まっています」

アメリアや他の誰かがそうだよと念を押しても、アレクシスに言ってほしいヴィクトリアとしては、やっぱり納得できないようだ。かといって、アレクシス本人に「わたしのこと好き？」などと聞こうものなら、熱があるのではないかとか風邪をひかれたのではないかとか、方向違いな答えしか返ってこないのは明白である。

今ならルーカスの言っていた言葉の意味がヴィクトリアにはわかる。これがいわゆる「鈍感系突発性難聴」なのだと。

「やっぱり念願なの。わたしと黒騎士様は、政略結婚だけど、でも、結婚前に、ちゃんと好きって言ってもらいたいなって……ダメかな……」

「今後、言ってくださるかもしれませんよ？　未来はわからないのですから」

「そうよね！　朝のおはようの挨拶をしたら『可愛いね』ぐらい言ってもらえるかも!?　そして好きって言ってもらえたらすごく嬉《うれ》しい！　支度しなくちゃ」

そんな前向きすぎるヴィクトリアを、眩《まぶ》しく感じるアメリアだった。


朝食を取るまでの時間、ヴィクトリアはほんの少しだけリハビリに専念する。いきなりの成長に思うように身体が動かないのだ。指先で何かをつまもうとしても違和感があるし、歩くことも以前のようにとはいかない。

冬の辺境領は雪に閉ざされて、静かなものだ。夏から秋にかけては、まだ開発中だったにもかかわらず、ヴィクトリアが大規模魔術を用いて掘削したという温泉があるならばと、物見遊山で訪れていた観光客も今は少ない。

現在ウィンター・ローゼに滞在している貴族は、爵位を後継者に譲って楽隠居《らくいんきょ》となり冬の湯治と洒落《しゃれ》込《こ》む者がほとんどである。それ以外はフォルストナー商会を筆頭に、それに準ずるような商会と契約を結んでいる商人、帝国の内政官や軍関係者。

エリザベートが計画を進めている帝都と辺境領を結ぶ鉄道が開通すれば、湯治のためだけでなく雪景色を楽しみに訪れる者も出てくるだろう。

そうすれば、現在は三日間と決めている雪まつりも、もっと長い期間で開催できるのではないだろうか。

そんなことを、朝食を取りながらアレクシスに提案してみるヴィクトリアだった。

以前、朝食はサンルームで取っていたが、館の構造上、ヴィクトリアの体調を考えて、今は普通にダイニングルームで取っている。

「三日間っていうのが物足りない感じはしたけれど、確かに今このウィンター・ローゼにいる観光客は少ないから、今回は本当にプレイベントなのね、トリアちゃん」

ちなみに、朝食はシャルロッテも一緒に取る。

「どうです？　ロッテ姉上、街のみんなの様子は」

「うーん、工業地区のみんなは、いい息抜きになっているみたい。農業地区にいる住民たちも、冬の間も仕事があるっていうのが嬉《うれ》しいみたいね。黒騎士様の第七師団の方も会場の設営だけでなく、雪像や滑り台なんかも積極的に作っていたし」

「わ、そうなの？」

「だってあれだけの雪像や滑り台を作る雪を集めるの、力仕事よ」

「雪上訓練にはうってつけでした」

アレクシスがそう言うと、ヴィクトリアは嬉しそうに微笑《ほほえ》む。

そんな和やかな朝食の場に、ヴィクトリア宛に目通りを請う知らせが届いた。この厳しい季節に会見とは珍しいと思いながら封を開けると、意外な人物の来訪を知らせるものだった。

「どうされました、殿下？」

アレクシスに尋ねられて、ヴィクトリアは嬉しそうに伝えた。

「クララ様が遊びにきてくださるみたいなの」

「確かバルリング軍務尚書《ぐんむしょうしょ》のお孫様だったっけ？　トリアちゃんが留学する前、学園で一緒だったとかいう？」

「はい」

「トリアちゃん、お友達少ないものねえ」

シャルロッテの言葉に、ヴィクトリアは素直に頷《うなず》く。

実際にヴィクトリアには親しい同年代の友人が少ない。無意識に自ら成長を抑えていた幼い姿と皇族という立場のせいで、同年代の貴族の令嬢からは遠巻きにされることがほとんどだった。彼女たちに話しかけたこともあるが、ヴィクトリア自身もなかなか踏み込んで接することができなかった。クララはそんな同い年の貴族の令嬢の中でも、ヴィクトリアにとっては数少ない学友と呼べる存在なのだ。

「素直に頷いちゃうんだ」

「本当のことですから。でもどうしてクララ様がこの時期のシュワルツ・レーヴェに？」

「現在、皇帝の直轄領になっている元シュリック子爵領ですが、そこをクララ嬢のご実家であるブロンザルト家が拝領することが内定したようです」

アレクシスがそう告げると、ヴィクトリアはアレクシスに視線を向けた。

晩夏に起きたシュリック子爵領のお家騒動は記憶に新しい。領主不在のシュリック子爵領は現在皇帝の直轄領になっているがこれは暫定的なもので、近々どこかの貴族が拝領するものと思っていたが……。

「黒騎士様はご存じでしたの？」

「はい、バルリング軍務尚書《ぐんむしょうしょ》から、シュリック子爵領を拝領すると思われる貴族の中にブロンザルト家が候補にあがっているとのお話は伺っておりました」

今回の領地拝領には、バルリング公爵の領地内にて治水事業に携わっていた、ブロンザルト男爵の実績が買われたようだ。

「クララ様が隣の領地にいらっしゃるの、なんか嬉《うれ》しい！」

セバスチャンが給仕するお茶を受け取るヴィクトリアに、シャルロッテが尋ねた。

「でもクララちゃんはどーやってここまで来るの？」

この時期、豪雪地帯である辺境は通常の馬車での行き来は不可能だ。

「そこはやっぱりクララ様の祖父様《おじいさま》のバルリング公爵のお力でしょう？」

ヴィクトリアがそうですよね？　とアレクシスに尋ねるとアレクシスは頷《うなず》く。

「あ、軍務尚書だから第四師団に依頼すればいいのか……」

ここまでの移動手段を転移魔法にすれば問題ない。軍務尚書として新たな軍事施設を視察する名目で、転移魔法を使う第四師団に依頼できる。

「領地拝領前に、こちらにご挨拶ということなのね」

理由は何であれ、同じ年ごろの友達が、自分の領地に訪ねてきてくれることが嬉しいヴィクトリアは呟《つぶや》いた。


翌日、バルリング公爵と共にブロンザルト家の当主とクララ嬢が領主館を訪れた。

「アレクシス！　元気そうで何よりだ」

エントランスで出迎えたアレクシスにバルリングはそう言った。

「ようこそおこしくださいました。閣下」

迎え入れたアレクシスの手を取って肩を叩《たた》く軍務尚書に、アレクシスはわずかな笑みを浮かべる。その表情の変化におやっとバルリング公爵は思った。以前の彼なら、その強面《こわもて》の顔に僅かな笑みも浮かべることはなかったからだ。

「ヴァルタースハウゼンから話は聞いていたが、見事な発展ぶりだな。帝都まで、すごい勢いで開発しているとの話が届いている。豪雪でそれも止まるかと思っていたが。さすが、第六皇女殿下のお膝元といったところだ。雪まつりというのか？　イベントまで催して、なかなか活気があるじゃないか。あとで見学させてほしいものだな」

応接室に案内する間も、バルリングはウィンター・ローゼの感想を述べ続ける。

街は雪まつりで活気づいている。転移魔法でこの領主館の正門前に到着したが、護衛担当の第七師団の団員からまつりの会場や設営についても聞いたのだろう。

応接室に通すと、セバスチャンがお茶の給仕をする。

「後ほどご案内します。うちの師団で雪をかき集めたのです。雪上訓練も兼ねて」

「なるほどな。ああ、紹介する。ブロンザルト男爵だ。うちの領地で治水事業に関わっていたが、近々シュリック子爵領を拝領することになる」

バルリング公爵から紹介されたブロンザルト男爵は、三十代後半から四十代前半、栗色の髪に栗色の瞳をした武骨な感じの男だった。中肉中背だが、その体つきから過去に軍に在籍していたことがあるようだ。

アレクシスを前に畏縮しないところからもそれが窺《うかが》える。

「この度はおめでとうございます、ブロンザルト男爵」

「ありがとうございます。拝領の発表はまだ先ではありますが、元シュリック子爵領を拝する栄誉にあずかりました。これは娘のクララです。ヴィクトリア殿下の同窓だと聞いておりますので、バルリング閣下にお願いして同行させました」

ブロンザルト男爵とも握手を交わし、バルリングとブロンザルトを見て、じきにこの応接室へ現れるだろうヴィクトリアの現状をどう説明すればいいのかと考え込む。

「閣下……ヴィクトリア殿下のことなのですが」

「うむ、お身体が不調だとは伺っていたが、その後はいかがだ？」

傍《そば》にいるクララ嬢は心配そうな表情を浮かべる。

「そのことなのですが……」

アレクシスが説明しようとしたところに、ドアがノックされた。

「ヴィクトリア殿下がお越しです」

セバスチャンの言葉に、アレクシスは瞼《まぶた》を固く閉じる。

口下手な自分が説明するよりも、現在のヴィクトリア殿下に対面された方が早いかもしれないとアレクシスは思った。

開けられたドアから公爵たちの前に進み出るヴィクトリアの姿に、来訪した三人は驚きの表情を浮かべた。車椅子に座っていることにも驚いたが、ヴィクトリアは春先の婚約発表時とは異なる姿をしているのだ。

アレクシスが車椅子の傍に寄り、ヴィクトリアが立ち上がるのに手を貸すと、ヴィクトリアは客たちに落ち着いた様子で挨拶した。

「ようこそ、おいでくださいました。バルリング閣下、初めましてブロンザルト男爵、お久しぶりですクララ様」

「……」

「……」

「……ヴィクトリア……殿下……？」

クララの呟《つぶや》きにヴィクトリアは笑みを浮かべ、バルリング公爵はアレクシスを見る。

「どういうことだ。アレクシス……」

「成長されたのです」

簡潔に答えるアレクシスに、バルリングは詳細を求める視線を向けた。確かに成長したのはわかる。髪と瞳の色こそ違うものの、三年前に拝謁《はいえつ》した第五皇女殿下と瓜二《うりふた》つ。半年以上姿を見なかった子供の成長……それと比較してみても、成長速度があきらかに違う。

「やはり驚かれますよね」

ヴィクトリア自身の言葉にバルリングははっとする。

再び車椅子に座るヴィクトリアにアレクシスが手を添え、ヴィクトリアは苦笑しながら説明した。

「今まで魔力を抑制していたのですが、身体の成長も止まっていたようです。辺境領開発のために魔力をちょっと使い過ぎたら、年齢相応に急に成長したみたいで……」

魔力をちょっと使い過ぎ……という言葉に、バルリングはそこはかなりの魔力の使い過ぎでは？　と内心思ったが口には出さなかった。

「いきなりの成長で身体のバランスがとりづらいようですが、感覚はじきに戻るとのことなのでリハビリ中です」

　アレクシスがそう告げる。

「成長直後よりは大分よくなっています。でも、みんなが大騒ぎするので、車椅子で失礼します」

　ヴィクトリアもそう言うと、バルリングは頷《うなず》いた。

「アレクシスには内々で知らせておりましたが、この度、元シュリック子爵領の領地をこちらのブロンザルト男爵が拝領することになりましたので、ご挨拶に伺ったのです」

「はい、黒騎士様からお話は伺っています。クララ様と領地が近くなって嬉《うれ》しいです」

「ヴィクトリア殿下……」

　ヴィクトリアの言葉にクララも嬉しそうに指を組み、ヴィクトリアを見つめて微笑《ほほえ》む。

「拝領されるあの元シュリック子爵領は、この辺境領よりも南に位置していますから、夏のバカンスにはうってつけですよね。でも、この辺境領と違って元々領民も多くて、塩や海産物などの特産品もあるから、リゾート地にする計画を立てて領地経営に梃入《てこい》れ、なんて冒険はきっとされないですよね」

　ヴィクトリアの呟きに、ブロンザルト男爵は考え込む。

「殿下、南の領地にもリゾート地があったらいいとお思いですか？」

　ブロンザルト男爵が尋ねようとした言葉を、アレクシスが彼女に向けた。ヴィクトリアは頷《うなず》いて、彼に微笑《ほほえ》む。

「元々南側は開けている領地ですが、この辺境領のニコル村だけじゃなくて他の領地にもバカンス向けの土地があってもいいかなあって思ったの。クララ様の領地に遊びに行きやすくなるでしょ？　海に面しているってだけでなんとなくロマンチックで素敵じゃないですか。元シュリック子爵領は港町らしくて活気があるけど、流通に焦点を絞った街なので、味気ないというか」

どうやら牽制《けんせい》ではなく、推薦のようだとブロンザルト男爵は思った。

男爵は治水事業ならばそれなりに経験はあるが、領地経営は門外漢。

元は何もない辺境領。皇帝の肝いりでこの街が作られた経緯は知っているが、アレクシスとヴィクトリアがこの地を治め始めてから、少しずつではあるがこの辺境領の高品質の特産品が、帝都に流通するようになった。

この辺境領を拝領したアレクシス・フォン・フォルクヴァルツ辺境伯は軍に籍を置き、一個師団を任されているとはいえ、自分よりも一回り年下でまだ三十前である。

ブロンザルト男爵自身もかつては軍籍にあった。バルリング公爵の部下として長くいたが、公爵の末娘と結婚して、バルリング公爵領の治水事業に関わるために退役した経緯があった。軍人あがりで爵位持ち、そして領地拝領。仕事以外では自分の元上官であり、領主であるバルリング公爵に、今回の拝領の件に関して願い出たのはこの辺境領を訪ねて領主であるアレクシスに会ってみたいからだった。

今まで冬の豪雪と魔獣の多さのため、大規模の開拓はされなかった辺境領。

ウィンター・ローゼを見るかぎり、傍《そば》にいる第六皇女殿下の魔力によるところが大きいのはわかる。しかし、この男が皇族の末姫とはいえ、彼女の言うがままに動くような男だろうか。ブロンザルト男爵より一回り年下の彼が成しえた、辺境領の開拓と発展。

「南の海域だったら、ニコル村までの観光遊覧船とかも作れそうだし、互いの領地も商船以外の船があったらなんだか楽しそうでしょ？」

「観光遊覧船……」

ブロンザルト男爵の言葉に、ヴィクトリアは扇を口元に当てて肩をすくめた。

「思いつきで発言しちゃうの、悪いクセですね。黒騎士様はわたしのこういう発言を、上手く取捨選択されてます」

「でも楽しそうです」

クララが表情を明るくしてそう言った。

「男爵が拝領されるのなら、領地は改名されるのかしら」

「ブロンザルト子爵領になります」

「爵位も上がるのですね、すごいわ。クララ様にとって自慢のお父様ね」

両手を合わせてクララに微笑みかけると、クララも笑顔を向ける。

「そうだ。せっかくだし、ニコル村を見学されますか？」

ヴィクトリアの発言にアレクシスは額を押さえる。そしてアレクシスと同様に室内に控えていたセバスチャンも同様に額に指を当て、眉間に皺《しわ》を寄せた。

彼女ならば言うと思ったのだ。また、バルリングと新たに海沿いの領地を拝領するブロンザルトを前にして、ニコル村の開拓状況を見せて今後の領地経営について互いに意見を交換することができれば、さらに領地の力が上がるのでは、と考えているだろうとも。

姿が変わっても、意欲的な姿勢は全然変わらない。

「バルリング軍務尚書《ぐんむしょうしょ》もわざわざこの冬のシュワルツ・レーヴェに足を運ばれたのですから、軍港の工事の進捗《しんちょく》具合や、サーハシャハルから贈られてきた船も直接ご覧になりたいでしょう？」

バルリングもそれができればいいとは思っていた。だが第四師団に依頼をかけて自分の領地からウィンター・ローゼまでは転移できたが、さらにニコル村とまで、無理をさせたくはなかったのだ。

「そうですねえ、今日の今日では慌ただしいですし、雪まつりイベントもぜひ楽しんでいただきたいですし。一泊していただいて、明日でしたら、こちらも準備ができますから」

ヴィクトリアの言葉にバルリングは尋ねる。

「まさか……すでに開通しているのですか？」

第一皇女エリザベートがいま手掛けている横断鉄道が開通しているのかと、バルリングは尋ねる。

予定では来年の夏。しかし、この辺境領にはこの第六皇女ヴィクトリアがいるのだ。魔力の強さは皇女の中でも飛び抜けているエリザベートとヴィクトリアならば、工事の進行が早くなっているのかもしれないと思った。

「鉄道はまだまだですけど」

ヴィクトリアの言葉に、いくらなんでも早すぎると思っていたバルリングは安堵《あんど》した。

目の前にいる美しく成長したヴィクトリアは微笑《ほほえ》む。

「でも、お忘れですか？　閣下。わたし、全属性持ちですから、ニコル村まで転移魔法を使えます」

バルリングもブロンザルトも息を呑《の》む。

「し、しかし、殿下のそのお身体では……」

「魔力は全然問題ありません。先ほども申し上げましたが、車椅子はみんなが大騒ぎするから使用しているだけで、身体もだいぶ動くようになってきています。それに、身体が動かなくも、黒騎士様がわたしを抱き上げて連れて行ってくださいますよね⁉」

ね!? とヴィクトリアは菫色《すみれ》の瞳をキラキラさせて、アレクシスの顔をのぞき込む。

「殿下、そのチャーム、落としてください」

「わざとじゃないです。それは今、訓練中なので、我慢してください」

アレクシスは片手で自分の顔を押さえ、ヴィクトリアとは反対側の方に向ける。その様子を見たバルリングは片手で口元を押さえて俯《うつむ》く。

「閣下、笑っていないで、ニコル村に行くかどうかお決めください」

アレクシスが困惑したようにバルリングに言い募る。

「すまない。いや、アレクシスのそういうおどけた姿を今まで見たことがないから、微笑《ほほえ》ましくてな……ブロンザルト、殿下のご厚意に甘えよう。せっかくだから海沿いのニコル村に足を延ばしてみてはどうだ？」

「はい、ぜひお願いしたいところです」

ヴィクトリアはパチンと両手を合わせる。

「よかった！ クララ様ともたくさんお話をしたかったので嬉《うれ》しい！」

「光栄です、殿下！」

若い二人の令嬢がにこにこと笑い合う微笑ましい光景を見て、アレクシスはヴィクトリアが同じ年ごろの友達と城下町を歩いたり、お喋《しゃべ》りしたり、そんな普通の女の子同士の付き合いをこれまでしてこなかったのでは……と思った。

アレクシスは士官学校では広範囲とはいえないものの、身分に関係なくそれなりの交友関係を作り、現在も継続している。

もし、ヴィクトリアが皇族ではなくて普通の貴族の令嬢だったならば、同じ年頃の同性の友達が遊びにきてくれたことが嬉しくて、互いの近況を話したいからとクララを誘って、お気に入りのサンルームに案内して、たわいないおしゃべりに興じただろう。

皇族……王族でも隣国のイザベラ王女のような我を通すタイプならば、それをしたはずだ。それが許される立場だから。

しかし、ヴィクトリアは決してそれをしない。

領主のアレクシスの傍《そば》にいて、共に辺境領を支えているのだから。

むしろ彼女こそが為政者だから。

「鉄道が開通したら、雪まつりみたいなイベントはもっとたくさんの人で賑《にぎ》わうはずだから、プレイベントになっているこの冬は落ち着いて見られるチャンスなの。きっと楽しいと思うわ。ね？　ブロンザルト子爵にバルリング軍務尚書《ぐんむしょうしょ》、わたし、クララ様と雪まつりに行きたい！」

ヴィクトリアは無意識のうちに自分の立場、優先順位を選び取っている。明るく無邪気なヴィクトリアの本音、お友達と遊びに行きたい……。

「ね？　いいでしょ？　黒騎士様」

辺境領を開発するためにいろいろな発言をするけれど、自分のやりたいささやかな望みを一番最後に言葉にする彼女が少し切なかった。

「バルリング閣下とブロンザルト子爵のお時間さえよろしければ、ウィンター・ローゼの街をご案内したいのですが」

アレクシスの後押しに、ヴィクトリアは嬉《うれ》しそうな表情で頷《うなず》いた。


豪雪地帯なのに、この街の道路は不思議と雪が積もらない。馬車での移動だが、バルリングが想像していたよりも軽快に街へと進む。それはヴィクトリアがこの地に来てさっそく掘削した温泉を、工務省の技術で街の地下に引いたためだ。

馬車の窓から見える商業地区の一角に据えられた巨大温室クリスタル・パレスは、まるで氷の城のようだった。

「すごい……ヴィクトリア殿下、あれはなんですか？　氷のお城みたいです！」

「巨大温室公園クリスタル・パレスです」

「あれが！　わたし、親しくさせていただいてる伯爵家のご令嬢から、お話をお聞きしたことがあります」

あれからクララには高位貴族を親に持つ友人もできて、彼女たちから一足先にバカンスとしてこのウィンター・ローゼに行ってきたと聞いてひとしきり羨ましがったものだが、こうしてヴィクトリア直々《じきじき》に街を案内してもらえるのが、何より嬉しかった。

「あ、ちょっと馬車を止めて」

大通りを歩いている一人の女性を見て、馬で並走している護衛の第七師団の団員にヴィクトリアが伝言を託すと、彼はその女性に近づいた。

馬車の窓から、女性に話しかける様子を見ていたクララの顔がぱっと明るくなった。

「ミリア！」

護衛の兵から伝言を受け取った女性はミリアだった。

クララとミリアが友人同士だったのをヴィクトリアは覚えていたので、伝言を託したのだ。護衛に付き添われて、ミリアは馬車に近づく。

「殿下……それに、クララ！」

馬車の近くまで来たミリアを見て、窓から顔を覗《のぞ》かせたクララは声をかける。

「ミリア、お久しぶり！　元気そう！」

「元気よ！　でもクララ！　こんな雪の辺境領にどうやって……」

六人乗りの馬車に乗っているのはヴィクトリアだけではないのをミリアは察した。クララの祖父は軍のトップであり、祖父の伝手《つて》を使えば、冬の辺境領の行き来はできるだろうが、クララがそうしたいと我《が》を通すとは思えない。

「ミリアも乗って、行先は一緒なんだから！」

近衛によってドアが開かれると、馬車の中にはミリアの想像通り、クララとその祖父であるバルリング軍務尚書《ぐんむしょうしょ》、クララの父親、アレクシスとヴィクトリアが座っていた。そうそうたる面々に緊張しつつも、ヴィクトリアの誘いに従って、ミリアも馬車に同乗することになった。

「ミリア、クララ様のお父様が、今度シュリック子爵領だったあの領地を拝領することになったの。男爵から子爵に爵位も上がって、ご挨拶にわざわざ来てくださったの」

「まあ！　おめでとうございます！」

ミリアはブロンザルト男爵に祝いの言葉を伝えた。

ミリアも貴族ではあるが末席の男爵家であり、クララのブロンザルト家も男爵家でそれまで領地はなかった。皇帝から領地を下賜《かし》され貴族位も上がるとなれば、皇帝がクララの父親の実績を高く評価しているということだ。

以前からクララがヴィクトリアを尊敬していることも知っている。そのヴィクトリアがいるこの辺境領近くに領地拝領となれば、社交シーズン以外での手紙のやりとりもスピーディなものになる。

「よかったわね、クララ」

クララの明るい表情を見て、ミリアも自分のことのように嬉《うれ》しくなってくる。しかし、同乗している面々を前に女の子同士の気兼ねのない会話は憚《はばか》られた。結果、まるで上司に近況報告でもするような感じでクララに話しかけていたのだが……。

「明日はね、ヴィクトリア殿下がニコル村に案内してくださるの」

そのクララの一言で、ミリアはヴィクトリアとアレクシスを交互に見る。

ヴィクトリアが急成長してからも、ミリアは数日に一度は領主館を訪れ、ヴィクトリアを診察していた。

魔力は戻っているだろうとは察しているが……。多分、ニコル村までの移動は転移魔法を使うのだろう。冬にウィンター・ローゼから馬車でオルセ村を経由してニコル村に行くには無理がある。ヴィクトリアと共に辺境領に来て、ミリアもこの辺境領の冬を体感しているところだから理解している。

これは仕事の一環なのだろう。この場には国の軍のトップもいる。ニコル村の軍港の状態の視察もするのだろうとミリアは思った。

仕事なのは理解できるが、急激に身体が成長したばかりなのに、転移魔法は大丈夫なのかとミリアは心配し、思わずヴィクトリアに声を掛けた。

「殿下、くれぐれもご無理をなさいませんように」

「みんなが心配してくれているのはわかっています。でもね、今日のわたし、すごいのよ？　リハビリが進んでいるの！　きっとこれも黒騎士様が贈ってくださった指輪のおかげだわ！」

明るく話すヴィクトリアの言葉を聞いたバルリングが、冷やかすような視線をアレクシスに向ける。

「婚約発表の時にも指輪を贈ってくださったけれど、ほら、わたし、大きくなっちゃって、その指輪がはまらなくなってがっかりしてたの。でも、昨日、黒騎士様が新しい指輪を贈ってくださったの！　なんだかね、不思議なの。身体強化系の魔法を使っているみたいで、わたし魔力は発動してないんだけど、指輪自体に付与がかけられてるみたいで」

ヴィクトリアが無邪気に手袋を外して、クララとミリアに嬉《うれ》しそうに指にはめられている指輪を見せる。指輪は馬車の窓からの光を反射して輝いていた。

アメリアがこの場にいたら、お行儀悪いですよとか窘《たしな》めるだろうか、それとも……普段は自分の身に着ける装飾品の類《たぐい》を見せびらかすようなことをしないヴィクトリアを知っているだけに、何も言わないだろうとアレクシスは思った。

ミリアもクララも口をそろえて「素敵～」と呟《つぶや》く。

バルリングの冷やかすような視線が痛かったが、ヴィクトリアが同じ年ごろの令嬢に挟まれて嬉しそうにしている様子とその指輪を見て、考え込む。

いま、ヴィクトリアが指にはめている指輪の鉱石。これは狼《おおかみ》の子アッシュが、鉱山から拾って持ってきたものだ。

あの狼の親子はちょっと普通とは違う感じがする。アッシュの親のクロもシロも普通の狼よりも大きい。ニーナを乗せて走れるぐらいだ。石自体が持つ何かを察知したアッシュが、選んで持ってきたのだろうか……。

それともヴィクトリアの四番目の姉であるシャルロッテが加工中に付与を施したのか。モノづくりに特化した彼女ならばできるかもしれない。

この件は一度シャルロッテに尋ねた方がいいだろうと、アレクシスは思った。

翌日、バルリングたちが再び領主館にやってくると、ヴィクトリアはニコル村までなんなく転移魔法を発動させた。

ヴィクトリアの転移魔法でニコル村に向かうのは要人のみ、うち二人は若い女性だ。アレクシスが軍施設を案内する間、ヴィクトリアがクララを建設中の商業エリアを案内することになっている。施工中の軍施設の視察までクララを同行させてもクララはつまらないだろうとヴィクトリアが提案したのだ。

そしてヴィクトリアとクララを迎え入れたのは、第七師団の護衛とニーナだった。

ヘンドリックスに、ニーナをオルセ村からニコル村に移動させるようにとアレクシスが連絡していた。

ニーナならば軍の人間とも面識がある。ヴィクトリアが夏場に、戦艦を受領してニコル村からオルセ村を経由してウィンター・ローゼへ戻る際も、専属侍女のアメリアの代わりをつとめてくれたこともある。なによりニーナには狼《おおかみ》のシロとクロがいる。護衛としても有能だ。

「ニーナ！　それにクロとシロも！」

ヴィクトリアが声を掛けると、ニーナも嬉《うれ》しそうな笑顔で答えた。

「ヘンドリックスから伝言を受けて、お待ちしておりました。ヴィクトリア殿下！　お身体は大丈夫ですか⁉」

「大丈夫よ、普通になら歩けるの。魔力も問題ないわ。紹介します。クララ、彼女はニーナ。この地に第七師団が配属されるまでは、後ろにいる狼と一緒に辺境領を魔獣から守ってくれてたの。第七師団にいるヘンドリックスさんとはご夫婦なのよ」

赤い髪をポニーテールに結って、外套《がいとう》を着こんでいる若い女性をヴィクトリアから紹介され、クララは挨拶する。

「ブロンザルト男爵家のクララです」

「ニーナと申します、お嬢様。後ろの狼は、鼻も耳もよくて、危険をすぐに知らせてくれます。頼れる護衛と思ってご安心ください」

「はい」

ヴィクトリアの案内で、新たなニコル村の開発エリアをクララは見て回る。

そしてため息をこぼした。

皇帝の命によって開発が進められる辺境領は、工務省の最新技術が取り入れられて、鄙《ひな》びた村からあか抜けた街に一気に変貌している。

開発中のニコル村は、ヴィクトリアの魔術で掘削した温泉街も海を臨める場所にあるし、確かにバカンスに来たいと思わせる雰囲気があった。

工務省の力が大きいのはわかるけれど、ヴィクトリアのもつ温泉掘削の力などは、普通の貴族にはない。皇族が持つ魔力によるところも大きい。

クララもヴィクトリアをはじめとする帝国の皇女殿下たちに憧れているので、今回、父親が領地を拝領したことをきっかけに何か手伝いたいとは思うが、この現実を見て自分には無理だなと思う。

自分にできることは、父親が下賜《かし》された領地を共に盛り立ててくれる人物との結婚ぐらいしかないと、改めて思い知ったのだ。

「どうされました？」

ヴィクトリアがクララに尋ねると、クララはまたため息をこぼした。

「はい……素敵な街になりそうな……。でも、わたしには無理なんだなって……改めて思ってしまいました」

「クララ様に無理って？」

クララの祖父であるバルリング公爵は軍務尚書《ぐんむしょうしょ》。帝国の歴史によると、エルゲンベルト皇帝の革命時に爵位を与えられて、代々帝国の剣としてその魔力を振るってきた。そんな超火力を持つ一族の中で、クララは炎の魔法ではなく水魔法の使い手だ。

「お父様は土魔法の実績で一族の方からも認められています。領地を持たない男爵家の次男でしたが、おじい様に気に入られて、お母様と結婚しました。お母様ももちろん火魔法の使い手です。一族の中でわたしだけが水魔法なのです」

しょぼんと肩を落とすクララを見て、なんとなく彼女の立ち位置を察するヴィクトリアだった。

「せめてお父様のように土魔法だったらよかったのにな……」

確かに治水や建築、街の整備には土魔法は有利だ。この辺境領開拓に出向している工務省の人材も土魔法持ちが多い。

「やっぱり、お見合いするしかないのかしら。でも、貴族の結婚って条件のすり合わせ、家格のバランスですから、味気ないんですよねえ……ニーナさんとヘンドリックスさんのなれそめってなんですか？」

「ヘンドリックスとは幼馴染《おさななじみ》なんです」

「いいなあ～羨ましい～恋愛小説の定番ロマンス～。ヴィクトリア殿下と黒騎士様のお話はもっと有名ですものね。敵国から救出してくださった黒騎士様とのご婚約とか乙女の夢です。そういえば、以前の婚約指輪はこの村を視察した黒騎士様からの贈り物とか、新たに作られた婚約指輪もこの領地から産出されたものでしょ？　自然がいっぱいって実はすごいことですよね」

はあ～とクララはため息をこぼすが、ヴィクトリアはじっとクララを見つめている。

その視線を受けたクララは、自分は何か不敬なことを言ったのかと心配になった。

ヴィクトリアは自分の左薬指にはめられている指輪を見た。

アレクシスが初めてヴィクトリアに贈ってくれた海の宝石は、南の暖かな海ならば採れるという……。

「クララ様、できるのでは？」

「え？」

「水魔法のクララ様の魔力なら、できるかもしれません。黒騎士様はこのニコル村で漁を手伝った際に、あの真珠を拾ったんですって」

「拾った⁉」

「海流に流されてきたと、村の人が言っていたそうです。もしかしたら、クララ様のお父様の領地では採れるのではないのでしょうか……」

「まさか……真珠を……？」

クララは両手を祈るように組んで、考え込む。

確かに、自分の魔力で何かできたらいいなとずっと思っていた。祖父はクララに甘いが、「火魔法」を使う家系において、「水魔法」のクララに対する他の親族からの当たりは、辛《つら》いものがあった。

自分だけ異質だと思っていた。

しかし、そんなクララの前に現れたのは、第六皇女ヴィクトリア殿下だった。

帝都の学園に入学し、貴族の子女たちがヴィクトリアに向ける視線に既視感を覚えた。

そんな中でも、ヴィクトリアは堂々としていた。

小さな姫。その幼さが異質だと、意地悪な視線を受けているはずなのに。

不遜《ふそん》と思われてもいいからとクララがヴィクトリアに話しかけると、ヴィクトリアは嬉《うれ》しそうにクララを受け入れてくれた。

それからずっと、ヴィクトリアはクララにことあるごとに声をかけてくれるようになったのだ。

「わたしは、ヴィクトリア殿下のような魔力も持たないのですが、もしかしたら、自分の魔法で、お父様の領地を潤すことができるの……？」

ヴィクトリアは頷《うなず》く。

「そうよ！　せっかく水魔法をお持ちで海を臨む領地に行かれるのです。なんでもやってみないと！」

ヴィクトリアの言葉にクララは聞き返す。

「失敗してもいいのですか？」

するると、女神のような笑みをヴィクトリアは浮かべた。

「何度でも挑戦できるのがいい！　それに成功したとしてもそこで終わりじゃないんですよ。誰かがきっともっといい方法を考えて未来につなげていくのだから」

ヴィクトリアの手を取って、クララは呟《つぶや》く。

「わたし、やってみます」

そしてブロンザルト子爵領においてクララの水魔法が大いに役立って、海産物の特産品が加わり、社交界でクララが憧れと羨望の的になるのはもう少し未来のことである。

二話　第六皇女殿下、皇帝陛下の名代としてサーハシャハルへ

バルリング公爵とブロンザルト男爵、そしてその娘クララがこの辺境領から自領へ戻って数日後、ヴィクトリアの元に一通の手紙が届いた。

ヴィクトリアとアレクシスに参殿を求める、皇帝からの直々《じきじき》の召請《しょうせい》だった。

雪に埋もれた辺境から帝都皇城への呼び出し。

ただ娘が可愛くて寒い辺境領から暖かな帝都への里帰りを促すというものではないと、ヴィクトリアは察していた。

こういう時は、マルグリッドに問い合わせると、それとなく理由を手紙で知らせてくれるのだが、いま、彼女はフェルステンベルク領にて出産するために帝都不在の状態だった。

「黒騎士様、お仕度はよろしいのですか？」

ヴィクトリアは幼い身体だった時によく着用していたお気に入りの軍服モチーフのワンピースではなく、ドレスを身に着けている。

皇帝陛下に謁見《えっけん》するので、それに見合った装いだ。

ウィンター・ローゼの衣裳店『ヴァイス・フリューゲル』の若き店主カリーナをはじ

め、お針子たちが成長したヴィクトリアのために縫い上げたものだ。

そして美しい意匠を凝らした細い杖《つえ》を手にしていた。これはリバビリが順調に進んでいるヴィクトリアのためにシャルロッテとウィンター・ローゼの工業地区にいるゲイツが共作したものだ。

素材はミスリル。魔石をあしらい、ドレスに合うようにデザインされたその王笏《おうしゃく》のような杖は、リハビリの進んでいるヴィクトリアを支える。

これを渡された時、さすがにちょっと手にするのは気が引けた。

――父上の王笏みたい……。

もちろん、皇帝の手にする王笏よりもデザインも華奢《きゃしゃ》で、軽い。

しかし地位と権威を象徴するようで、ヴィクトリアはためらう。

――殿下の身体を支える杖だよ！　って言ったら、街の人たちが、「じゃあ王笏だな！うちの姫様にふさわしいデザインにしないとダメだな！」とかなって、ゲイツさんはじめみんな熱くなっちゃって、頑張って作ったから！　なんといっても、杖の一番上の玉の部分は、その薬指にはめている指輪と同じ石なのよ！

シャルロッテの力説ぶりに、ヴィクトリアはその杖を手にすると、はっとした。確かに足の動きが以前のようになっている。

ヴィクトリアの支度を整えたアメリアは「うちの姫様が、やはり一番」と満足そうな表情だった。

「父上に会うのに、この杖《つえ》は……」

「ずいぶん回復されましたが、支えはあった方がよろしいのでは？」

アレクシスにそう言われて、ヴィクトリアはアレクシスの腕に手を添える。

「黒騎士様が支えてはくださらないのですか？」

「お身体が大きくなっても甘えん坊ですね。皇帝陛下にお会いするというのに抱っこはできませんよ。それに、その杖は持っていてください」

「え？　なんで？」

「お似合いです」

ヴィクトリアはその言葉に、杖を見る。

「黒騎士様がそうおっしゃるのならば……、ではアメリア、セバスチャン、行ってきます。留守を頼みます」

執務室の転移魔法陣の部屋に、アレクシスを伴って入った。

杖の効果なのか身体の成長のせいなのか、魔法の発動も速いと感じる。帝都皇城のヴィクトリアの私室に転移すると、室内で待っていたのは、ヒルデガルドだった。

「ヒルダ姉上！」

魔法陣で転移してきた末の妹を見たヒルデガルドは目を見開く。いつまでも小さなまま

の末の妹の急激な成長は、皇妃エルネスティーネから手紙で知らされていたが。

「トリア！　見違えたぞ……！　さすが私の妹だ！　グローリアかと思った！」

ヒルデガルドは小さかった彼女を抱き上げたように、成長したヴィクトリアを抱き上げ、その場をくるくると回る。

姉妹なのはわかっているけれど、見た目が美男美女……ヒルデガルドは女性だが、絵になるなとアレクシスは思った。

「姉上、姉上！　もう、わたし、小さくないのに！」

「嬉《うれ》しいんだよ、ちゃんと年相応になったお前に会えて」

ヒルデガルドはヴィクトリアを下ろすと、自分の顎に手を当てて考え込む。

「その杖《つえ》は強そうでカッコイイね、似合うじゃないか」

ヒルデガルドがそう言うと、ヴィクトリアは手にしていた杖を見つめる。その一言で、それまでちょっと権威の象徴をひけらかすようだと気が引けていた杖の印象が変わる。偉そうではなく強そう、そしてカッコイイ……。

「そ、そうですか？　これはね、その、身体がまだ思うように動かないから、ロッテ姉上に作っていただきました。……車椅子も作ってもらったのですが、もうそろそろ車椅子なしでも動けそうだったから……」

「うん、帝国の黒騎士の嫁の持つ武器って感じ？」

その言葉にヴィクトリアは気をよくしたらしい。

第三師団の部下がヴィクトリアの私室のドアを開く。

先頭にヒルデガルド、ヴィクトリアがその後に続き、アレクシスがヴィクトリアの後ろについて皇帝の執務室まで歩いていく。広い皇城の長い回廊を最短距離で、そしてなるだけ人気《ひとけ》がないと思われる場所を選んでいることが、アレクシスにはわかった。

雪に塞がれた辺境領にいるはずの小さな姫が、いきなり成長して帝都皇城に現れたとなれば騒ぎが大きくなるだろうと見越しての選択なのだろう。

重厚な執務室のドアが開かれ、ヒルデガルドが室内に入っていく。

アレクシスが入室すると扉は閉じられた。

「おお、ヴィクトリア！　久しいのう!!」

十七歳になったヴィクトリアの姿を見ても、皇帝にとってはいつまでも小さな末娘でしかないようだった。椅子から立ち上がってヴィクトリアに歩み寄り、小さな子供を迎えるように両手を広げる。

「父上！」

「先だって、軍務尚書《ぐんむしょうしょ》からはお前の元気な様子を聞いていたが、実際見てみたいと思ってな。わざわざ呼び寄せてしまったよ」

「はい」

「皇妃が言うには急激な成長で身体の自由が利かないとのことだったが……杖《つえ》で支えられているようだな」

「はい、シャルロッテ姉上が作ってくださいました。杖を作ってほしいとお願いしたら、この立派な杖をあつらえてくださったのです」

「よく似合うぞ、フォルクヴァルツ卿《きょう》も息災で何よりだ。よくヴィクトリアを守ってくれた。辺境領の発展もエリザベートから聞いている。うまくやってくれているようで安心してヴィクトリアを任せられるな」

アレクシスは皇帝に一礼する。

皇帝は入室してきたヴィクトリアたちにソファに座るように促す。

執事が皇帝をはじめ、三人にもお茶を給仕してその場を離れていく。

「お前の様子を見たかったこともあるが、ヴィクトリアに一つ頼みたいことがあってな」

「なんでしょう？　父上」

「実はサーハシャハル王国に行ってもらいたいのだ」

その言葉に、ヴィクトリアは隣にいるアレクシスを見る。

「ヴィクトリア殿下がサーハシャハルにというのは……」

「グローリア姉上に何かあったのですか!?」

心配そうな表情になるアレクシスとヴィクトリアに対して、皇帝は手で制する。

「いや、案ずるな、慶事なのだ。本来はマルグリッドにこの件を任そうと思っていたが、今は大事な身」

ヴィクトリアは頷《うなず》く。マルグリッドは春に出産する、身重の身体だ。国を跨《また》いでの移動は無理だろうとヴィクトリアにもわかる。

皇帝は嬉《うれ》しそうに言葉を続けた。

「実はグローリアも懐妊したのだ」

ヴィクトリアは息を呑《の》んだ。ヒルデガルドもそれは知らなかったらしく、緑の目を見開く。

リーデルシュタイン帝国第五皇女殿下グローリアの嫁ぎ先、サーハシャハル王国。グローリアの婚姻によって、帝国とかの国は同盟関係にある。夏場にヴィクトリアの婚約祝いに戦艦を贈与するなど、両国の関係は良好だ。そこにグローリアの懐妊である。

帝国からの祝いの品々を贈るために、ヴィクトリアに外交を任せたいとのことだった。慣例の贈与品の他に、鉄道技術の情報も併せてサーハシャハルに提供するという。

「鉄道技術は、まだまだ帝国でも試作段階ですが、サーハシャハルは了承されているのでしょうか？」

「先方も早めに取り組みたいそうだ」

この両国間の鉄道技術が進めば、互いの国を鉄道でつなぐ計画も具体化するという。

「ということは……シャルロッテ姉上も今回の訪問に同行されるのですね？」

「それが一番だろう。今日はシャルロッテも呼び寄せたかったのだが、いまあの子は忙しいだろう？」

「はい、鉄道もそうですが、サーハシャハルの戦艦に夢中というか……我が軍の造船技術も格段に進むかと、ウィンター・ローゼとニコル村を行き来しています」

ちなみに豪雪の辺境領での行き来はヴィクトリアの転移魔法頼りだ。シャルロッテはアイテムクリエイトの魔法に特化しているので、ヒルデガルド同様、転移魔法を使うことはできない。通信カードを所持して、ニコル村に泊まり込むとか迎えに来てとか、ヴィクトリアに連絡をとっている。

「わかりました、グローリア姉上のご懐妊ですもの、わたしでよろしければサーハシャハルへお祝いに参ります」

「よろしく頼む」

「では、随員《ずいいん》を選別してニコル村に集まるように指示を出しましょう、殿下」

アレクシスがそう伝えると、ヴィクトリアはぱちんと手を叩《たた》いて、明るい表情を彼に向ける。

「わぁ、やっぱりわたしと黒騎士様、考えていること一緒です！　わたしも思っていました。せっかくいただいた戦艦ですもの、大事にしていますよって意味も込めて戦艦に乗って、海路でサーハシャハルに向かいます。わー！　黒騎士様と船旅ですよ！　そう思うとロマンチックです！　どうしよう～嬉《うれ》しい～」

満面の笑みで両手で頬を押さえるヴィクトリア。どんなに姿が変わっても、そして誰の前だろうと、アレクシスへの好意を素直に口にする。

陸路か、それとも転移魔法に長《た》けている第四師団に命じて転移させようかとも考えた皇帝だったが、ヴィクトリアの一言で、贈与された戦艦での訪問ならばサーハシャハルの国王や、カサル殿下には印象はいいだろうと、思い直した。

それに戦艦ならば護衛も陸路や転移魔法よりも多く連れていける。親バカかもしれないが、一国の姫二人が外交で出向くのだから、護衛の人数は多い方がいい。

「でも、ニコル村って、流氷が流れてくることもあるのだろう？」

ヒルデガルドの言葉に、ヴィクトリアは彼女に笑顔を向ける。

「わたしが溶かしますよ」

「……あ、そう……」

ヴィクトリアならば、無理なく流氷も溶かすだろうとヒルデガルドは納得する。

「あと陛下、ご相談したいことが。祝いの品として贈られた戦艦に名前をつけておりません。良い名があればお願いしたいのです」

アレクシスの言葉に、皇帝は考え込む。

「いやいや。二人の婚約祝いの品だ。二人で決めるといいだろう」

アレクシスがヴィクトリアを見ると、実は彼女は決めていたようだ。

「黒騎士様、いい名前がありますよ」

ヴィクトリアが言うので、アレクシスは彼女の次の言葉を待った。そんなヴィクトリアは隣にいる姉をちらっと見上げる。

「『戦艦ヒルデガルド』。帝国の姫将軍の名前よ！　強そうでしょ！」

紅茶を口にしていたヒルデガルドがごふっと咽《む》せる。

「ヒルダ姉上は風魔法の使い手、その風の加護だってつきそうな名前じゃない？　海をどこまでも進めそうでしょう？」

両手を合わせて、うっとりとヴィクトリアは呟《つぶや》き、アレクシスは頷《うなず》く。

「いい名前です」

ヴィクトリアのつけた名をためらうどころか賛同するアレクシスを見て、ヒルデガルドは慌ててヴィクトリアに詰め寄る。

「ちょっと待ちなさい！　どういうことだ⁉」

「武勇で名高い姉上の名前をいただきたいとずっと思っていたのです。いいでしょう？」

「トリア……お前……いやいや、エリザベート姉上を差し置いてわたしの名前なぞ……」

ヒルダが両腕を組んでその提案を固辞しようとすると、ヴィクトリアはとんでもないことを言い出す。

「エリザベート姉上のお名前をいただく船もいずれ作ります」

「はい？」

「優美で気品があって、みんなが憧れる船旅を約束する客船の名前に、エリザベート姉上の名前をいただきたいの、だから、戦艦はヒルダ姉上なの！」

先日、ブロンザルト男爵とクララがウィンター・ローゼを訪問した際に、観光船について彼女から聞かされていたが、客船……。ブロンザルト領とシュワルツ・レーヴェ領にとどまらずに、他国への観光も視野に入れた造船をヴィクトリアは考えていたのだった。

「……」

「……」

「……問題ありません」

問題ないのか!?　と皇帝とヒルデガルドはアレクシスとヴィクトリアを見る。

ヴィクトリアはさっそく準備にかかるとばかりに、贈呈品の目録をせがみはじめる。アイテムボックスに詰め込む気だ。ヴィクトリアならばその品々を収納することは可能だ。

「フォルクヴァルツ卿《きょう》、この末娘のやりたい放題を、卿は止めてもいいのだぞ？」

アレクシスの人となりを知っているからこそ、末の娘を託したのだが、いまのやり取りを見て、辺境領でもこんな感じなのか、アレクシスがこの末娘に振り回されているのでは、と少し心配になった皇帝が言う。

「そうだぞ！　卿が預かる戦艦の名前とか、今ヴィクトリアが勝手に決めただろ！」

ヒルデガルドに至っては、戦艦に自分の名前がつくとは思いもよらず、これを変更したい気持ちからアレクシスに言い募る。

「陛下のご下命、承りました。迅速《じんそく》な対応を殿下はお望みですので、私に否やはありませんし、戦艦の名前もよろしいでしょう？」

皇帝の心配やヒルデガルドの抗議をさらりとアレクシスは受け流した。

ヴィクトリアも話はこれでおしまいというように立ち上がり、皇帝より祝いの品々とその目録を受け取り、二人はウィンター・ローゼに戻り、慌ただしくサーハシャハル王国へ向かう準備を始めるのだった。

サーハシャハル王国へ向かう当日、戦艦が浮かぶニコル村の海には流氷が流れ着いていた。傾く日の光はオレンジ色になり、海に浮かぶ氷を照らしている。夜間航行を同時に試したいため、出航は夕日が沈む時刻に決めたのだ。

乗船するとヴィクトリアは甲板に出た。船首に立つと、夕日を反射してヴィクトリアが握る杖《つえ》の宝玉が煌《きら》めいた。

「広域範囲魔術展開、行く先の海路を覆う氷塊を、異物を、溶かせ——掃海《クリア》——」

海原の氷が溶けだして一筋の海面が延びていく。夕日を反射したオレンジ色の海原に向かって戦艦ヒルデガルド号は進み始めた。

夜のうちに船体は海原を進み、シュワルツ・レーヴェ領内の南の位置までくると、流氷も見えなくなり、順調に航行している。

翌朝の朝食前、好奇心旺盛《おうせい》なヴィクトリアは探検と称して、アレクシスと一緒に船内のあちこちを自ら歩いて見て回っていた。もちろん案内は魔導開発局顧問のロッテだ。

船室や船倉、動力部や操舵室《そうだしつ》、船内を一通り回ると朝食を取るにはいい頃合いになった。

朝食を終えて、航海の状況を確認すると、ヴィクトリアが甲板に出て外を見たいというので、シャルロッテの案内にアレクシスも付き添う。

「ところで、トリアちゃん、思いっきり第七師団の軍服じゃない？」

出発前とは違って、白みだしている空の明るさが海を照らし、冷えた冬の海風が僅かにヴィクトリアの髪を揺らした。この日のヴィクトリアの装いは、ドレスではなく、第七師団の軍服だった。

「これ？　わたしがお願いしたら黒騎士様が用意してくださったの！　第七師団の軍服ですよ！　カッコイイでしょ!?　戦艦ヒルデガルドに乗船するなら軍服じゃないと！」

外交としての行軍なので、アメリアも専属侍女として同行している。軍服ならばと長いプラチナブロンドの髪をポニーテールにまとめたのもアメリアだ。

「もちろん、サーハシャハルに到着して姉上に謁見《えっけん》する際はそれなりの装いに替えます。でも、船の中ならこっちの方が動きやすいわ。それに、本格的に黒騎士様とお揃《そろ》いなのが嬉《うれ》しい！」

「えー、でもー女の子なんだから～可愛いカッコしててほしいって男の人は思うんじゃないかなーどうですか？　黒騎士様」

シャルロッテに話を振られて、アレクシスはヴィクトリアを見つめ、この服を仕立てることになった時のことを思い出していた。

「第七師団の軍服？　殿下が？」

副官のルーカスが書類から顔を上げ、アレクシスを見た。

「今回のサーハシャハル行きの時に着用したいそうだ……多分、皇城でヒルデガルド殿下にお会いされたからその影響もあるかもしれない」

「もちろん、小さめの服はあるにはあるが……直しが必要だぞ？」

「殿下のお抱えの仕立て職人に頼む」

ルーカスはすぐに制服を用意し、弟に連絡をつけて、衣裳店『ヴァイス・フリューゲル』のカリーナに、軍服の直しのために領主館へ行くようにと伝言した。

これがルーカス以外の部下ならば、そんなものをなぜ殿下にと、やいのやいの言いかねないが、ルーカスはそこは深く追求しない。

「殿下が、黒騎士様とお揃いの服だから嬉しいとかおっしゃるんじゃないか」

「多分な」

「お前がそれを許すのはさー、お姫様ドレスで船内うろうろされたら、若い団員がそわそわしちゃうから？　同じ服着せてカモフラージュってところか。俺の嫁見てそわそわするなとか……そういう意図もある？」

「そうかもしれないな」

アレクシスが素直に認めるので、ルーカスは持っているペンをポロっと落とした。からかわれても、いつものように表情も変えずに無言でやり過ごすと思ったからだ。

「変わったなー お前……」

ルーカスの言葉には驚きの色が含まれていた。ルーカスは取り落としたペンを摘《つ》まみ上げ、頬杖《ほおづえ》をついて自分の上司兼親友を見上げる。

この堅物の変化は、相手に素直に自分の気持ちを伝えるという、どんな姿になっても変わらない第六皇女殿下の恋の魔法ってやつのせいかもしれないと思った。

朝日を浴びた海面の反射に負けないぐらいキラキラ光るプラチナブロンドの髪をなびかせて、シャルロッテに似合いますよね？　と両手を広げて軍服姿を見せているヴィクトリアの仕草は、以前と変わらない。

「殿下は何をお召しになってもお似合いです」

アレクシスが彼女のプラチナブロンドの髪に触れてそう言うと、ヴィクトリアは照れくさそうな表情に変わる。そして、嬉《うれ》しそうにシャルロッテに笑顔を向ける。

「そういえば、シャルロッテ殿下」

アレクシスは第四皇女のシャルロッテに以前から尋ねてみたかったことを思い出した。

「えーロッテちゃんて呼んで？」

話しかけられたシャルロッテはいつものように飄々《ひょうひょう》としてアレクシスにそう言うが、アレクシスもさすがに「ロッテちゃん」とはいえず、「ロッテ様」と呼びかける。

「お尋ねしたいことがあるのですが」

「はいはい」

シャルロッテはいつものように軽く答え、アレクシスの質問を待つ。

「殿下の杖《つえ》に使われている宝玉は指輪と同じ石ということですが、魔石ですか？」

「多分ね」

即答だった。シャルロッテが言うには、指輪の方が、杖に収められている残りの欠片《かけら》で作られたという。魔石の研磨や加工をしたことがあるので、アッシュの持ってきた石が魔石だというのはすぐにわかったという。

カットした鉱石で指輪サイズになりそうなものから試しに作り始めて、アレクシスに『トリアちゃんが倒れてる間に、彼女の誕生日終わっちゃったから、黒騎士様から贈ってあげてよ。きっと喜ぶから』と渡したのだ。その後、大きめに研磨、カッティングした石をこの杖に取りつけたという。まだ半分ぐらいは鉱石のまま未加工で、シャルロッテが保管しているらしい。

「ロッテ様が何か付与を施したわけではないと？」

「うちの家族の場合、みんな私よりも魔力があるから、付与をつけても意味がないの。逆に邪魔になる場合もあるから、身に着ける本人が魔石にダイレクトに魔力を流した方が効果が出る」

「なるほど……」

シャルロッテの言葉を横で聞いていたヴィクトリアは小首をかしげる。

「わたし、魔力なんて流していないですよ？」

ヴィクトリアはきょとんとして呟《つぶや》くが、シャルロッテはアレクシスの考えていることがわかったようだ。

「普段トリアちゃんが無意識で出してるアレが抑制されてるって感じるもんね。私も意外な効果だって思ってるよ」

シャルロッテの言葉にアレクシスは頷《うなず》く。

「え？　何？」

「トリアちゃんのチャームが抑制されているってことよ」

チャームの魔力が指輪や杖《つえ》の宝玉で抑制され、身体強化系に変換されている。持ち主の体調を考えて魔力で補助されているし、きっと魔法を行使する時は増幅される。昨日戦艦を阻《はば》む流氷を溶かした魔法も広域範囲魔術式。航海士からは航路の流氷はヴィクトリアの魔法ですべて溶かされていたと報告があがっている。

シャルロッテの説明を聞いてヴィクトリアは指輪と杖に視線を走らせた。

「なにその万能感！　これすごい魔石じゃないですか!?」

「トリアちゃんが身に着けることで、そうなっているのかもしれない。魔力が少ない人が身に着けてもそんな効果は表れないかもね。けど、この石は綺麗《きれい》だから宝飾品としての価値も十分あるんじゃない？」

「姉上……黒騎士様……ありがとう」

「アッシュにもお礼を言わないとね」

ヴィクトリアは頷く。ちなみに今回の外交にアッシュは付いて来たそうにしていた。ヴィクトリアが出発準備の時に、「アッシュはお留守番していてね」と言い聞かせたら悲しそうにくうんと鳴いていたのを思い出す。それからしばらく姿を見せていなかった。

アッシュも連れて来てあげればよかったかな……とヴィクトリアがしんみりしていると、甲板の階段を慌ただしく駆け上がってくる音がして、アレクシスもロッテも階段の方に目を向けた。

二名の団員が階段を駆けて追いかけているのは灰色の毛玉……アッシュだった。

「アッシュ!?」

どうやってもぐりこんだかはわからないが、船内のどこかに隠れていたようだ。お腹《なか》がすいたらしく、食べ物の匂いを辿《たど》り、厨房《ちゅうぼう》の前をうろうろしているところを見つかってしまったらしい。

アッシュは団員たちから逃げながら、まっすぐヴィクトリアの前に走り寄ってきた。

「もう、お留守番してねって言ったのに……」

そう言いながらも、ヴィクトリアはアッシュを抱き上げて撫《な》でる。

子犬のようなアッシュはしっぽをちぎれそうなぐらい振って、まるで「お腹すいたの」というように、しきりにくうんと甘えた鳴き声をあげている。

「仕方ない子ね」

追いかけていた団員は直立不動で、アレクシスたちの前で立ち止まる。

何か食べられるものを、と指示を出す前に、アメリアが甲板に姿を見せる。アッシュが食べられそうなものを厨房《ちゅうぼう》から見繕ってきたようだ。

アメリアがアッシュの前に食べ物を差し出すと、ヴィクトリアの腕からぴょんと飛び降りてお皿の前に座り、アメリアを見上げる。

アメリアが犬を躾《しつ》けるように、お手や伏せなど指示を出すと、アッシュはその通りにする。そして「よし」と声をかけると、顔をお皿の中に突っ込んで食べ始めた。

「最近見かけないと思っていたのですが、第七師団の団員の荷物に紛れて乗り込んだようです」

アメリアが団員から聞き及んだアッシュの動向を報告する。当のアッシュは夢中でご飯にありついていて、そんな様子を見てヴィクトリアは苦笑する。

「もう、いい子でいるのよ？　ごめんなさい黒騎士様、アッシュ付いて来ちゃった……黒騎士様？」

ヴィクトリアがアレクシスを見上げると、さっきまで一緒にこの小さな密航者を見ていたはずなのに、彼は別の方向へ視線を飛ばしていた。

一体何を見ているのだろうとヴィクトリアはアレクシスの視線を追う。彼の視線の先にあるものは本来は大海原だけのはずだった。海面がずっと広がるだけだったのに。

「何で……？」

ヴィクトリアが呟《つぶや》くと、アレクシスが団員に硬い声で命じた。

「舵《かじ》を三時の方向に」

団員はすぐさま操舵室《そうだしつ》へと去っていく。

ヴィクトリアは甲板の手すりに近づいて、自分の髪飾りを双眼鏡に変えてのぞき込む。

そして手にしている双眼鏡をアレクシスに渡した。

シャルロッテもアメリアも手すりに近づく。

シャルロッテは眼鏡を持ち上げてフレームを弄《いじ》る。彼女の眼鏡は魔導具で、望遠鏡にもなるようだ。

視線の先では、狼煙《のろし》のような煙が一筋、空に向かって上っていた。

三話　黒騎士様と海賊の血戦

『積み荷を運びこんだな！　ずらかるぞ』

頭領格の男が他の連中に指示を出すと、手下は甲板から身を乗り出して言った。

『おかしら！　また船が北からやってきますぜ』

『今日は大漁だな。なんせ冬場は南に行く船は少ねえ。ぐずぐずしてねえで、次の獲物がこっちに来るぞ！』

船体の横に開いた穴からは、煙が上がっている。いつもなら砲弾を浴びせて襲撃した船をそのままにすることはないのだが、ここは新たな獲物を目指すのもいい。

彼らは数年前まで、サーハシャハル寄りの無人島を拠点にしていた海賊だったが、サーハシャハルの軍に拠点を把握されたのを知ると、北に移動してきた。

レサーク公国もリーデルシュタイン帝国も、外洋の監視はサーハシャハルと比較すると緩い。特にリーデルシュタイン帝国の海域は冬場は流氷が船の航行を阻《はば》むこともあり、海域の防衛は後回しにしがちだった。

海賊たちにとって、この新拠点は意外にも穴場で稼ぎやすい場所となっていた。

何もないはずの大海原に立ち上る煙を見て「海賊」だとアレクシスが呟《つぶや》いた。

「海賊!?　今までそういう被害があったのですか!?」

帝都は内陸にあり、海までは距離がある。魔獣の跋扈《ばっこ》する辺境領を平定し、海辺のニコル村を足掛かりに、帝国周辺海域の防衛を強化。

それは皇帝から辺境領を拝領すると同時にアレクシスが課せられた勅命《ちょくめい》だ。

「黒騎士様は、山脈の国境線防衛だけではなく、海域も守るのがお仕事なのよ、トリアちゃん」

シャルロッテに言われて、ヴィクトリアはアレクシスを見上げる。

現在は流氷でほとんどの海域が守られているが、辺境より南に位置するシュリック子爵領は、これまで少なからず被害があるはずだった。

激しい水しぶきが戦艦周囲に上がった。大砲から撃たれた砲弾がこの戦艦の手前に落ちたのだ。推進力のある船らしく、煙を上げている商船を見捨て、この戦艦に寄ってきて発砲した。所属不明の船からの発砲には応戦の選択しかない。

アレクシスはヴィクトリアとシャルロッテを促して、船室に入る。私室に戻るようにと言っても、ヴィクトリアがいうことを聞くはずもない。アレクシスに続いて船橋《ブリッジ》に上がる。もちろんシャルロッテも一緒だ。

「クラウス、主砲の飛距離は我が軍の方があるから狙え」

アレクシスがブリッジで指示を出すと、砲撃手のクラウスが答える声が聞こえた。

「撃て！」

その号令の直後、攻撃してきた船へ向かって主砲が放たれる。

シャルロッテは眼鏡を弄《いじ》って砲撃の様子を見て呟《つぶや》く。

「はー砲撃手の腕がいいのか、サーハシャハルから贈られたこの船がいいのか……」

「両方です」

ヴィクトリアが答えると、シャルロッテは苦笑する。

一発が相手の船体に命中し、続いてもう一発発射された。直撃は避けられたが、体当たりするような速度で、相手は戦艦に横づけしてきた。

ロープが張られ、同時にいかにも海賊といった風体の輩《やから》が乗り込んでくる。

ルーカスの指示で甲板へ飛び出して迎え撃とうとする団員の姿が見えた。

アレクシスはヴィクトリアを見る。

彼女は以前、帝都から辺境領へと向かう時、盗賊に襲撃された。護衛の第三師団と帝都に残って護衛として追従していた第七師団が賊を捕らえ、事なきを得たのだが、この時アレクシスは辺境領におり、同行していなかった。

リーデルシュタインとサーハシャハルの同盟条約上、両国間の海域において海賊に遭遇した場合、海賊を拿捕《だほ》した船の所属する国が、罪人の処罰を一任されている。

「殿下の罪人に対する処置は甘いと常々思っておりますが、今回はどうされますか？」

アレクシスにそう尋ねられて、ヴィクトリアはふんわりと微笑《ほほえ》む。

「甘いと言われましても……そんなに甘いですか？」

「甘いですね」

「では黒騎士様、今回はどうされます？」

「私に一任されるなら、殿下の温情に耳を貸すことはありませんがよろしいですか？」

アレクシスの言葉に、思い当たるふしがあった。テオたちを捕らえた時、同行していたルーカスが『アレクシスがいたら即時殲滅《せんめつ》です』と言っていた。

実際テオをはじめ、ヴィクトリアを襲撃した賊を処分しようとしたが、真犯人がいるのでそれを突き留めるまではと、彼を止めたことがある。

現状はあの時と違うということはヴィクトリアは理解していた。皇女殿下ではあるが、リーデルシュタイン帝国皇帝の名代としてのサーハシャハルへの外交デビューなのだ。帝国の威信がヴィクトリアにかかっている。

「ここは海上、そしてこの戦艦に無断で足を踏み入れる輩は容赦しません」

そう断言したヴィクトリアの菫《すみれ》色の瞳が煌《きら》めく。無邪気で明るく優しいだけではない彼女の一面が垣間《かいま》見《み》えた。ヴィクトリアとしても、目の前で襲われた商船の方を助けたいし、この戦艦まで乗り込んでくる無法者には、贖罪《しょくざい》も意味はないと思っていた。

外交の日程をずらすことなく公務を行うことが優先。そしてアレクシスならば短時間で賊たちを一掃できる。

「殿下……」

アレクシスが言いたい言葉をヴィクトリアはわかっていたのだろうか。いつも彼を送り出すときのようにヴィクトリアは言う。

「わたしはここにいます。ロッテ様を守ります」

第四皇女であるシャルロッテは生産性魔法に特化しているので、武力を持たないはずだ。第六皇女専属侍女としてアメリアはそれなりに武術も嗜《たしな》んでいる様子が見える。控えていたアメリアがヴィクトリアに杖《つえ》を渡すと、ヴィクトリアはそれを手にしてコツンと杖の先を床に突く。

そしてこのヴィクトリア本人の戦力は……言わずもがな……。

リーデルシュタイン帝国第一皇女エリザベートに匹敵する全属性持ちの魔法使い。ただ守られるだけのか弱い姫ではない。

「わたしにお任せください、黒騎士様。ご武運を！」

いってらっしゃいのキスをねだるように両手を伸ばしているヴィクトリアを見て、アレクシスは苦笑する。彼女は年頃の令嬢として成長したにもかかわらず、どこか、幼い時のままの仕草を見せる。このやりとりもそうだった。

いつものように彼女の頭を軽くポンポンと叩《たた》こうと手を上げたが、その手を彼女の腕に添えて彼女の額に小さなキスを落とす。

「行ってくる、ヴィクトリア」

そう囁《ささや》いて操舵室《そうだしつ》から出ていく姿を見送っていたヴィクトリアだったが、アレクシスの後ろ姿が視界から消えると、へなへなっと杖を片手に床にペタンと座り込んだ。

アメリアがヴィクトリアを立たせようと手を差し伸べるので、ヴィクトリアは自分が座り込んでしまったのに気が付いて慌てて立ち上がる。

いつもならば、彼はヴィクトリアの頭を軽くポンポンと叩いて終わりで、ヴィクトリアの方が「行ってきますのキスはないのですか⁉」とねだるところだ。

「不意打ちだわ！　黒騎士様が『行ってきます』って、ここに、ここに、ねえアメリア、わたし、しばらく顔洗わないでいいかしら⁉」

ヴィクトリアはアメリアに向き直って、ここにと額を指でさして言う。

「いえ、洗ってください」

冷静にアメリアが答える。

「しかも『殿下』じゃなくて『ヴィクトリア』って呼んでくれたの！　夢じゃないかし

ら？　ねえ、ちょっとわたしのほっぺつねってみて？」

「いたしません」

「小さいわたしではなくなったから、行ってきますのキスをしてくれたのかな？　だとしたら改めてわたし、大きくなってよかったって思えるわ」

片手で頬を押さえて「きゃー」と言っているヴィクトリアを、アメリアとシャルロッテは微笑《ほほえ》ましく見ていた。

そして操舵士《そうだし》をはじめ、艦内のその場に残った第七師団の団員は、ヴィクトリアの様子を見て、海賊に襲撃されている状況下、普通の姫なら怯《おび》えて泣くところなのに、余裕なのか天然なのか、相も変わらず黒騎士様好き好きな反応をしているところが第六皇女殿下らしいし、うちの司令官の花嫁様らしい豪胆さだと声には出さないが思っていた。

甲板ではすでに、海賊と団員の乱戦になっていた。

最初、戦艦に乗り込もうとした奴らを戦艦の砲撃に回っていたクラウスの部隊を出して銃弾で海に落としたが、すぐに銃弾は弾《はじ》かれるようになった。

賊は銃火器類の攻撃を無効化し、彼ら得意の白兵戦《はくへいせん》の環境を整える。これは商船から強奪した魔導具の効果のようで、身軽な海賊が一人乗り込んでくると、そこから乱戦になった状態だ。その乱戦状態の隙をついて、ルーカスは今回の外交に追従してきた弟に少数の団員をつけ、海賊が奪った商船の荷を回収するように指示して送り出した。

もちろん弟のケヴィンは半泣き状態だった。

「この状態でそれをするの⁉ 僕、非戦闘員だよ⁉」

「お前な、ここで荷を回収しておけば、今後フォルストナー商会に有利に動くのはわかってるだろ？ 殿下が何のためにお前に容量拡張したアイテムボックス渡したと思ってるんだよ。ただでサーハシャハルまで同行させるとでも思ったか？ うちの精鋭を護衛につけるから、うまいことやってこい。見る限り海賊はほとんどこっちに上がってきてるからいけるだろ。むしろ安全かもしれん、弟を頼むぞ、カッチェ」

混戦状態の甲板を迂回《うかい》し、ケヴィンを囲んだ数名が海賊の船へと向かう。

それを見送ったルーカスは、背後にかかる威圧感を感じとった。

振り向くとアレクシスが甲板に降りてきている。

「アレクシス‼ なんでお前が出てくんの⁉」

彼が身に纏《まと》う雰囲気が、戦場にいる時と同じものだとルーカスは感じる。

ヴィクトリア殿下を隣国から帝国へ救出した際は率先して殿下をお連れする役目に回り、国境で魔獣に遭遇した時も殿下の周りを護衛で固め、自ら魔獣に対峙《たいじ》した。しかし、婚約が決まり辺境へ来てからは司令官らしく後方での指示に回っていたのだが……。

「この戦艦に勝手に上がり込んできた奴らを片付ける」

アレクシスはそう言うと、混戦状態の甲板の左側に音もなく走り込む。標準的な成人男性の身長よりも少し高い彼だが、その動作は機敏だ。剣を振り上げてきた海賊の両腕を一瞬で叩《たた》き切った。それまで海賊や団員の怒声や殺気が飛び交い剣戟《けんげき》が繰り広げられていた甲板上が、静まり帰る。

剣の切れ味は甲板に転がった海賊の両腕を見れば一目瞭然。

「この戦艦に無断で足を踏み入れた者に、容赦はしないと殿下が仰せだ」

そう言いながら、目の前にいる海賊の男の首を刎《は》ね飛《と》ばした。皇女襲撃は斬首と相場が決まっている。アレクシスはそれを実践する。

第七師団に配属された新兵たちは、アレクシスを初めて見た時はその雰囲気から「強そうではある。強面《こわもて》だし」ぐらいに思っていた。しかし、実際のアレクシスの剣技を目にしたことはなかったが、今、甲板上で、あっという間に二人を剣で倒した。

目視で追うのがやっとの者もいたが、何が起きたのか視認できない者もいた。わかるのは、彼が混戦状態の甲板に立ち、敵の視線を一気に受けているということだけだった。

その現実に、襲撃してきた海賊たちではなく、甲板に出ていた団員たちの方にも緊張が走る。どんなに鍛えても剣一振りで人間の首を刎ね飛ばす膂力《りょりょく》は尋常ではない。

血しぶきをかいくぐるようにして、その後ろにいる海賊をまた一人屠《ほふ》る。

海賊たちはアレクシスを見て恐怖を感じた。これまで自分たちが商船や漁船を襲った時に向けられた恐怖の感情を、まさか自分たちが抱くことになるとは思いもしなかった。

団員たちは無情に敵を殲滅《せんめつ》する彼を見て、黒騎士様大好きの第六皇女殿下がこの状況を見たら引いてしまうのではとハラハラした。

ルーカスは混戦の輪の端にいる団員に声をかけ、海賊船に移って荷を回収させている部隊を引き揚げさせるように指示を出す。

アレクシスは敵に身体を向けているが、構えもしないで静かに海賊たちを見つめていた。その静寂に耐えきれなくなった海賊の一人が恐怖にすくむ身体を己《おのれ》の声で叱咤《しった》し、アレクシスに向かって剣を振り上げてきた。

アレクシスがその大振りの男を僅かな動きで避《よ》けると同時に、男の身体にはアレクシスの剣が貫かれる。自分たちを率いる頭領よりも恐ろしい人物がこの世にいたのかと、僅かに残る意識の中で男は倒れながら思った。

怯《ひる》む海賊たちの中から、派手な跳躍をしてアレクシスに切りかかる男がいた。

『はは！　軍人なんざ、国に飼われた犬だ。規律を守るだけの腰抜けと思いきや、ちったあ骨のあるヤツがいるじゃねえか！』

顔面に大きな傷のある男。その男は帝国では使われない言葉で怒鳴るように叫んだ。団員たちの中には、相手が何を言っているのかさっぱりわからない者もいたが、男の言葉がサーハシャハル語なのは理解できていた。

跳躍して体重を乗せた男の剣を、アレクシスは剣で受ける。

男の剣を振り払うと、男はアレクシスと同等の体格だが身軽な動きで下がった。

『それにこの船！　さっきの商船もまあまあどうして、いい品を持っていたっ！　こいつはどうだい。どう見ても、サーハシャハル製の船体じゃねえか！　てことは俺がもらってもいいんだよなあ！　ほんとうに今日はついてるぜ！』

振り上げる男の剣をアレクシスはもう一度受ける。団員たちとは違って、男が何を言っているのか理解しているが、いつものように沈黙を貫いていた。

海賊の頭目《とうもく》の男は、自分の剣を受けたアレクシスを睨《にら》みつける。

男の大振りの剣先を躱《かわ》すアレクシスの背後から、三人の海賊が切りかかろうとした。正面の男の剣を力で押し返したアレクシスが後ろに距離をとり、相手の攻撃がくる前に、振り向きもしないまま背後の三人の海賊に一撃を与える。

背後に目があるのかと思わせるような急所を狙った突きだった。

『帝国の軍服、しかも黒とくりゃあ、大陸にも名高い帝国の黒騎士様ってやつだな！』

男が左右から剣で斬りかかるが、アレクシスはそれを凌《しの》ぐ。

白刃《はくじん》が互いの体重にかかり、拮抗《きっこう》を保つ。その状態で男はアレクシスの剣を値踏みするように見つめる。

『いい剣じゃねえか……船もその剣もいただくぜ！　そういや、小さな姫を嫁にしたとも聞いたなぁ！　気の毒に、女はヤレてなんぼだろうよ！』

男の言葉に、それまで黙々と剣捌《けんさば》きをしていたアレクシスの雰囲気が変わる。

それを隙だと思った男の手下たちが束になって切りかかるが、アレクシスは更に速度を上げて応戦した。

切りかかった男たちの首がゴトリと音を立てて甲板に転がる。

そして首のなくなった海賊の胴体をアレクシスは蹴り飛ばし、血の付いた剣を二、三度軽々と振り、その血を払った。

これには海賊も頭目《とうもく》も目を見張る。軍人などは国の犬であり、戦争というルールの上では実際に剣を取るのは兵たち。飾緒《しょくしょ》をつけた幹部クラスならば実戦になど出ていないだろう。暴力という圧倒的な力で商船を襲い、傍若無人を繰り返してきた自分たちの方が、剣《けん》戟《げき》を制すると思っていたのだ。

だが、対峙《たいじ》した軍人は、男が想像していた軍の高官とは違った。

この軍人は体格と剣技、膂力《りょりょく》に優れ、敵に対しては容赦も感情もない。海賊の頭目として自分がこれまで他者に対して振るってきた暴力をはね返し、恐怖と威圧をもって対峙する存在。

血だまりになっている甲板上で、アレクシスは男を睨《にら》みつける。

『この船だけじゃ足りねえな、手下をこんだけ殺《や》られりゃあ。てめえ、さっき言ってたな あ、「殿下の仰せ」だと。てことは「お姫様」が乗ってんのか、この船によ。サーハシャハルの好き者のジジイにでも売りゃあいい金にな――』

そこまで口にした男が、今度は防戦一方の状態になった。

それまで無表情だったアレクシスの憤怒《ふんぬ》の片鱗《へんりん》。男の背筋を嫌な汗が流れた。アレクシスが放つ剣の軌道に男は鳥肌を立てる。

幾度となく重なりあう剣戟の音が、甲板上に響く。

――やべえ、この軍人、強すぎる。

それまで強奪において引くことがなかった男だったが、ここは引き下がった方がいいと思った。命の危険、このままでは死。そんな警鐘が男の頭の中で鳴っている。

男は自分の持つ剣が、僅かに刃こぼれしているのに気が付いた。対峙の合間に見たこの黒服の軍人の剣はいいものだと値踏みしたが、実戦を踏まえて最初に判定した評価より上だと思った。だが、この軍人を倒さない限りそれは手に入らない。

今日は、商船を襲っていいシノギを得た。この船も軍艦とはいえ一隻《せき》だけで、護衛艦もいない。白兵戦《はくへいせん》にもっていけばもしかしてとも思っていたのだ。

『こんの、クソ馬鹿力だなぁああっ！』

アレクシスの剣を受け、ビシッと剣身にひびが入る。剣身の中央部分が割れ、ど真ん中から先の刃が甲板の床に跳ね上がった。

『チッ！』

普通ならば、優勢であるアレクシスがここで余裕を見せるぐらいはするんじゃないかと男は思ったが、アレクシスはためらわず踏み込んでくる。

――この男！　お行儀のいい軍人と思っていたが違った!!

容赦なく切りかかってくるアレクシスの剣を男は後ろに飛びすさり、間一髪で避《よ》けた。

『お頭《かしら》あぁあああ！』

手下が男をガードするように、アレクシスとの間に入ろうと走り寄るが、その手下よりもはやくアレクシスの一振りが跳躍した頭目《とうもく》の右足を捕らえる。

男の右足の膝から下が斬《き》られて飛んだ。

『があ――っっ!!　てんめえ！　ぜってぇ赦《ゆる》さねえ!!』

甲板の手すりを掴《つか》んで片足で一瞬立っていた男は、そのまま海に落ちた。

『お頭がやられた！　撤収だ!!』

残った手下たちは自分たちの船に戻ろうとするが、その半分ぐらいはアレクシスの追撃の餌食《えじき》となり、海に落ちた。命からがら船に飛び乗った者たちは、急いで船体を離そうとする。

甲板に転がる死体をアレクシスは睥睨《へいげい》する。

剣を鞘《さや》に納め、鞘の先で動かないその死体を指す。

「処分しておけ、新兵は甲板の清掃を始めろ、賊の血を一滴も残すな」

団員たちは敬礼をすると、その場で指示通りの行動に移る。清掃を始める者たちの身体が震えているのは冷たい海風のせいではなく、たった今、アレクシスが応戦した一部始終を見たからだった。自分の傍《そば》に寄るルーカスにアレクシスは指示を出した。

「襲われた商船の救助に向かえ」

「襲撃された商船の積み荷を回収の上、海賊船に爆弾をしかけた」

そう報告しながら、ルーカスはアレクシスの剣を受け取る。

剣は鞘に納めたが血が付いているため、帯刀したくないようだ。

「距離をとってから作動させろ、同時に主砲を二発ぐらい撃ちこんでおけ」

「着替えた方がいいだろう、制服の色でわかりづらいが、返り血がひどいぞ」

「そうだな」

ヴィクトリアが階段を駆け下り、船室に向かおうとするアレクシスの前に現れた。

「黒騎士様ー！　お怪我《けが》は？　ご無事ですか⁉」

アレクシスが甲板を清掃している団員たちに視線を投げると、団員たちは清掃を急ぐ。

「大丈夫です。僅かに返り血を浴びているので、着替えてきます。殿下、ブリッジで確認をお願いしたい」

「確認？」

「ルーカスが賊の船に爆薬をしかけました。距離をとったら作動するようになっています。

作動してもしなくても、主砲を打ち込む指示をわたしの代わりにお願いしたいのですが」

アレクシスがそう言うと、ヴィクトリアは笑顔で敬礼をしてみせる。

「閣下の仰せのとおりに！」

そして茶目っ気たっぷりにそう言ったヴィクトリアを見て、彼は僅かに微笑《ほほえ》む。

「怖くないですか？」

アレクシスが尋ねると、ヴィクトリアはアレクシスに手を差し伸べる。

多分彼女は、アレクシスが敵を無情に殲滅《せんめつ》する姿を見ていたはずだ。その血生臭さに、手を取るのを嫌悪するかと思ったが、彼女は小首をかしげる。

「どうして？　だって黒騎士様はわたしを守ってくださったのよ。怖くなんかないわ」

アレクシスは差し伸べられた手を取ろうとして、自分の手袋に血が付いているのが目に入った。手袋を外して素手で差し伸べられたヴィクトリアの手を取る。

初めてニコル村で夕日を見た時と同じように二人は手を繋《つな》いで甲板から離れる。ただ、あの日と違っていたのはヴィクトリアの手がほんの少し大きくなっていて、互いの指を組み合わせていたことだった。

四話　グローリア姉上との再会

海賊に襲撃されたものの、商船の船主は無事だった。サーハシャハル王国の港町マルジャーンに店を構える商人で、ヴィクトリアたちに同行していたフォルストナー商会のケヴィンと話が弾んでいた。

「もうここで死ぬかと思いましたし、まさか奪われた積み荷まで戻ってくるとは思いもしませんでしたよ」

「いやー強運を持っていますね。マハーマさん」

襲撃された船の大きさからそれなりの商人だろうとケヴィンとルーカスは予想していたが、その予想通り大商店の店主で、各国にいろいろと手広く商売を展開させている様子だと、彼が話す流暢《りゅうちょう》な帝国語から察することができた。

彼は食料品も扱うが、別の商品の製造がうまく軌道にのり、国内でも評判が良かったため、輸出を始めようとし、帝国へ向かっていた矢先に海賊に襲撃されたという。

商船も現在この戦艦に曳航《えいこう》されており、修理すればまた航行可能であることに、マハーマ氏は安堵《あんど》している様子だった。

あの海賊がマハーマの船を沈めなかったのは、商船も奪うつもりだったのだろう。この戦艦に気がついて、この戦艦をも強奪すれば商船を曳航《えいこう》できると踏んだのかもしれない。

「今回の航海には護衛もつけていたのですが、あの海賊にやられてしまいました。それなりに腕は立つという触れ込みだったのですが……」

「わかります、うちの商会も国外へ出かけるときには護衛を雇いますよ。僕は兄が軍にいるので今回のサーハシャハル行きに同行させてもらっているのです」

「そうでしたか……しかし帝国の軍がうちの国へ……いえ、サーハシャハルと帝国が同盟を結んでいるのは存じておりますが……」

「ああ、ご安心ください。この船はサーハシャハル国から帝国へ贈呈された戦艦です」

「この船が……私の国でも話題になっていました。なんでもグローリア王太子妃の妹君ヴィクトリア様がご婚約されたお祝いで戦艦を贈られたとか」

「ええ、カサル王太子殿下に嫁がれたグローリア殿下がこの度ご懐妊と聞き及び、皇帝陛下の名代として第六皇女ヴィクトリア殿下が、さっそくこの戦艦でサーハシャハルに向かっているところなのですよ」

「なんと！」

ケヴィンからこのことを聞いたマハーマは、ぜひお目通りしてお礼を申し上げたいと言い出した。

ケヴィンからこれを聞いたヴィクトリアは頷《うなず》き、アレクシスやシャルロッテ同席のもと、被害に遭った商人マハーマと会見することになった。

司令官室に通されたマハーマは、入室するなり、息を呑《の》んだ。

黒い軍服姿でプラチナブロンドの髪に菫《すみれ》色の瞳をした若い女性がいた。サーハシャハルが三年前に迎えた黄金の美姫、グローリアと顔立ちが似ている。

マハーマは王宮ご用達の商人の一人であり、王族とも面識があった。もちろん、グローリアを目にしたこともある。サーハシャハルの輝ける次代の若き海王と称されるカサル王子と帝国の第五皇女殿下が並ぶ様子は、一対の絵のようだった。

「わたしが、リーデルシュタイン帝国第六皇女ヴィクトリアです。ケヴィンさんから伺いました。なんでも帝国へ向かう途中で賊に襲われたとか」

「はい、わたしはサーハシャハルで商売を営んでおります。マハーマと申します。この度は命だけではなく積み荷まで救っていただいてありがとうございました」

「帝国語がお上手ですね」

「はい、私は仕事のため、いくつかの国の言葉を習得しております。今回、助けていただいたお礼としてヴィクトリア殿下にぜひこちらの品を献上いたしたく」

命が助かったうえ積み荷まで無事だったその感謝として、商品を献上したいというその気持ちに嘘《うそ》偽りはない。

ヴィクトリアに献上する品は、無事に航海を終えて帝国に着いたら帝都の上流階級の女性たちに高額で販売しようと思っていた商品。

帝都はこれから社交シーズンなので夜会やお茶会などでこの品に目を留め、これを気に入った貴族の女性たちが、マハーマの店に注文してくれるはずだと期待を込めた逸品だった。

それをヴィクトリアに献上するのは、値段的には痛いが、広告としての費用対効果は同等ではないだろうかという思惑も少なからずあった。

命と他の積み荷の無事、そして広告費用の削減という算段もわずかながらあったのだ。

「え、でも、貴方《あなた》を助けたのはわたしの黒騎士様なので」

ヴィクトリアの言葉に、マハーマは彼女が視線を送る男に視線を向ける。

黒い軍服に目つきの鋭い男がヴィクトリアの隣に静かに立っているのは、この部屋に入ってすぐに視界に映っていた。

帝国の第六皇女殿下が年の離れた軍の高官と婚約されたという話は、サーハシャハルにも届いている。商人たちの間では、一般の民よりも、精度の高い情報で広がっている。

帝国の一個師団を任される若い司令官であり、武に優れ、古い貴族の家柄。ただ、その風貌から周囲に恐れられているという話を。

今回マハーマが雇い入れた護衛もそれなりに腕が立つという話だったが、数に攻め立てられて命を落としてしまった。この軍人はその護衛とはやはり雰囲気が違う。ケヴィンから聞いたところによると、海賊たちの大多数をほぼ一人で殲滅《せんめつ》したという。

「では、フォルクヴァルツ閣下にこの品を」

マハーマが献上する品をアレクシスが受け取る。

ビロードの布地に覆われたそれは、一見するとジュエリーケースのようだった。

箱を空けて中を確認すると、この商人がヴィクトリアに献上したいという意味がわかった。アレクシスは呟《つぶや》く。

「なるほど。そういう意味か」

マハーマは平伏する。

ヴィクトリアはアレクシスを見て、小首をかしげる。

「殿下、この献上品を私から殿下に」

「え！」

アレクシスから箱を渡されたヴィクトリアは、そっと箱を開けてみる。

「これは……真珠……アメリア、ねえ、これ外して！」

ヴィクトリアは自分の襟の後ろを指さす。

アメリアは心得て、金のネックレスの留め金を外した。

金の鎖に通されているのは、かつてアレクシスが婚約の時に贈った指輪だった。

ヴィクトリアが年相応に成長して指にはめることができなくなった真珠の指輪は、鎖に通して肌身離さず身に着けている。その指輪の台座で輝いている真珠とマハーマが献上品として渡した真珠は、大きさも輝きも色も酷似していた。

シャルロッテが「ちょっと拝見」とヴィクトリアに声をかけ、シャルロッテはそのネックレスと箱に収められた真珠をじっと見つめる。

眼鏡のレンズが自動的に形状や重さなどを計測する。

「同じ大きさだし、色も形も酷似。真珠は同じ大きさを揃《そろ》えるのも大変だからすごい偶然です。ヴィクトリア殿下。ちょうど対になるので耳飾りに加工してはいかがですか？」

シャルロッテの言葉を聞いてヴィクトリアがアレクシスを見ると、彼は頷《うなず》く。

「ロッテ様、加工をお願いできますか？」

「御意《ぎょい》」

シャルロッテはネックレスにしていたヴィクトリアの指輪と献上された真珠を同じジュエリーケースに収め、妹に似合うデザインを頭の中で考える。

その様子を眺めてマハーマはほっとする。

「マハーマさんは、真珠を取り扱うのですか？」

「はい、わたしはこの真珠を養殖することに成功いたしました」

ヴィクトリアはガタッと椅子から立ち上がる。

ここは普通、婚約者が渡した真珠にうっとりするところだろうとマハーマは思う。

しかしこの美しい姫君は、その製造工程の方に興味をそそられたようだ。マハーマとしても、この真珠の養殖を成功させるまで涙なしでは語れない苦労があったので、うっかり口を滑らせてしまった。

「自然の海では真珠はそうそうお目にかかれません、そしてまた宝飾品として形の良いものを手に入れるのは奇跡のようなもの、こちらを作り出すのに、三年かかりました」

「三年⁉」

「この真珠はできるだけ自然と同じ環境で養殖します。真珠は元々、海神の恵みといわれる偶然の産物。たくさんの貝を用意しても、こうした宝飾品レベルになるのはほんの一握りなのです」

ヴィクトリアは口元に手を当ててしばらく考え込み、マハーマに告げる。

「マハーマさん、この真珠を買い取りましょう。その代わり、その真珠の養殖について教えてください」

「いえいえ、それはそれでお受け取りください。しかし帝国で真珠を……ですか？　帝国側の海水温は低いので難しいと思われます。養殖の方法をお伝えするのは構いませんが」

あっさりと養殖についてのノウハウを教えるというので、ヴィクトリアは、実際はずいぶん難しいのだろうと考える。

「殿下が着手されるのですか？」

アレクシスの言葉にヴィクトリアは彼を見つめ、「ナイショ」と呟《つぶや》いた。

この様子だとまた何か思いめぐらしているのだなとアレクシスは思った。


ヴィクトリアを乗せた戦艦ヒルデガルドは、サーハシャハルの王都に近いアル・アッワルの港に入港した。

マハーマとは事業についての再会を約束し、一度そこで別れ、政務の日程に沿って外交が開始される。王宮に勤める官吏がヴィクトリア一行を出迎えた。

この時はすでにヴィクトリアは軍服ではなく、帝国の皇女らしい美しいドレスを纏《まと》い、サーハシャハルの地に足を踏み入れた。第五皇女グローリアが輿入《こしい》れした時以来の三年ぶりの入国であった。ちなみに杖《つえ》はもう手にしていない。船の中でもリハビリに励み、杖は必要としなくなっていた。

彼女の優美な姿を見ると、出迎えの官吏たちは魂が抜かれたかのようになった。

かつての小さな愛らしい皇女殿下の姿ではなく、サーハシャハルの王太子妃であるグローリアと瓜二《うりふた》つの顔立ちとその姿に見惚《みと》れてしまったのだろう。護衛として随行《ずいこう》した帝国軍の小隊をつけることは、事前に取り決められているので問題はなく、残りの団員たちは待機および時間ごとに休暇が与えられていた。

三年前にアレクシスは警護として、ヴィクトリアは花嫁の親族として陸路で入国し、グローリアの挙式に参列したが、海路での入国は今回が初めてなので、異国情緒あふれる港町は新鮮な感じがした。

王宮へ続くメインストリートを白い牛車が何台も連なって進む。その牛車を先導するのは小さな象だ。その象の背はブルーの色彩を基調とした緻密な刺繍《ししゅう》を施した豪華な織物で覆われ、その先端に金の房がついている。象の足と耳には文様がペイントされており、王宮が招待した他国の賓客《ひんきゃく》であることが一目で民衆にわかるようになっていた。

「公務なのですが、こういう光景もいいですよね。旅気分になります」

ヴィクトリアの言葉に、確かにとアレクシスは頷《うなず》いた。

雪に閉ざされた辺境領と、冬なのに常春の暖かさのこの地。その寒暖差にヴィクトリアだけでなく、部下たちの体調も少し気になるアレクシスだが、対面に座るヴィクトリアは元気だ。

「馬車ではなくて牛が引くのもこの国ならではですよね、牛ってのんびりしてるイメージですが、意外と速いです。それにあったかいです。常春ってこういうのですね」

「そうですね。でも殿下、いまは冬だからこの気温ではありますが、夏場は大変だと思いますよ」

牛車の中にはルーカスもいるので、シャルロッテは、皇女殿下ではなく今回の帝国とサーハシャハルの大陸鉄道共同計画の推進メンバーの要人として、同乗している。ルーカスは言う。実家の仕事の手伝いのため、彼は士官学校から帰省すると帝国の周辺国を訪れていたが、その経験から夏のサーハシャハルを知っている。

「サーハシャハル王宮に賓客《ひんきゃく》として招かれる場合は大丈夫でしょうが、これが外仕事だと日焼けします。ロッテ様も色白だからあっという間に日差しに焼かれてしまいますよ」

シャルロッテが直接このサーハシャハルの現場に足を運ぶことはまずないとヴィクトリアは思っている。シャルロッテの周囲を固めている部下に代行させるのだろう。

「今回は顔合わせ程度の出席ですから、公式にはサーハシャハルはカサル王子、帝国からはエリザベート殿下が出席のうえ会見されるでしょう」

シャルロッテの言葉にヴィクトリアは頷く。

「それよりも、殿下、見えてきました。サーハシャハル王宮カルアァが」

シャルロッテが窓の外に視線を向け、ヴィクトリアにそう伝える。

半円のドームを中央に据えた、サーハシャハル王宮独特の建築様式。王宮の両サイドに左右対称に尖塔《せんとう》が二つずつ並び、牛車はその尖塔の中央の道を進んでいった。牛車から降りると、要人を迎えるために目の覚めるようなブルーの絨毯《じゅうたん》が長くエントランスまで敷かれていた。

謁見室《えっけんしつ》に通されると、サーハシャハル国王ファジャルが玉座に座っており、ヴィクトリアたちを出迎える。

『はて、我が息子の妃とそっくりのお姿だが、妹君の第六皇女殿下かな？』

『はい、リーデルシュタイン帝国皇帝陛下名代として参じました。リーデルシュタイン帝国第六皇女ヴィクトリアでございます。陛下』

『うむ。して、もうお一人は皇帝からも話はお聞きしておる。此度《こたび》、グローリア妃の懐妊を機にカサル主導で帝国と我が国の鉄道について計画が上がっておるが、その任に当たられる魔導開発局のロッテ殿だな。今後もよしなに頼みたい』

『リーデルシュタイン帝国皇帝直属魔導開発局のロッテでございます。微力ながらこの度の計画、技術方面でご協力できればと思います』

『二人とも流暢《りゅうちょう》なサーハシャハル語。それに、牛車に積まれた懐妊祝いの品、ありがたくちょうだいする。それに我が国の商人を航海中に救助してくれたとのこと、感謝する。フォルクヴァルツ辺境伯爵』

アレクシスは一礼するに留《とど》めた。

『帝国の姫君たち姉妹の仲の良さは、知っている。この爺《じじい》との会見よりも、早く姉君にお会いになりたいだろう。カサルに案内させるゆえ、ゆっくり歓談されるがよい』

自らを爺と称するあたり、孫の誕生を待ち望んでいる様子がうかがえる。玉座の隣にいくカサルがヴィクトリアたちを案内するために、国王から離れて、ヴィクトリアの前に行く。

見た目が自分の最愛の妻そっくりになった義妹を見て、カサルは柔らかく微笑《ほほえ》む。

この場にいるのは衛兵以外は国王と宰相《さいしょう》、この王太子のみ。わずかな人数での謁見《えっけん》だったのは、前もってリーデルシュタイン帝国皇帝からヴィクトリアがグローリアと見た目もチャームも瓜二《うりふた》つとなったので、配慮してほしいと事前の連絡があったためだった。

もちろん当のヴィクトリアやアレクシスにもこの旨は伝えられている。問題は、このサーハシャハルで行われる夜会への出席だ。

「婚約者がこのフォルクヴァルツ卿《きょう》なのが救いだな。グローリアのところに案内するよ、義妹殿」

カサル自身、グローリアと結婚するまで、否、結婚してからも彼女のチャームに引かれて群がる男性を牽制《けんせい》するのに苦労した経験から出た言葉だった。

カサルが案内したのは、この王宮から少し離れた場所に建てられた離宮だが、王宮のデザインに酷似している。

「カサル殿下、先ほど黒騎士様が婚約者なのが救いっておっしゃっていましたが、どういうことなのですか？」

離宮に到着して改めてヴィクトリアがカサルに尋ねる。

「殿下ではなく以前のように義兄様《にいさま》と呼んでおくれ」

「はい、カサル義兄様」

素直にヴィクトリアが頷《うなず》くと、カサルは嬉《うれ》しそうだ。

両国を結ぶ大陸縦断鉄道が完成したら、海路よりももっと頻繁に行き来ができるが、それはまだ先の話だった。

近々カサルがグローリアを伴って帝国へ向かうのならば、ヴィクトリアたちがこの国へ向かった時と同様に海路を使うだろう。

その時はきっと、グローリアも無事に出産を終えて、子供が生まれているはずだ。

サーハシャハルの王族には海神の加護を受けられるように、生まれた子供を船に乗せる「初船の儀」という儀式があった。カサルはその王族のしきたりにかこつけ、グローリアに三年ぶりに故国へ里帰りさせてやりたいという気持ちがあったのだ。

「ヴィクトリア！」

離宮の一室に案内されてその部屋へ入ると、三年ぶりの再会を喜ぶ姉の姿がヴィクトリアの視界に入った。

大陸中の男性の心を射止めたと言わしめる、美しい黄金の姫――。

彼女の笑顔を一目見たさに、帝国では何度も長い行列ができた。

結婚し、もうすぐ子を出産するというのに、その美しさは以前と変わらず、否、以前よりも増しているようだ。見事な金髪に緑金の瞳。光の加減によって髪も瞳も金色に輝く太陽に愛された姫。

ヴィクトリアより三歳年上のグローリア・ゾンネンブルーメ・リーデルシュタイン。

今はこの国の王族の名を受け、グローリア・ナージャ・サーハシャハルとなった女性がそこに立っていた。

「姉上！　おめでとうございます！」

「手紙を書いてくれたから、成長したのはわかっていたけれど、実際に会えて嬉《うれ》しいわ！　ちゃんと成長したのね。ああそれに、ロッテ姉様も！」

人払いされているので、グローリアはシャルロッテに姉様と声をかける。

「おめでとう、グローリアちゃん！　つわりは終わったみたい？」

「最初ほどじゃないけれど、まだあるの、でも、今日はとても、気分がよくて」

「それはグローリアの姉君と妹君が訪ねてくれたからだろうね」

カサルの言葉にグローリアは頷く。

グローリアはサーハシャハルのゆったりとした民族衣装を着ているせいか、懐妊しているとは見えなかった。

「ヴィクトリア、貴女《あなた》の婚約者を紹介して。私も護衛についてもらったことがあるので面識はありますけれど、改めてね」

グローリアにそう言われて、ヴィクトリアはアレクシスを見つめる。

アレクシスの立場ならば、帝国の第五皇女の護衛を務めたこともあるのは当然だろうと思った。

以前、どの姉上でも自分よりは黒騎士様にお似合いなのではと不安を抱いたこともあったが、彼が時折見せてくれる素の部分を知るのは自分だけだと、ヴィクトリアはなんとなくわかっている。

美しく成長した彼女は幸せいっぱいの笑顔で、傍らに護衛騎士のように立っている彼と腕を組んで紹介する。

「アレクシス・フォン・フォルクヴァルツ辺境伯爵様。わたしの未来の旦那様です！」

「ヴィクトリアには……小さい頃から驚かされてばかりいました。強大な魔力もさることながら、それを抑えるために無意識で自らの成長を止めるなんて無茶なことをして、フォルクヴァルツ卿《きょう》はこの好奇心旺盛《おうせい》でお転婆な妹に手を焼くかもしれませんが、末永くよろしくお願いいたします」

「御意《ぎょい》、妃殿下」

家臣のそれらしい礼をすると、グローリアはヴィクトリアとアレクシスを見比べる。

カサルが唸《うな》る。

「うーん」

「え、何？　カサル義兄様《にいさま》」

「うん。すごいね」

「なにが⁉」

「グローリアのチャームにかからないあたりが」

「チャームって……グローリア姉上はもしかして今、それ発動してる？」

　ヴィクトリアは恐る恐る尋ねると、バッとアレクシスの前に出て両手を広げる。

「姉上にはカサル殿下がいらっしゃるでしょ！　黒騎士様はわたしのなの！　ダメ！」

「ごめんなさい。でも試してみたかったのよ」

「どういうことですか？」

「わたしが結婚する前に、エリザベート姉上のお婿《むこ》さん候補にチャームを行使したら全員、わたしを口説《くど》きにかかりました」

　シャルロッテはギョッとする。

「グローリアちゃん……えっと、エリザ姉様の婚約、決まりかけていたのに破談になったのってもしかして……」

「そうです。姉上からもお願いされたの。『お前のチャームに引っかかるような男では、私と帝国を手に入れることはできないことを知らしめてやれ』って。それはそうよね、わたしに引っかかるような人じゃ、帝国の未来を任せられないでしょう？　そのお話を聞いて、わたし、とりあえず、姉妹の恋人とか婚約者とかには、一度はチャームを試そうって思ったの」

第二皇女ヒルデガルドにも数は少ないものの縁談があったが、それもこのグローリアのチャームで破談になったことがあるという。

推挙されたり立候補したりとさまざまだが、姉たちに結婚を申し込むその口で、グローリアの魅力に心を奪われて、本音を口にするのだ。ちなみに「縁談は地位のためだけで、愛しているのはキミなんだ」というのがグローリアのチャームにかかった男性貴族が口にするセリフ第一位だそうだ。野心はあるが愛は別と、腹の中をこぼす有様で、グローリア自身もこれはダメだと思ったらしい。

「メルヒオールお義兄様《にいさま》は、マルグリッドお姉様自身がチャーム持ちだから、耐性があったのかなって」

「それはヴィクトリアちゃんも成長してチャーム駄々洩れだったから黒騎士様にも耐性がついたのでは？」

シャルロッテの言葉に、グローリアは記憶を探るように小首をかしげて言う。

「結婚前にわたしの護衛をされていた時にも、チャームが効いていないかも……と感じていたので、今回はどうかなって念のために全開にしてみましたが、珍しいですよね、無効化されてますもの」

「グローリア姉上のチャーム全開とかやめてー！」

ヴィクトリアがアレクシスに抱きついてそう叫んだ。

シャルロッテがその様子を見て苦笑する。

しかし、チャームを向けられたアレクシス自身はどうなのだろうと、シャルロッテはアレクシスを横目で見た。アレクシスは、ダメダメと頭を振って抱きついているヴィクトリアの背をポンポンと軽く叩《たた》いていて、普段の無表情ではなくて、ヴィクトリアがまだ小さい身体の時に僅かに見せていた優し気な表情だった。

グローリアも、これなら大丈夫ねとカサルに小さく呟《つぶや》いて微笑《ほほえ》んだ。

五話　攫《さら》われたシャルロッテ

「グローリアは欠席だけど、ヴィクトリア殿下もシャルロッテ殿下も大注目だな。こうなるとフォルクヴァルツ卿《きょう》は大変だろうと思っていたんだが……」

カサルの言葉に、ヴィクトリアは夜会仕様のドレスを身に纏《まと》い、皇女らしく微笑《ほほえ》んでみせる。

「はい。でも護衛として同行してもらった第七師団や黒騎士様を差し置いて、わたしに声をかけようなんて気概のある殿方がいらっしゃるとは思えません」

「確かにフォルクヴァルツ卿ならば物理で排除しそうだが、油断は禁物。私もグローリアと婚約が決まった時はすごかった。暗殺未遂が何度起きたことか。王位後継者になった時と同じぐらい刺客が送られてきたからね」

さらっと言ってのけるカサルだが、事実らしい。

「お義兄様《にいさま》、よくご無事で……」

「部下に恵まれていたからね」

グローリアが世継ぎを宿しているのはこの国で知らない者はいない。そのため、彼女は夜会を欠席。そこでカサルがシャルロッテをエスコートしているのだが、シャルロッテは現在ひっぱりだこ状態だ。彼女は帝国とサーハシャハル間の鉄道開通の件において、帝国側の要人として招待された。招待を受けてシャルロッテがこの国にやってきたのは、ここで関係者に顔を繋《つな》いで、今後の計画を推進させる土台を作るためだった。

帝国の要人といっても女性なので、我が国はこの件にうまく介入して主導権が得られるのではないか——そんなサーハシャハルの考えはヴィクトリアにも透けて見えたが、カサルが隣にいることで、シャルロッテをないがしろにすることはなく、技術者の要人としての立場を会場にいる関係者にはっきりと知らしめていた。

しかし、シャルロッテがとある人物に長く引き止められているのに気が付く。

「すまない、義姉君《あねぎみ》は大丈夫か？」

カサルも王太子なので、シャルロッテとは別件で、夜会の客にいろいろと呼び止められ、話し相手をしていたらしい。夜会ではよくあることだ。ヴィクトリアも一通りの挨拶を済ませ、シャルロッテの姿を探した。どうやらシャルロッテは王族の人間に話しかけられているようだった。

「姉上は……なんていうか……公式の場に出ることは慣れていないから、そんな折りに相手の方をうまくあしらうのは、あまりお上手ではないのです」

「うん。グローリアから聞いているよ」

遠くからは確認できないので、ヴィクトリアはハラハラしている。しかしアレクシスは、シャルロッテがいつものように軽い雰囲気でにこやかな笑みを浮かべているが、眼鏡の奥の瞳が冷めているのがわかっていた。

「でも、あの男はまずいな」

カサルはわずかに眉間にシワを寄せた。

シャルロッテと会話を楽しんでいる人物は王弟派であり、カサルにとって異母兄にあたるルトラなる人物だった。

サーハシャハルの王族は一夫多妻が許されている。王位継承は血統が重んじられるが、正妻の嫡男《ちゃくなん》であるカサルと、側室が生んだルトラは王位継承の件で張り合ったことがある。ルトラは妻の数があと一人で二桁になり、その妻たちの実家の力がとても強い。いまだに王位を狙っている節もある。

ルトラはカサルが正妻に迎えたグローリアに近づいたり、黒い噂《うわさ》のある商人ともつながりを持ったり、度々問題を起こしている。カサルの過去の暗殺未遂にも関わりがあるとの噂があり、カサル自身も彼の身辺を調べさせてみたところ、「もみ消しは上手いがこれは黒だろう」との疑惑もある。

王族の中でも一番油断のならない人物だ。

カサルもこのままにするつもりはなく、なにか決定的なことをしでかしたら、彼をこの王宮とサーハシャハル王族に連なる席から外そうと思っていた。

「ロッテ様、お時間です」

カサルが会談中のロッテに帝国語で声をかけると、ロッテは頷《うなず》く。打ち解けた雰囲気ではあるものの、助かったと思っているのだろう。カサルを見てほっとしたような表情を一瞬浮かべていた。

「はい。ヴィクトリア殿下をお待たせしてしまったようです。これにて失礼いたします」

通訳をしていた者がシャルロッテの言葉を相手に伝えると、話していた相手はカサルを呼び止めた。

『はるばる我が国にいらした要人との話を中断させるとは、それが異母兄に対してのお前の態度なのか。王位継承権第一位、次期サーハシャハル国王になろうという者がなんと狭量な。未来のサーハシャハルを憂える気持ちが増すというもの。しかも俺は、お前の義妹をまだ紹介してもらっていないのだがな』

じゃあお前は次期国王に向かってその態度はどうなんだとカサルは思っているし、後ろに立っているヴィクトリアも思っている。

カサルが自分の背後に立っているヴィクトリアに視線を向けると、ヴィクトリアはアレクシスを見て大丈夫だという表情をして見せた。

『お義兄様《にいさま》』

ヴィクトリアの発する言葉に、ルトラは目を見開く。

カサルの背に隠れていたのは、大陸中を騒がせた美姫そっくりの顔立ちの皇女。妖精とも女神とも見紛うその姿に、ルトラは息を呑《の》んだ。

違うのは髪と瞳の色ぐらいで、三年前にこのサーハシャハルに現れた美の女神と同じだった。

ルトラの悪評を知るサーハシャハルの官吏や貴族たちは、内心ハラハラしている。

自分たちも声を掛けたいとは思っても近づけなかった貴族や、カサル王太子とアレクシスという壁を乗り越えてヴィクトリアに挨拶ができた者も「その男の前にだけは出しちゃいかん」「飢えたオオカミに、何も知らない無垢《むく》な白い子ウサギを見せるようなものだ」とそんなふうに呟《つぶや》いている。

しかし、そんな声を黙らせる空気がヴィクトリアの周辺から漂っていた。

気が付かないのはいまだにヴィクトリア自身に目を奪われているルトラだけである。

『おお、流暢《りゅうちょう》なサーハシャハル語ではないか、カサルを兄と呼ぶなら、俺も兄にあたるぞ。いやいや、帝国の末の姫ならば、まだ結婚はしていないだろう？　十番目の妻にしてやってもよい』

王族らしい上からの物言いだった。だが、その言葉を発した後、ルトラは寒気を覚える。

ヴィクトリアに見惚《みと》れていた彼自身も、ようやくただならない空気を察したようだ。

『リーデルシュタイン帝国第六皇女ヴィクトリア・ファイエルヒェン・リーデルシュタインです』

優美なカーテシーをし、自ら名乗る。普段のルトラならば、馴れ馴れしくヴィクトリアのその手をとって、口説《くど》き倒すところだが、身体が動かなかった。

『そして、こちらがわたしの婚約者、未来の旦那様、アレクシス・フォン・フォルクヴァルツ辺境伯爵。帝国の第七師団団長の黒騎士様です！』

カーテシーを終えて十七歳の女性らしく無邪気な仕草で、アレクシスの腕に手を添える。いつもならばそのまま姫の美しさ愛らしさにだらしなく鼻の下を伸ばしていただろう。しかし現状は違う。そのヴィクトリアの横に立つ男の存在が、それを許さなかった。

ヴィクトリアを物欲しげに遠巻きに見ていた男たちも胃の腑《ふ》が縮み上がり、心臓が冷えていく感覚に見舞われた。

ヴィクトリアのすぐ横に立つ、帝国の黒い軍服を着た男が発しているその威圧感に気がつかない者は、この広間の中には存在しないと言っていい。目の前で紹介されたルトラはどうやってこの場を引こうかと頭の中はそれだけで一杯になる。

『こん……やく……しゃ……』

『はい、春に挙式の予定です。もう春が待ち遠しくて！　黒騎士様はわたしの我儘《わがまま》をいーっぱい聞いてくださって、すごーく優しいんですよ！』

ヴィクトリアの言う「すご－く優しい」という言葉からかけ離れた空気を出しているアレクシスを見て、ルトラをはじめとする周囲の男性陣はヴィクトリアが何を言っているのか理解できないでいた。

ルトラが飢えたオオカミならば、アレクシスは魔王。

カサルもシャルロッテも『心配していたが、黒騎士様はこういう面でもガード完璧だな』と思った。

『そ、そうか、いかん、ちょっと他の者にも挨拶をせねばならないので、これで失礼する』

ルトラはそれだけをやっと言葉にしてその場をそそくさと離れた。

「ふん、腰抜けめ」

シャルロッテが口にする。

その言葉に、ヴィクトリアは皇女らしく扇で口元を隠して噴き出した。

「なんで姉上が言うのかな……黒騎士様が言っていいんですよ」

「たとえサーハシャハルの王族だろうと、殿下を前に下心丸出しの男にかける言葉など、鉄拳で十分ではないでしょうか」

アレクシスの言葉にヴィクトリアは嬉《うれ》しそうに腕を絡めた。

夜会の翌日、ヴィクトリアたちは官吏の案内で城下町の視察をすることになった。これも外交の一環だったが、ヴィクトリアは夜会よりもこの城下町視察の方が嬉《うれ》しそうだった。それはヴィクトリアだけではなくシャルロッテも同様だった。サーハシャハルの技術力はどの程度なのか直接視察できる機会だからだ。

「せっかく、黒騎士様と一緒に外国の街を歩けると思ったのに、護衛の人がいっぱいじゃムード台無しですよね」

「この外国で何かあれば、せっかくの両国間の鉄道計画もストップですよ」

不満げなヴィクトリアを宥《なだ》めすかすように、アメリアが進言する。

「わかってます」

そんなヴィクトリアにアレクシスが屋台で売っていた飲み物を渡す。

「わ！　黒騎士様、いつの間に！」

「部下が買ってきてくれました」

アレクシスがそう言うが、彼が部下を買いに走らせたのはなんとなくヴィクトリアも察することができた。

「黒騎士様……やっぱり優しい」

ヴィクトリアがそう呟《つぶや》くが、後ろに控えていたアメリアとルーカスは何とも言えない表情をした。

——姫様、ちょろすぎる……。こんなの、普通ですよ、普通の気遣いでは？

アメリアの呟《つぶや》きがルーカスに聞こえたようだ。

——いやいや、アレクシスがそれをしたってところを褒めてやってよ、今までそんなこと気がついたことがない男なんだよ？

ルーカスにそう言われてアメリアもそれもそうかと納得する。

「中佐」

突然一人の新兵が走り寄り、顔色を変えてルーカスに耳打ちする。

新兵の伝言を聞いたルーカスの表情も曇り始めた。

「アレクシス、そして殿下、戻りましょう」

そう進言したルーカスの表情や声が硬い。

せっかく公務の中では楽しい部類に入る城下町視察だったのだが、急遽《きゅうきょ》中止の言葉を受けて、アレクシスもヴィクトリアも何事だとルーカスを見つめる。

「ロッテ様が拉致《らち》された」

驚きのあまりヴィクトリアが目を大きく見開く。ここで叫び出さないのはさすがというところだ。

伝令によると、本日シャルロッテは、両国間の鉄道敷設《ふせつ》の件で、城下町内の工業地区の視察に赴《おもむ》いていた。ヴィクトリアたちとは別行動である。

造船技術において他国より頭一つ抜きん出ているサーハシャハル王国なので、技術力に不安を感じてはいなかった。むしろ、鉄道や魔導列車の作製において、取り入れるべき技術力があるかどうかの視察だった。

シャルロッテを最後まで死守しようとした護衛の団員たちは重傷だったが、ヴィクトリアが回復魔法を施した。

いきなりの回復に驚くが、ヴィクトリアとアレクシスが傍《そば》にいるので、シャルロッテが襲撃された一部始終を報告する。

「我々は、工業地区へ向かっておりました。その折、アルデリア王国の高位貴族と思われる令嬢が連れ去られるところに偶然出くわしてしまったのです」

シャルロッテをはじめ団員たちは、その令嬢を助けるために飛び出したのだが、団員の一人が深手を負った隙にシャルロッテも一緒に捕らわれてしまったらしい。

闇雲に土地勘のない城下町を探索させても見つかるかどうかと、ヴィクトリアとアレクシスは思案する。

「カサル義兄様《にいさま》に知らせましょう」

ヴィクトリアはそう言った。

これが帝国内なら団員たちに命じて城下町を探索させるが、ここは異国だ。団員たちをむやみに散開させて探索させるわけにはいかない。

カサルならば探索させたり、軍を動かしたりする権限がある。

離宮に戻りカサルの執務室に向かうと、ドアの前にサーハシャハルの近衛の他に他国の軍服を着た男が立っている。

その軍服にヴィクトリアもアレクシスも見覚えがあった。アルデリア王国の軍服だ。

「ヴィクトリア殿下、ただいまカサル殿下は来客と面談中で……」

近衛がそうヴィクトリアに進言する。

「アルデリア王国の方と？　でしたらこちらも同様の件です、カサル義兄様《にいさま》にお取り次ぎください」

チャーム全開にして有無を言わさず扉を開けさせたい衝動をぐっと堪《こら》える。

執務室への入室を許され、ヴィクトリアとアレクシスは足を踏み入れる。そこには見覚えのあるアルデリアの軍の高官の姿があった。

「カーティス卿《きょう》……」

アレクシスが呟《つぶや》く。

名前を呼ばれたアルデリアの軍人はアレクシスを見て息を呑《の》む。

昨年、戦争終結の際、アルデリアの王女イザベラが帝国に留学に来た時に護衛として追従していたアルデリア軍の高官だった。アルデリアから来国している令嬢が連れ去られたのだから、彼がここにいるのはわかる。

「まさかとは思いますが……暴漢に連れ去られたアルデリアの貴族の令嬢というのは、イザベラ王女殿下なのですか？」

アレクシスの言葉に、カサルもカーティスも息を呑んだ。

事実だったからだ。


シャルロッテは現状の把握に努めていた。

部屋に窓はなく、扉には鍵がかかっている。

そして彼女の他に四人の若い女性がいた。いずれも、サーハシャハルの国の人間ではない。

部屋にいる女性は、みんな似たり寄ったりの状況でこの部屋に押し込められたのだろうと推測した。泣いたりヒステリックにドアを叩《たた》いたりしている令嬢もいる。言語は多分よその国のものだが、ドアを開けろなどと言っているのだろう。

そんな中でもシャルロッテが助けようとした令嬢は冷静だった。黙って静かにシャルロッテの近くに座っている。

「大丈夫ですか？」

シャルロッテが声をかけると、彼女は頷《うなず》く。

「ありがとうございます。そしてごめんなさい。助けようとしてくださったのに、貴女《あなた》まで捕まってしまって……それに……怪我《けが》まで……」

彼女はシャルロッテの顔を見て、痛ましそうに眉をひそめた。

連れ去られる時、彼女に手をかけようとした男に噛《か》みついたらぼこぼこに殴られた。眼鏡は破損。頬は腫れて内出血を起こしていた。そんな心配をする彼女を見て、受け答えが帝国語だったということに、シャルロッテは感心した。

「喋《しゃべ》れるから、大丈夫。えっと、お嬢さんのお名前は？　私はロッテ」

「イザベラと申します」

シャルロッテは首を傾《かし》げ、イザベラと名乗った少女をまじまじと見つめる。

年齢は妹のヴィクトリアぐらい、アルデリアの軍服を着た近衛に守られていた。そして名前はイザベラ……。

まさかとは思う。

「もしかしてまさか……あの、失礼ですが、お尋ねしてもよろしいですか？　アルデリア王国のイザベラ王女では……」

イザベラと名乗った彼女は頷《うなず》いた。

ロッテは大声で叫びださないように、自らの手でパシッと口を覆う。

アルデリア王国のイザベラ王女といえば、昨年の戦争終了後、アルデリアから友好の証《あかし》として留学してきた我儘《わがまま》王女様だ。彼女にひそかに恋した貴族がヴィクトリア襲撃を企てたこともある。そのこともあってアルデリアに送還されたのだが、その王女様がなぜこのサーハシャハルにいるのだろうとロッテは考えた。

イザベラはロッテの様子を見て、ロッテが帝国の人間と知ったのか、軽く頭を下げる。

自分のことを知らない者は帝国にはいないのだろうとイザベラは思った。

戦争終結の折、友好の証として留学してきたアルデリアの王女イザベラ。

自国での自分の立ち位置に苛立《いらだ》ちと不満を抱えたまま帝国に来て、アルデリアにいた時と同様に我儘《わがまま》いっぱいに振る舞い、チャームで騒動を起こし、彼女に心酔したシュレマー子爵が辺境へ赴《おもむ》くヴィクトリアの襲撃を企てたことで、彼女はアルデリアに強制送還された経緯がある。

「帝国の方には、以前、大変なご迷惑をおかけしました」

「……いやーそのーまー……」

「私はシュレマー子爵の一件でアルデリアに戻り、自分のしてきたことを反省したのです」

イザベラ王女は静かにそう語り始めた。

心ない貴族たちに陰口をたたかれ、王女としての矜持《きょうじ》を守りたいばかりにその力をふるい、それに奢《おご》ったイザベラ王女。帝国へ留学してもその地位によって自分を抑えず、果ては再度戦争になりかねない状態を招いてしまった。

アルデリアに戻ったイザベラは修道院行きになったらしい。

彼女はそこで、今までの自分のしてきたことを反省したという。我儘勝手に振る舞っていた彼女。留学先で引き起こしたことが、また戦争になるのではというところまできたのだ。アルデリアの国民のイザベラへの印象はよくなかった。この国にいるかぎり、どこにいっても同様になるだろうとイザベラは思っていたが、時に厳しく時に優しく、シスターたちがイザベラに接してくれたことで、イザベラは自分を見つめ直すことができたという。

アルデリアのために王女としてできることは、何があるのか。

政略としての駒というのは多分変わらないだろうし、イザベラも理解はしている。

アルデリアにとっても自分にとっても、この国ならばと思われる国を探すため、再度父であるアルデリア国王に進言し、諸国留学という名目で、国のためによりよい嫁ぎ先を探しているところだった。

今のイザベラは、アルデリアが同盟を結ぶなら、やはり帝国が一番だったと彼女自身も思ったそうだ。しかし帝国には姫しかいない。

ならば、帝国と同盟を結んでいるサーハシャハルはどうだろう。

これも期待はできない。グローリアはサーハシャハルの次期王妃との噂《うわさ》が庶民にまで広まっている。

一夫多妻制ならば自分もとは思ったが、王太子妃は絶大な寵愛《ちょうあい》を受けていて、すでに子も宿しているようだ。イザベラは諦めて、近々この国を離れる予定だったという。

短期間でのその変貌ぶりに、シャルロッテは感心してため息をついた。

「当初の目的は果たせそうにありませんが、もう一つの目的のため、王太子妃であるグローリア殿下にお会いしたくて、マルグリッド殿下にお取り次ぎをお願いしていたのです」

「なぜグローリア殿下に？」

「チャームの制御のためです。本来ならば、帝国のマルグリッド殿下にご教授をお願いしたいと思っておりましたが、帝国にご迷惑をかけたこの身では、足を踏み入れることも躊《ちゅう》躇《ちょ》いたしました。お手紙でご相談したら、サーハシャハルに嫁がれたグローリア殿下にお取り次ぎを図ってくださったのです」

しかし、このサーハシャハルに来てみれば、なんとグローリアも懐妊中で、公務も控えている状態だったという。

「実は国賓《こくひん》扱いで、昨日の夜会にも招かれて会場におりました」

「そうだったのですか⁉」

イザベラはこくりと首を縦に振る。

「ヴィクトリア殿下には驚かされました……」

「あの方は魔力を抑制することで無意識下で成長を止められていたので」

「え⁉」

「他の姉上たちのために――というよりも、第一皇女エリザベート殿下のために、自らの成長を無意識下で止めていらしたのです。辺境領の開発のために魔力をかなり行使した途端に、いきなり成長を遂げたのですよ。殿下の年齢にふさわしいその身体になって、相当な激痛もあったようでしたが……」

「まあ……そんなことが……だから……年齢のわりにはずっと幼いお姿だったのですね」

「はい」

「あんまり変わられたので、私、お声をかけられませんでした……もちろん、私のしたことを思えば、帝国の方に話しかけることは憚《はばか》られますし」

――いや、声をかけてあげてよ。きっと今の貴女《あなた》ならトリアちゃんも話してくれるよ。

シャルロッテはそう思った。

「とにかく、ここを出ないことにはどうにもならないな……」

シャルロッテは壁に手を当てる。魔力を封じる術式が施されている。多分この部屋だけではないかもしれない。ここに連れられてきた女性たちを見る限り、どうも国外のそれなりの身分の女性たちと見受けられる。

帝国に限らず、他国も上流階級ならば魔力もちの可能性が高いから、こういった建物を用意したのだろう。

天井を仰ぎ見ると、壁の上部に小窓が付いているのを見つけた。が、通り抜けるには小さすぎた。シャルロッテがどうしたものかと考えていると、窓の外から子犬の鳴き声が聞こえてくる。

「懸垂は苦手なんだけどなー」

窓枠に手をかけて、ぐっと自分の身体を上げてみると、小窓から見覚えのある狼《おおかみ》の子の顔が見える。

アッシュだ。

そしてロッテは小窓の外を見て、自分がいる場所は建物の地下室らしい、アッシュと顔を合わせているのが地下室の明かり取り用の小窓だということがわかった。

それにしても匂いだけでここを突き止めるなんて、すごいなとロッテは感心する。

アッシュの身体能力や知能は、普通の狼の子とは違うと思っていた。オルセ村の守り神のシロとクロの子。ニーナがシロの気持ちを代弁するに、「アッシュは特別な子」らしい。犬科の動物なので成長は早いはずなのに、いまだ子犬のような愛らしい姿のままなのも不思議だ。

「やっぱりアッシュ!! ちょっと待ってて!」

シュルッと自分の髪のリボンをはずして、そのリボンにペンで書きだす。

現在魔力を封じる建物にいること、周囲は静かだから、街から外れた場所にあるだろうこと、潮の匂いがするからもしかしたら海に近いかもしれないこと、現在自分を含め、他国の女性も拉致《らち》されていることを書いて、もう一度体を上げて窓の外にいるアッシュに渡す。

「アッシュ、頼む、みんなに知らせて！」

シャルロッテはそう叫ぶと、腕の力が抜けて床に尻もちをついてしまった。

「ロッテ様、大丈夫ですか？」

「あたた……遠い東の国に『溺《おぼ》れる者はわらをもつかむ』って言葉がありまして、危急の際には役に立たないものでもあてにするって意味なんですが……アッシュはお役立ち狼なので頼れます」

「狼？」

「子犬みたいにちっちゃい子だけど、きっと知らせてくれるはずです」

シャルロッテはあぐらをかいて、腕を組んで現状について考える。

このイザベラの他にも見た目上位貴族っぽい令嬢が捕らわれている。自分は巻き添えをくったとしても、護衛に囲まれていたし、第七師団はアレクシスの下《もと》でそれなりに訓練を受けている兵だ。それを振り切ったというのは、賊はかなりの手練《てだ》れの者だ。

見張りはドアの外にいるだろうが、連れてきただけで、何か危害を加えようという気配はない。主犯と実行犯は違うのだろう。指示がなければ見張りは動かない。徹底している。

――うーん……お国柄を考えると、やっぱり、金持ちのハーレムに売りつけたい人間の犯行とか考えるんだけどさ……。

考え込むシャルロッテの横でおとなしくしていたイザベラが、泣いている女性たちを宥《なだ》めつつ、何か話しているようだ。

「ロッテ様……」

「うん？」

「どうやら、この屋敷はサーハシャハルの上位貴族のものだそうです」

イザベラはあの後の諸国留学で他国の言葉を理解できるようになったらしい。筆談はできても会話は片言らしいが、それでもすごいなとシャルロッテは感心する。

また、街中で若い女性を見繕って拉致《らち》し、サーハシャハルの上流貴族に献上するとも。

「サーハシャハルは帝国に並ぶ大国ですから、他国、特に小さな国は諦めている節もあるとか」

泣き喚《わめ》いてドアを叩《たた》いていたのは、西の小国の貴族の侍女らしい。

「アルデリアも決して大国ではありませんが、それなりに上手く外交を回しています。だから私を嫁がせることで帝国やサーハシャハルに並ぶ力をつけたいのでしょう。今ならば私もそこは理解しております。」

「魔力を封じている屋敷……外側からの魔力にはどうかな……私を拉致されて、帝国一、二を争う魔力持ちが、怒り狂わないわけないから……」

「はい？」

独り言を呟《つぶや》くシャルロッテに、イザベラが問う。

「うちのお姫様は、可愛いけど、ちょっとお転婆なところもある」

「……うちのお姫様……って……ヴィクトリア殿下ですか？」

「うん。お行儀良くて、聞き分け良くて、優等生で、っていう外の評価とは違うので」

アルデリアに留学中だったヴィクトリアは、まさにシャルロッテが言った印象が強い。

「魔力が封じられているが、古典的な手段ならいけるのか」

ヴィクトリア大好きな小さな狼《おおかみ》の子が、自分のリボンを届けてくれるのと、ここで危険な目にあうのとどっちが早いだろうと、シャルロッテは思った。


その日の日中に起きた事件。

夜遅くなっても、第七師団はシャルロッテの行方を捜索していた。そんな中でヘンドリックスの前に、見慣れた小さな狼の子が口に何かをくわえて走り込んできた。

この非常時になんとマイペースな子だろうと見ていると、くわえていたものを離す。

ヘンドリックスがそれを手に取ってみると、女性の髪を飾るリボンだった。精巧な刺《し》繍《しゅう》が施され、女性が好みそうな光沢と肌触り。そして見覚えのある色。

「どうしたヘンドリックス」

「ロッテ様のリボンだ。よく見つけた！　アッシュどこでこれを手に入れた!?」

アッシュは「ついてきて！」と言うようにアンと一声鳴く。

ヘンドリックスのいる部隊は、他の隊への連絡とアレクシスに伝達する者に分かれた。

『まずいな。屋敷はお前に譲渡する。俺の名前を出すなよ。帝国の第七師団が負傷し、要人が行方不明だとこちらにも連絡が来ている』

『女たちはどうします？』

『好きにしろ、ただ……帝国のその要人は、第六皇女に随行《ずいこう》してきた人物だ。何かあれば今後の鉄道計画どころか、帝国とこの国の同盟も怪しくなる。こういった事を考えて仕事をさせたわけではあるまいな』

『まさか』

『この件を上手く処理できないならば、今ここでお前を引き渡すぞ？』

散々自分を動かして甘い汁を吸っておいて、危険が及ぶとトカゲのしっぽを切るように自分を切り離そうとする主人を前に、手下の男は内心悪態をつきながら自分の保身について考えをめぐらした。

まだまだ稼ぎたいし、この男だって、今の自分を切ったとしても代わりを新たに探すのも手間だし難しいはず。自分の知る限りの情報を頭の中で手繰り寄せ、進言する。

この手下は、第七師団がここに来る途中で戦った海賊の一味の残りが、港町に舞い戻ってきているという情報を手に入れていた。

ここはその海賊どもがしでかしたことにし、犯人を捕らえてすでに処分をしたことにすればいいのではと。

さらに帝国の女性を捕らえたというのも、海での襲撃に失敗したその報復だったということにすれば筋書きとしては申し分ないのではと。

男からその提案をされたルトラはニヤリと笑みを浮かべる。

『お前は存外使えるな』

『ルトラ殿下には、今後とも、長くお付き合いいただきたいものです』

ルトラは、深々と一礼する男を見て考え込み、告げた。

『この件が片付いたら、お前に大きな依頼をしたい、どうしても一つ、手に入れたいものがあるのだ』

アッシュは見知らぬ外国の街にもかかわらず、第七師団の団員を急《せ》かすように誘導する。時には足を止めて追いついてきているか振り返るそぶりすら見せた。

まるで、帝国が近年登用しはじめた憲兵隊の使役犬のような働きだとヘンドリックスは思う。

そして王都外れの屋敷の前に着くと、アッシュが吠《ほ》えた。小さいので可愛い鳴き声にしか聞こえないが「ここだよ！　ここ！」というように門扉をカリカリと前足で掻《か》く。

「よしよし、ここなんだな」

ヘンドリックスがそう言ってアッシュを抱き上げようとすると、アッシュはその腕をスイッと避《よ》けて屋敷から少し離れ、塀づたいをタタッと走って、僅かな塀の破損部分からその小さい身体をくぐらせて行った。

「……どうします？　准尉」

「一名は残って伝言に走らせた後続の隊を待て。あとは……続け！」

ヘンドリックスはそう言うと、塀から少し離れて助走をつけて塀に向かい、軽々と飛び越えた。

「……准尉……身軽すぎ……続くぞ！」

ヘンドリックスが塀を飛び越えたところでアッシュは待っていてくれたようだ。

建物をぐるりと回って、地下室用の明かり取りと思われる小窓に向かって吠《ほ》える。

「アッシュ⁉」

その小窓の中から帝国語の女性の声が聞えた。

「ロッテ様⁉　ロッテ様ご無事ですか⁉」

聞き覚えのある帝国語にシャルロッテはほっと息をつき、小窓に向かって声をかけた。

「無事です。ここには他国の女性も数名、押し込められています」

「了解です。いましばらくのご辛抱を」

ヘンドリックスは小窓から離れ、立ち上がる。

「後続の隊を待たず突入する」

屋敷の玄関には鍵がかかっていたので、窓を破壊して屋敷への侵入を試み、その音に気付いた見張りを捕縛。そのまま地下を探ると、部屋の周りには見張りが三人いた。

もちろんヘンドリックスたちには相手が何を言っているのかはわからない。が、若い女性を地下に閉じ込めていること自体が犯罪だ。

破壊した窓からアッシュも入り込んできて、自慢の鼻で地下へ続く階段と、そこに隠された部屋を見つけた。

そこへ、ヴィクトリアとアレクシスも屋敷に到着したようで、屋敷の外が騒がしくなる。

捕らえた見張り役の男たちは部屋の鍵を持っていなかった。多分彼らの上の人間が、地下に閉じ込めた女性たちに男たちが手を出さぬように、鍵を持っていったのだろう。

「どうだ。鍵はあるか？」

「ありません。少し乱暴な手段ですが、爆破しますか？」

ヘンドリックスの部下が進言する。

その方が手っ取り早いが、中にいるシャルロッテたちも怪我《けが》をしかねない。

一人の団員がドアの前に進み出る。

「僭越《せんえつ》ではありますが、お任せください……」

彼は針金を手にして、それを鍵穴に通し、開錠を試みる。

「館自体が魔力を通さないならば……古典的な手法ですが……」

「よそでやらないよな、それ」

ヘンドリックスが針金を鍵穴に通している新兵にツッコミを入れた。

「きちんとした仕事で請け負いますよ。自分の実家は帝都の錠前屋なんで、仕事に駆り出されたりしたんです。意外といるんです、鍵を失くす人は」

そんな受け答えをしていると、目の前のドアからカチンと音が響く。

ドアを開けると、見知らぬ若い女性が泣きながら出て来る。

その女性に向かって別の女性が宥《なだ》めるように声をかけていた。

団員たちを見ると、その宥めていた女性が帝国語で尋ねる。

「リーデルシュタイン帝国、第七師団の方ですか？」

「そうです」

「ここに閉じ込められているのは帝国の……ロッテ様だけではありません、他国からきている女性が大半です。救助をお願いします」

その声に被《かぶ》せるように、カツン、カツンと靴の音が響く。

細いヒールが鳴るその音を聞いて、団員たちは振り返り、直立不動の姿勢になった。

「お任せください。わたしはリーデルシュタイン帝国第六皇女ヴィクトリア。貴女方《あなた》を保護いたします」

凛《りん》とした声が発せられ、地下室の階段から部屋へと静かに響く。

階段を降りてくるのは、プラチナブロンドの髪に菫《すみれ》色の瞳のヴィクトリアだ。

そのヴィクトリアに向かって、女性は息を深く吸い込んでカーテシーをした。

ゆっくりと頭を上げてヴィクトリアを見つめる女性を見て、今度はヴィクトリアがその大きな菫色の目を見開いて彼女の名前を呟《つぶや》いた。

「イザベラ王女……」

ヴィクトリアの驚きを長引かせないように部屋の奥から声がする。

「いずれも不当な扱いで拉致《らち》された女性ばかりですから、保護をお願いします。ヴィクトリア殿下」

飄々《ひょうひょう》とした口調の聞き覚えのある声がした。

「ロッテ様！　ご無事ですか⁉」

シャルロッテがイザベラの後ろから手を振ってドアの外へと出る。顔面を殴打された痕が痛々しいロッテが姿を現して、いつものような口調で告げた。

「大丈夫。ここにきて半日ぐらいしか時間は経過してないですし。他の女性たちを優先にお願いしたいです」

ヴィクトリアは「姉上！」と叫んでシャルロッテに抱きつきたいのを堪《こら》え、自分の背後にいるアレクシスとカサルを見上げて言う。

「ロッテ様のおっしゃる通りにお願いします。黒騎士様、カサル義兄様《にいさま》」

カサルは自分の近衛に、女性たちを保護するように指示を出した。

「ロッテ様、すぐに治します！」

ヴィクトリアは殴打された姉の顔に回復魔法をかけようとしたが、ロッテが手で制して言った。

「この屋敷は魔力が封じられています。それにこのままの方が、実際に何が起きていたかの証拠になるので」

ロッテの発言を聞いてヴィクトリアは心配そうにロッテに抱きつく。

地下室に閉じ込められていた女性たちはカサルの離宮の別棟に収容され、体調と準備が整い次第、順次帰国することになった。

翌日、ヴィクトリアたちは思わぬ再会を果たしたイザベラを交え、離宮の迎賓棟《げいひんとう》の一室にいた。

「それにしても、驚きました。まさかアルデリアのイザベラ王女がいらしたなんて……」

イザベラの方が、並んで座っているヴィクトリアとグローリアの、瓜二《うりふた》つの容姿に驚いていたが、それを口に出すことはしなかった。

昨夜、無事に戻ってきたシャルロッテから、諸国留学中のイザベラが以前とは印象が変わっていると聞いていたが、確かに、今この場にいる彼女からはかつての傲慢《ごうまん》で我儘《わがまま》な印象が払拭《ふっしょく》されていた。

「はい、実は、グローリア殿下にチャームの制御についてご教授願いたかったのでこちらを訪問していたのですが……まさかこのような事態になるとは思わず、助けていただき、本当にありがとうございます」

以前の彼女を知るヴィクトリアからすれば、一年もしない間に、どうしてこれだけ変化したのか不思議だった。

声をかけてみたものの、ヴィクトリアは戸惑ったままだ。

「ヴィクトリア殿下には、感謝の他にもお詫《わ》びをしなければと、ずっと思っていました。いろいろと思い出すと、恥ずかしいことばかりで。でも、自国のシスターたちやマルグリッド殿下のお手紙から、いずれ機会があれば、お伝えしなければと……」

「あ……はい……え？　マルグリッド姉上……のお手紙って……」

「帰国の際に、マルグリッド殿下から……声をかけていただいたのです。自国において、陰で貴族たちから自尊心を傷つけられたわたしはその傷を癒《い》やすために、自分に優しい世界を求めていて、その結果、戦争を引き起こすところでした……そんな私ですから、自国での評判は良いものではなかったのですが、そんな私をシスターたちはきちんと導いてくださったの……。その方たちの勧めで、思い切ってマルグリッド殿下にお手紙を書いたら、すぐにお返事をくださって……」

そこから現在に至るまで、手紙のやりとりが続いているという。

ヴィクトリアはシャルロッテとグローリアに視線を送る。

――マルグリッド姉上の人心掌握、すごくないですか？

――マルグリッドお姉様だけじゃないですよ。

――頼られると任せなさいって感じだから、エリザ姉様もヒルダ姉様も。

「じゃあ、あの、せっかくだからイザベラ王女、わたしと一緒に、グローリア姉上にチャームの制御の講義、この場で受けませんか？」

ヴィクトリアはイザベラにそう言った。

「そして、わたしともお手紙のやりとりしてくださいますか？」

思いがけないヴィクトリアの言葉に、イザベラは両手を口元に当てて、うっすらと目じりに涙を浮かべた。

「いいのですか……私……ヴィクトリア殿下にひどいコトも……」

「いいの、だってわたし、お友達少ないから！」

ヴィクトリアは堂々と言う。

シャルロッテとグローリアが噴き出しそうになるのを堪《こら》える。

「もう、姉上、笑わないでください！　わたしにとっては悩みの一つなんですよ！　イザベラ王女、わたしと、たくさんたくさん、お話しして、お友達になってください！」

キラキラと菫《すみれ》色に輝く瞳を向けられて、イザベラは頷《うなず》く。

――ああ、……マルグリッド殿下が手紙でおっしゃっていた……自分の中の世界は狭くて居心地がいいこともあるけれど、不具合もあって、息をつめてしまう。どんなに怖くても勇気をもって違う世界に踏み出せば、いつか思いがけない喜びとかも見つかるって……こういうことなんだわ……。


ヴィクトリアとイザベラが思いがけぬ再会をして新たな友情が芽生えそうな一方で、カサルの執務室では、カサルとアレクシスが事件の解決に至って釈然としない思いを抱えていた。

「どう思う？　ルーカス」

アレクシスが傍《そば》にいるルーカスに尋ねると、ルーカスも嫌そうな表情を見せる。

「憶測にすぎないし……、不敬になるので発言は……」

「この場はカサル殿下と側近の親衛隊、副官のお前と俺しかいない。いつものように雑談をするつもりで言ってみろ」

言い淀むルーカスをアレクシスが促すと、副官の彼は一息ついて覚悟を決めたのか発言した。

「……ルトラ殿下がこの事件を聞き及んで、調査を手伝い、私兵も出してくれたが……実はルトラ殿下が裏で女を集めていて、手下が帝国から来ていた要人をひっぱってきちゃったもんだから、慌てて片付けたって感じじゃね？　あきらかにマッチポンプだろう」

アレクシスとカサルもその言葉を聞いて、顔を見合わせる。

二人もルーカスの発言と同意見だった。

「やっぱりそういう感じ濃厚だよね」

カサルもため息交じりに呟《つぶや》く。

数時間前に憲兵から、ルトラ殿下の協力も得て犯人を挙げることができたと報告を受けた。報告者は王宮の誰の息もかかっていない人物で、取り調べを行っている近衛もルトラの息のかかっている人物ではない。

容疑者は前科のある男……というよりも、アレクシスたちがこのサーハシャハルに来る途中で戦った海賊の一味であることが判明した。

容疑者は黙秘しているが、叩《たた》けば埃《ほこり》が出る身なので、いずれ経緯も明らかになるだろうという近衛の見方だが……。

「あのスケベじじいめ……、確かにうちの国は一夫多妻制だがね、甲斐性《かいしょう》なしは破綻するんだよ、限度があるだろ！　王族だからって、あいつは妻だけじゃないよ!?　愛人も同じ数だけ抱えているんだよ！」

ルーカスはその言葉を聞いて、目を見開く。

先日の、ヴィクトリアが出席した夜会で、ルトラは堂々とヴィクトリアを十番目の妻にと言ってのけて、アレクシスの逆鱗《げきりん》に触れそうになった。

ルトラの妻たちは、ルトラが王族という地位にあるため婚姻したのだろう。カサルにもグローリア以外に二人の妻がいるが、これは単純に国政のパワーバランスをとる政略的な意味合いが強いらしい。

「カサル様……お言葉が……」

「いいだろう、もう！　信用も信頼も置ける側近と、私の義弟になる男とその副官しかいない場なんだから！」

側近の窘《たしな》める言葉をカサルは遮る。

「もーどーしてくれるんだよ、ロッテ嬢を引き合わせて鉄道計画を進めるという意味もある来国だったのに」

「カサル殿下、それについては日程を詰めて、必要な協議を進めましょう。なるべく会見は安全な場所で、主要な人員のみで。ロッテ様の現状の怪我《けが》を見せればそれも納得されるでしょう。協議が終了したら早めに帰国します」

アレクシスの言葉にカサルは眉を下げる。

「すまないね、フォルクヴァルツ卿《きょう》……こんなことになって。本当なら、うちの国にゆっくり滞在してほしかったんだ。帝国の辺境領は雪で閉ざされているっていうから、あったかいこの国で、帝国貴族の視線や思惑とか全然なしで、うちの国の歴史的な建築物や街並みや、南海の海の幸を堪能してもらって、結婚前の二人に楽しい旅行をと思っていたのに……」

カサルは詫びを言い、言葉を続ける。

「はー……私もグローリアと水入らずで旅行とかしたかったから……結局できなかったけど、義妹になる彼女にはそういう思い出とかも作ってあげたかったんだよ」

「カサル殿下……いい人……」

ルーカスがアレクシスを見て呟《つぶや》く。

「だって王族は旅行ってなかなかできないからね。しかも彼女と一緒になんて」

くだけて話すカサルに、ルーカスは同意する。

「確かに！」

「婚約期間なんて、今が一番わくわくな時期だぞ。『もう早く結婚したい！　朝も昼も夜も一緒にいたい』とかさ！　ただでさえ、皇女や王太子は公務に追われてそんなのできないんだよ。公務のついでに他国に行って思いっきりイチャイチャしたっていいだろ!?」

カサルの言葉に同意して何度も頷《うなず》くのは、アレクシスではなくルーカスだった。

「このガッチガチの堅物に、もっと言ってやってください、カサル殿下！」

当の本人を見ると、アレクシスは僅かに表情を和らげているだけだった。

もしかして、この婚約を彼は喜んでいないのかともカサルは思ったのだが、違った。

「ご心配いただき、ありがとうございます。カサル殿下は、御子《みこ》がお生まれになったら初船の儀でぜひ、私の領地にお越しください。春がいいでしょう。花が一斉に咲きます」

いかつく堅物な彼が、落ち着いた声と、僅かに優し気な表情でそう伝える。

彼が、自分の領地に訪れる春を、もしかしてあの義妹よりも、実は待ち遠しく思っていることにカサルは気が付いたのだった。

六話　駅と列車の模型を囲んで未来予想図

ヴィクトリアたちは、サーハシャハルでの外交を終えて、無事にシュワルツ・レーヴェのウィンター・ローゼに戻った。

当初の日程よりも早い帰国だったのは、シャルロッテの事件があったためだ。外交の報告を皇帝陛下あてにしたためて、手紙用の転移魔法陣で送信すると、ヴィクトリアは執務室の椅子の上で両手を組んでうーんと上半身を伸ばす。

「殿下、お湯の用意ができました」

アメリアがヴィクトリアにそう告げる。

「黒騎士様、お先にどうぞ。わたし、シャルロッテ姉上のご様子を見てきます」

実はウィンター・ローゼに戻るなり、シャルロッテはこの領主館別館の一室にこもったきりだったのだ。

「予定の日程をかなり縮めてサーハシャハルの鉄道工事関係者とのお仕事を進めたので、お疲れかもしれない。わたしはそのまま別館のお風呂を使いますから」

「わかりました。殿下も帰国したばかりなので無理をなさいませんように」

アレクシスは頷《うなず》いてそう言った。自分を気遣ってくれるのはわかるのだが、もう少し、砕けてくれてもいいのにとヴィクトリアは思う。

「……グローリア姉上やカサル義兄様《にいさま》にも、温泉を楽しんでもらいたいな」

「きっと近いうちにここを訪ねてくださるでしょう。カサル殿下をお誘いしたら喜ばれました」

「……いつの間に！」

「いつの間に」

アレクシスがオウムが鸚鵡返《おうむがえ》しに答えて、いつものように目を眇《すが》めてヴィクトリアを見つめる。堅苦しい臣下の一線をふいに外してくれる一瞬があって、ヴィクトリアにはそれが嬉《うれ》しい。つい調子に乗って、ヴィクトリアは両手を広げておやすみのキスをねだる。

その仕草は、やはり小さな身体の時のヴィクトリアのままで、彼女はどんな姿になってもその中身は変わらないなとアレクシスは思った。

「おやすみ、ヴィクトリア。よい夢を」

彼女の額に小さなキスを落として、アレクシスは執務室を出ていく。

その様子を見て、初めてこの領主館にきた時のことをアメリアは思い出していた。

小さな手をもじもじさせておやすみのキスをねだるヴィクトリアに、騎士の礼をとって、その小さな手の甲にキスをしたアレクシス。

少しずつヴィクトリアの想いに答えるように、彼は変化している。それがわかるおやすみの挨拶だった。

そんな彼に対して、ヴィクトリアは相変わらずだった。

「ねえ、アメリア、やっぱりわたしお風呂入らないでもいいかな……」

両手で頬を押さえて呟《つぶや》く。そんな彼女に対して、いつものようにアメリアは冷静に切り返した。

「姫様、お風呂に入って磨きをかけたら、翌朝におはようのキスがあるかもしれませんよ」

アメリアの言葉を聞いて、はっとしたような表情で頷《うなず》く。

「さ、ロッテ姉上を誘って、別館のお風呂を使いましょう。行くわよ、アメリア」

ヴィクトリアはアメリアを促して、別館へと歩き出した。

「ロッテ姉上が作ってくださった、リンゴの香りの石鹸《せっけん》で思いついたの！　ねえ、わたしや姉上たちにはミドルネームにお花の名前が入ってるから、そのお花の香りがする石鹸とか作ってもらうのはどうかしら？　アメリア」

「それは素晴らしいです。国中の女性が、こぞって使いたがるでしょう。さしずめ、プリンセス・フレグランス・ソープですね」

「名前、カッコイイ！　さっそくロッテ姉上に提案して、お願いしよう！」

「普通に香水を作成して流通させても需要はあるかと。マルグリッド殿下なら思いつきそうですが、いまは御身《おんみ》が大事な時期なので企画を先だって進めるならば絶好の機会かと」

「今のうちにサンプルまで作って、姉上にもプレゼントしましょう！　こっちに遊びにいらした際には使っていただき、気に入ってくださったら、商品化！」

どんな姿になっても、この発想力と行動力。「そこがうちの姫様のいいところだ」とアメリアは内心呟き、ヴィクトリアの後ろに付き従った。


翌朝、ヴィクトリアが身支度を整えてダイニングルームに向かうと、アレクシスとドアのところでばったり会った。

「おはようございます、黒騎士様、どうかされたのですか？」

アレクシスもおはようございますと返したのだが、複雑そうな顔をしている。

侍女から、別館に滞在しているシャルロッテの様子が返事もなくおかしいと告げられ、見に行くつもりだったらしい。それを聞いたヴィクトリアも一緒に別館へ向かう。

実は昨夜、ヴィクトリアはシャルロッテを誘ってお風呂に行こうとしたら……。

「お願い！　今いいところだから、部屋に入ってこないで。お風呂は明日入るから！」

そう断られてしまったのだった。

ドアの向こう側からは魔力を使う気配がしたので、きっとまた何か作っているのだろうと、ヴィクトリアはしかたなく別館のお風呂に一人で入ることになったのだが……。

「多分、姉上のことだから夢中で何か作っているはずです。でも、集中って長くは続きませんよね？」

ヴィクトリアの言葉に、アレクシスは頷《うなず》く。

二人は来客用の別館へと足を向ける。

別館への渡り廊下は内廊下のように壁で囲む造りになっている。屋外ではないものの、やはり廊下は寒い。しかし廊下にはめ込まれた窓ガラスからの朝の陽ざしが、その廊下を照らしていた。

白い積雪が光を反射して眩《まぶ》しい。

シャルロッテが主として使用している部屋のドアの前で、セバスチャンが立ち尽くしていた。

「殿下……」

「合鍵はあるのでしょ？　開けていいです。勝手に開けてと怒られても、わたしが命じたと言えばいいわ」

セバスチャンが合鍵でドアを開けた。厚手のカーテンで日の光を遮っている薄暗い室内には、床一面に紙が散乱し、シャルロッテがソファにうつぶせで倒れていた。

ヴィクトリアがそーっとソファに近づいて、シャルロッテを見ると、小さな寝息をたてているのがわかったのでほっとする。

「眠っているだけみたい。セバスチャンはいつもの仕事に戻って大丈夫よ」

セバスチャンが一礼をして部屋を退出していくと、室内にはヴィクトリアとアレクシス、そしてアメリアが残った。

「姉上」

ヴィクトリアが小さく呼びかけるが返事はない。

その時、部屋の中央に置いてある何かが勝手に動きだした。

いきなり作動したそれにヴィクトリアは小さく驚く。

「な……にコレ……」

部屋の中央にあったのは、よく見ると街の模型だった。その模型はウィンター・ローゼだ。クリスタル・パレスもムーラン・ルージュも一目でわかる。

そして広大な辺境領の自然に……ハルトマン伯爵領、帝都……。それらを結ぶ直線の橋。

その橋の上に乗っている長方形の箱が、自動的に動いたのだ。

「もしかして……これは……鉄道……？」

「うーん……」

「姉上」

声をかけると、ソファの背もたれにガシッと腕を伸ばして上半身を起こし、前髪をかき上げながらシャルロッテが言った。

「魔法でなんとか作ってたけど、最後は手作業で作ったから疲れた〜」

「姉上！　大丈夫ですか⁉」

「うん、おはよう、ヴィクトリア。黒騎士様」

「おはようございます。シャルロッテ殿下」

アレクシスにそう言われて、シャルロッテはソファに座り直した。

「クリエイトの魔法は便利でいいんだけどさー、私はあんまり魔力がないからごっそりもっていかれるんだよねーあーまだ眠い〜。こうやって作っては眠ってを繰り返すから、病弱な第四皇女と言われているわけで」

「姉上、少しお休みされた方がいいです」

「ん〜でも朝だよね。起きるよ、精巧に作りすぎたから怠《だる》いだけ。二人とも朝食まだじゃないの？　先に食べてて。別館にできたスパを使わせてもらってから本館に行くから。侍女ちゃんを一人よこして。マッサージとアロマトリートメントとかしてもらいたいな〜」

別館のスパは小さいながらも温水プール、サウナ、岩盤浴もついている。女性のために、ボディトリートメントやマッサージなどもできる設備もあって、さしずめ小さなアクアパークといったところだ。

この別館のスパは夏場にマルグリッドがこのウィンター・ローゼを訪れた際、設計を工務省のデザイン科に依頼して秋口から施工を始め、ヴィクトリアが倒れている間にシャルロッテも手伝って完成させた。

「姫様、わたしはロッテ様のお世話を……」

「お願いね、アメリア。でも姉上、お身体が不調のようでしたらお休みください」

シャルロッテはひらひらと手を振ってソファから起き上がり、床に散乱している紙を拾い集め、アメリアもそれを手伝い始めた。

ドアの外に出ると、ヴィクトリアはアレクシスを見上げる。

「黒騎士様……見ました？　さっきの模型」

「あれはやはり模型ですよね？」

「昨日まではなかったはずなの。アレを一晩で作ったのよ、きっと」

ヴィクトリアは好奇心を抑えきれない様子でそう語る。

「姉上、すごいでしょ！」

「驚きました」

「後でまた見せてもらいましょ？」

ヴィクトリアの言葉にアレクシスは頷《うなず》く。

「サーハシャハルから帰国したばかりなのに……でも、別館のスパでゆっくりお疲れを癒《い》やしてもらえば大丈夫ですよね？」

二人で廊下を歩くだけなのに、ヴィクトリアはなんだかそわそわしてしまう。なんでだろうと思うと、大好きな黒騎士様と、二人っきりの状態だからだ。

領主館内にいても、いつも第七師団の護衛やセバスチャンもアメリアもいて、二人っきりの状態はなかなかないからだ。

人知れず顔が赤くなるのが自分でもわかったので、片手で頬を押さえる。

「ロッテ姉上にお願いして、新しい香りの石鹸《せっけん》を作ってもらおうと思っていたのですが、お時間を置いた方がいいかもしれませんね」

「新しい香りの石鹸？」

「はい。この辺境領に来る前に、お話ししたでしょ、リンゴの香りの石鹸を作ろうって。それはすでに完成して、わたしも使用しています。それで、わたしも姉上たちもミドルネームに花や草木の名前をいただいているので、その花の香りがついた石鹸を作りたいなって。昨日、思いつきました」

勢いこんで饒舌《じょうぜつ》になっていると、ヴィクトリア自身は思った。

「マルグリッド姉上が思いつきそうな品物でしょう？　でもマルグリッド姉上は、今はそういうことできないから。作るなら今！　って思ったの」

「なるほど」

「ダメかな」

「いいと思います」

ヴィクトリアはほっとして自分の顔を覆うと……左手の薬指にある金属の感触が気になって、指輪を見つめる。

窓ガラスから入る朝の光を反射して、指輪の石は煌《きら》めいた。

「殿下？」

指輪を見て立ち止まるヴィクトリアに、アレクシスは声をかける。

「成長が続いた時、すごく痛くて死んでしまうかと思った。無事成長しても、黒騎士様もみんなもなんだかよそよそしいし、つまんないと思っていたの。でも……大きくなったら、やっぱり素敵なことがいっぱいで、痛い思いをしたけど、よかった……」

ヴィクトリアは手を顔の少し上にかざした。

左の薬指にはめられた、ヴィクトリアの瞳と同じ色の石をあしらったリング。

指輪の石と同じぐらいキラキラした瞳で見上げてくるヴィクトリアを、アレクシスは眩《まぶ》しいもののように見つめる。

アレクシスがヴィクトリアに手を差し出す。

「今もすごーく嬉《うれ》しい！　シュワルツ・レーヴェは冬が長くて厳しい寒さだけど、こうしていればあったかいから、わたしは大好き！」

そう言いながら、ヴィクトリアはアレクシスが差し出した手を取る。

寡黙《かもく》で照れ屋な彼だから、饒舌な愛の言葉がなくても、たった一言の好きという言葉がなくても、差し出された手が、彼の気持ちが、ヴィクトリアと同じ気持ちのような気がして幸せな気分になれたのだった。


「これは……」

「なんとも……」

領主館別館を訪れているのは、コンラートとゲイツだった。

シャルロッテが一晩で作り上げた精巧な模型に、視線が集中している。

「すごいですよ！　ロッテ様!!　これすごい！」

「どうやって動かしてるんですか!?　これが列車ですよね!?　動いてますから！」

まるで鉄道のジオラマを見る少年のように興奮する約二名。

「この模型の動力は、魔石の欠片《かけら》がほんのちょっぴり。本物も魔石が動力。辺境領には魔獣がいるから動力には事欠かないね！　国境の山脈でも採掘できるって話だし」

「第七師団が魔物を殲滅《せんめつ》したあと魔石だけを回収していますが、今後も駆除の際には魔物を専門で解体できる業者を同行させたいところですね」

ヴィクトリアが言うと、ゲイツもコンラートも視線は動く模型に留めたままで頷《うなず》く。

「学園都市でその専門を育成する部門を作りましょう、第七師団に同行して、そこで解体して魔石を採ります。解体した魔獣を研究するために、学園都市まで魔獣を運ばないと

「……運べます？」

ヴィクトリアがアレクシスに尋ねた。

「何体もとはいきませんね。学園都市近辺なら可能かもしれませんが」

「ウィンター・ローゼとニコル村近辺ならこの列車が完成すれば可能ではないでしょうか？」

「そうですね、流通や運搬専用の車両が必要です。シュワルツ・レーヴェには鉱山もありますから、隣接するハルトマン伯爵領への物資輸送には欠かせません」

ヴィクトリアが頷くと、シャルロッテが小さな模型を一つ持って路線に載せた。貨物用車両の模型も作っていたのだ。

「こんな感じ？」

シャルロッテが聞くと、ヴィクトリアとコンラートとゲイツがうんうんと首を縦に振る。

「で、我々にこの模型を見せるというのは、ロッテ様」

シャルロッテがコンラートに書類の束を渡す。

「工務省建設局にはココの建設を頼みたいの、さっき閣下と殿下とで相談しました。物資も人も運搬するには、辺境領内を走るこの鉄道の駅と……」

指で、イセル村、学園都市予定地、ウィンター・ローゼ、ニコル村を指していく。

「そしてここにも」

学園都市予定地とイセル村の中間に指を止めた。

指先がポワっと光って、何か小さな模型が加わる。

線路が延びて、そこに屋根付きの大きな建造物が現れた。

「これは……？」

「うん、車両基地を作ります。列車のお家《うち》かな。設備の点検とか、車内の清掃とかね」

「これも……我々に？」

ヴィクトリアは頷《うなず》いて言う。

「雪が解けたら、人員を増やしてもらうように工務省に掛け合いますから」

「終わらない領地づくりですな……これだけ長期間携わるのは、わたしも入省してから初めてです」

「嫌ですか？」

「まさか！　ぜひ参加しますとも」

渡された書類を捲《めく》りながら、うんうんとコンラートは頷く。

「それで、俺が呼ばれた理由は……？」

ゲイツがシャルロッテを見ると、彼女はヴィクトリアとゲイツを見比べる。

「ヴィクトリア殿下、お願い、ゲイツさんレンタルで！」

ガシッとシャルロッテはゲイツの両手を掴《つか》む。

「ゲイツさんのその器用さと技術！　本当は私のスタッフにスカウトしたいんだけど、殿下にダメ出しされたんだよ！　ゲイツさんにはこの領地で他にもいろいろ作ってもらうからって！　だけどゲイツさん、アナタ、コイツを作ってみたくない？」

　動いている模型の黒い列車を指さす。

「もちろん、コイツを作るのは魔導開発局特別チームの担当です。うちのスタッフと一緒に列車を作らないかな？」

「……魔導開発局……特別チーム……」

　シャルロッテのいきなりなスカウトに、ゲイツは驚く。

「今後の技術の勉強にもなるし～楽しいぞ～」

　シャルロッテのスカウトに、彼自身ものすごく葛藤しているのがその表情でわかる。

「このシュワルツ・レーヴェ領で作るよ～。このウインター・ローゼでね」

　その言葉を聞いたヴィクトリアは小首をかしげ、シャルロッテに尋ねた。

「車両基地で作るんじゃないんですか？」

「車両基地の予定地、いま雪まみれだから！　そこを建設してからじゃ遅いよ！　ハルトマン領も復興中だし！　何よりここ、温泉あるし！」

　以前シャルロッテが、この辺境領でいろいろ作るのが羨ましい～と、領地に旅立つヴィクトリアにこぼしていたが、まさか温泉があるからという理由でここで列車を作るなどと言い出すとは思わなかった。

「こういうモノを作成するのはモチベーションが大事。温泉で一日の仕事の疲れを癒《い》やして次の日も頑張ってほしいし！　ここはごはんも美味しいし！　ゲイツさん引っ越す必要ないじゃなーい！」

　ヴィクトリアはゲイツを見る。

「ゲイツさん、鉄道の開発に参加してみますか？」

　その言葉に、ゲイツはうんうんと首を縦に振る。

「今後この街でいろいろ作る勉強にもなります。お誘いをお受けしたいです」

　ゲイツとしてもこの辺境領を離れる気はないようだった。

「いいですよ、ロッテ様。ゲイツさんレンタルで」

「いやったー」

　二人は手を取り合い、ロッテがゲイツの腕をブンブンと振る。

「でも、鉄道建設が終わったら『はいさようなら』というのは、なしでお願いしますね」

　ヴィクトリアが言うと、シャルロッテはピタッと動きを止めて妹を見る。

「ロッテ様、うちの領地は発展途上ですから、ロッテ様もロッテ様が抱える開発チームもゲイツさんを手伝ってうちの領地を発展させてくださるんですよね？　ウィンター・ローゼは温泉もあるし、食事も美味しい。クリエイトのモチベーションを上げるにはうってつけの場所なんですよね？　そう言いましたよね？　工務省に連絡しておきますね？　魔導開発局特別チームはウィンター・ローゼに移設します、って」

「ヴィクトリア殿下!?」

「大丈夫、鉄道を完成させれば帝都との距離なんて問題ないでしょ？　でも、黒騎士様、絶対わたし。甘えん坊じゃないですよ？」

実は本当の姉が傍《そば》にいることが嬉《うれ》しい気持ちを隠そうと必死なヴィクトリアを見て、アレクシスは苦笑するのだった。


翌日から街の住人総出で、ヴィクトリアが作った高架橋周辺の雪かきを行う。第七師団をはじめ、ウィンター・ローゼに残っている建設局の職員、冬なので農業を休んでいるナナル村から移ってきた人たち、子供たちも一緒になって除雪を手伝う。年端《としは》もいかない小さな子たちは、邪魔にならないように除雪された雪で遊んでいるのはご愛嬌《あいきょう》。

官庁に勤めている者も日によって交代で参加し、昼には炊き出しを行うまでになってしまった。

除雪が終わったところで駅の工事に入る。

「しかし、人数が少なすぎますな」

コンラートと建設局のメンバーが口々に言う。除雪は人海戦術でなんとかなったが、駅の下工事も本来のスピードが出せないようだ。

「……ロッテ様。要は、高架橋に登れる足場があればいいんですよね？　駅の構内や列車が乗り入れるホームはまだ先でも？」

シャルロッテは駅の設計図を見てうんうんと頷《うなず》いている。ヴィクトリアも設計図を覗《のぞ》き込む。

「あとはクリエイトでなんとかします」

ヴィクトリアは羽ペンを取り出し、魔力を籠《こ》める。

「え、殿下がやってくださるの？」

「連日みんなが頑張っているのですから、当然です！」

地面に膝をついて羽ペンで魔法陣を構築する。

「レールウェイにつながる……階段作成《ステアーズ・クリエイト》！」

魔法陣が光り輝き、土の中からいくつも連なる段差が顕現する。

その場にいた者たちがヴィクトリアの展開する魔法陣の光と、高架橋へ向かって延びていく階段に目を見張る。

危ないからと、作業場から離されていた子供たちにもその光は見えた。

「姫様の魔法だ！」

「きれーい！」

「白い階段だー！」

魔法陣と光が消えて、高架橋に届く白い階段ができあがっていた。その階段を誰よりも先に上っていくのはシャルロッテだった。

そして辿《たど》り着いた高架橋のレールの状態を見ようとするが、そこはまだ除雪されていない。一気に駆け上っても目当てのものが確認できなかったシャルロッテは両の膝と手をついてがっくりりする。

ヴィクトリアはシャルロッテを追うように階段を上り、がっくり膝をついているシャルロッテを見た。

「無駄な体力を使ってしまった……」

まだガックリポーズのままのシャルロッテを見てため息をついたヴィクトリアは、羽ペンを宙に走らせ、一気に雪を蒸発させた。

手をついているそこがやけに熱く感じられたので手を離し、ヴィクトリアを見上げる。

「設計通りに、レールクリエイトされてるかどうぞ、確認してください、姉上」

「トリアちゃんっ！　大好きー!!」

シャルロッテが抱きついて喜んでくれるかと思いきや、彼女は、高架橋の下にいるゲイツとコンラートと建設局のスタッフを呼び出す。

それを見てヴィクトリアは頬を膨らませる。もっと褒めてくれてもいいのにと言いたげだ。

しかし、シャルロッテはお構いなしで、いつもの調子で階段を上ってきたスタッフに手伝わせて、開発局の秘密兵器である建設ドームを設置する。

このドームは、ウィンター・ローゼ建設の際に使用し、今は学園都市にも設置されているが、シャルロッテはこのレール上で列車を作製させるために、サイズや機能を改良している。

「殿下、村の者も、高架橋に上ってみたいそうです」

ヘンドリックスが上にいるヴィクトリアに声をかける。

「いいわよー」

その場にいる全員が階段を上り、ドームを設置した高架橋上の線路を見学する。

「こったらでっかいもの作ったら、いっくら魔力があっても、姫様倒れてしまうだよ」

魔術を行使してこの高架橋を作ったヴィクトリアに言う。

「んだーしっかいでっけえなあ」

「ここを列車いうのが走るだか？　列車ってどんなだ？」

「ん～列車っていうのは……そうだ、ロッテ様ー！　ロッテ様の作った模型、クリスタル・パレスに展示してもいい？　子供たちも村のみんなもあの模型を見たらすぐにわかると思うのー！」

ゲイツと建設局スタッフに囲まれていたシャルロッテは、その声が聞こえたのか、両手で大きく○の形を作る。

「クリスタル・パレスに完成予定の模型を展示します。みんなが見ることができます、それにあそこはあったかいし！　黒騎士様、手伝ってください！」

模型はヴィクトリアの持つアイテムボックスに入れて運ぶのだが、大きなものだし、出し入れするときは精巧な造りなので気を遣うのだ。

第七師団の団員たちがそっと持ち上げてアイテムボックスにしまい、クリスタル・パレスに向かった。


「トマスさん！」

「姫様、領主様！　今日はどうしただ？　最近、街の外でみんなして駅のための雪かきしてるって聞いていただが」

クリスタル・パレスで管理スタッフと打ち合わせをしていたトマスに声をかける。

「トマスさん！　これをこの温室の案内所に設置しますので、誰かが悪戯《いたずら》しないように気をつけて管理してくださいね」

「？」

設置場所を決めてアイテムボックスからほんの少し取り出すと、ボックスに収納した時と同じようにそーっと設置場所に模型を収めた。

「これは……」

「辺境の立体地図だか？　これウィンター・ローゼだべ？　これ、建設予定の学園都市で……ニコル村とオルセ村……この細長いのが……もしかして姫さまがぶっ倒れてまでこさえたアレだか？」

「そう！　それでコレが……魔導列車なの！」

黒くて小さな、精巧な乗り物らしいものをヴィクトリアが線路に載せると、動きだす。

「おおっ、動いてる！」

「見たい見たい！」

小さな子供がぴょんぴょん跳ねる。模型が見えるようにと、アレクシスが無言で抱き上げてやると驚きはするものの、動く模型に視線を移したまま見入っている。

「えー僕も、僕もー」

子供たちの親や他の団員たちも、子供をだっこして模型に見入る。

「すっごーい！　ロッテ様とゲイツさんはこの黒い動く列車を作ってるの？」

「かっこいいっ！」

「んだな～、こうして見たら、未来を覗《のぞ》いてるみたいだべ～」

トマスをはじめ、大人たちも見入る。

よちよち歩きの子供まで抱っこをねだってヴィクトリアの外套《がいとう》を引っ張るので、ヴィクトリアは笑顔でその小さな子供を抱き上げた。

「見える？　あなたが大きくなったらこれに乗って、そこの学園都市でお勉強できるわ。お友達ともたくさん遊べるのよ？」

意味がわかっているのかどうか、彼女が抱き上げた子供はにこにこしている。

「あんれ、エルマ、姫様に抱っこされて〜姫様みたいにめんこくなれ〜」

大人たちがそんなことを言うので、ヴィクトリアに抱っこされている子供は照れたように笑う。

「本当に、未来図ですよね、それ」

第七師団のクラウス少尉がアレクシスとヴィクトリアを見てそんなことを言う。

「すごい模型でしょ？」

「模型ではなくて、お二人のですよ」

そう言われて、アレクシスとヴィクトリアは顔を見合わせる。

小さな子供を抱き上げている二人を指して、二人の未来図だとクラウスは言う。

アレクシスは無言を貫くが、ヴィクトリアはにっこりと笑う。

「そうですね。やっぱり将来は男の子が欲しいですね！　女の子も可愛いけど！　黒騎士様は!?」

クラウスの言うことの意味を理解して、咄嗟《とっさ》にそんなことを聞く。尋ねられたアレクシスは声が出ない。普通は全く逆だろう、そこは姫様が照れるところだろうとクラウスは思うが、無邪気にヴィクトリアがアレクシスにどっちがいいですかー？　と質問攻勢にでている状態だ。ルーカスがクラウスの頭を軽く叩《たた》く。

「お、ま、え、いくらなんでも、アレクシスが答えられるわけないだろ、どうすんだ、固まっちまったぞ！」

ひそひそ声でクラウスを叱責する。

「他の奴らも泣いてるじゃねーか……」

——そうだよな、結婚するんだよな……。

——殿下はこんなに成長されたから、「白い結婚」とかじゃない……。

——だめだよ、そんな、お身体が成長されても、殿下にはまだまだお子様でいてほしい！

模型を取り囲む子供たちと、護衛の団員の中心にいて、やっぱりこの街はいいなとヴィクトリアは思っていた。

その時クリスタル・パレスに、一人の女性が雪まみれになって現れた。

七話　鉱山の雪崩《なだれ》

クリスタル・パレスのエントランスに飛び込んできた、見覚えのある赤い髪の女性はニーナだった。

「姫様！」

ヴィクトリアは呼ばれた方に顔を向ける。

「ニーナさん？」

ニーナの表情を見て、ヴィクトリアは身構えた。

いつもの明るくハキハキとした彼女ではない、何かが起きたとわかる。

「大変です！　鉱山が、鉱山が雪崩に！　建設局の鉱山の建物が雪崩に呑《の》み込まれたんです！」

ニーナ自身もまるで雪崩に遭ったかのように頭や肩も雪まみれで、それを払い落とすこともなくそう叫んだ。

ヴィクトリアは抱いていた子供を母親に任せ、ニーナに近づいて雪を払ってやった。

「オルセ村の雪崩の被害は？」

シュワルツ・レーヴェ領内で、このウィンター・ローゼの次にオルセ村は人口が多い。この季節、畑仕事はないとしても、酪農も盛んなため、豚や鶏、牛、馬などの家畜の多さは他の村とは規模が違う。

もしそれが鉱山の採掘事務所だけではなく、オルセ村の方まで被害が及んでいたらとヴィクトリアは危惧《きぐ》したが、ニーナは首を横に振った。

「ありません、村は無事です。運よく手前の森が歯止めになったようです」

第七師団もそこにいた元ナナル村の住人たちも、その一言に安堵《あんど》の息を漏らした。

アレクシスはすぐにフランシス大佐に救援部隊を編成するように指示を出し、模型設置を手伝っていた第七師団の団員たちはクリスタル・パレスを後にする。

「なだれ、この、まちにもくる？」

小さい子供たちはヴィクトリアの服を掴《つか》んで尋ねる。

「ここは平気、コンラートさんたちが作った街だから大丈夫よ」

「姫様も助けに行くだか？」

「黒騎士様が連れて行かないって言ってもついていきます。いいでしょ？　黒騎士様」

「一度領主館に戻ってお支度を」

アレクシスが即答したので、ヴィクトリアの方が驚く。

いつもなら危ないからここで留守番していなさいとか、ウィンター・ローゼも被害に遭わないようにここにいて守ってほしいとか、もっともらしい理由をつけてヴィクトリアが同行することを渋りそうだが。

「お留守番はイヤですよね？」

「もちろんです！」

拳を握りしめて即答するヴィクトリアに彼は苦笑する。

「ご承知とは思いますが、視察のように優雅な行軍ではありませんよ」

「わかっています」

アレクシスの手を掴《つか》んで、ヴィクトリアはクリスタル・パレスを後にした。

災害用貯蔵庫で、救援物資をアイテムボックスに詰め込んでから領主館に戻り、ヴィクトリアはアメリアに手伝ってもらって支度する。

先日サーハシャハルに向かう時に着用した第七師団の軍服を着つけてもらい、髪もポニーテールに結ってもらった。

「軍服は、視察用の服の代わりにも十分ですね」

アメリアは言う。

「ありがとう、アメリア……あとは自分でなんとかする。今回は視察じゃないのでアメリアはここにいてね。危ないから」

「皆さまのお邪魔にしかならないのは承知しております。それに今回、ニーナさんが付いてくださいますから安心しております」

「うん。ニーナさんがいてくれるからかな？　黒騎士様が付いてきてもいいって、最初からそう言ってくれたの、初めてよ。いままでだったら絶対お留守番とか言われそうなのに、なんか嬉《うれ》しい。頑張ってくる」

それは多分、ここにヴィクトリアを置いて救援に向かった場合、何かあったらヴィクトリアを守れないためかもしれないとアメリアは思う。

「姫様……これをお持ちください」

アメリアから手渡されたのは、シャルロッテが開発した通信機だった。

「ロッテ殿下がすでに個人でお持ちです、ウィンター・ローゼとの連絡がつきます。いくら魔力があっても、油断なさらないように。閣下とニーナさんのいうことをよく聞いて、ご無事でご帰還ください」

「うん、ありがとう、アメリア」

すでにアメリアがシャルロッテと工務省には連絡をつけている。

ウィンター・ローゼにシャルロッテが残るなら、何かあってもあの姉が上手く対処してくれると思うと安心できる。

応接室に行くと、ニーナとアレクシスがヴィクトリアを待っていた。

「お待たせしました。行きましょう！」

第七師団内でも機動力の高い小隊は、既にオルセ村へと出発していた。

そして工事中の駅の周りにいる工務省のメンバーと街の人々に見送られて、アレクシスたちもオルセ村へと向かった。

オルセ村への道は、クロとシロがずっと雪かきをしていたこともあって、この冬場でもそれほど深く雪に埋もれてはいなかったが、確かに馬車は通れない。車輪が雪に沈んでしまうだろう。

「そのうち、姉上に頼んでこんな雪道でも通れるような……馬車以外の乗り物を作ってもらいましょう」

アレクシスと一緒に、彼の愛馬に乗ってヴィクトリアは声を抑えて言う。

「……まさかそんなものが作れますか？」

「きっとできます。あの人なら。だってこの辺境から帝都まで、鉄道を通そうなんて考えてるんですから」

「今後、帝国の最先端の技術はこの辺境領から生まれるわけですね」

「黒騎士様の領地、すごいですよね！　でも、その資源を守る鉱山で働く人たちを早く助け出さないと！」

アレクシスは頷《うなず》いて、ニーナに指示を出す。

「ニーナ、クロを先導させて進め」

「了解しましたあ！　クロちゃん！　オルセ村までダッシュよー！」

先頭をいくクロの背中にはしっかりアッシュが乗っかって、小さく吠《ほ》えている。

その後を、シロの背に乗ったニーナが追う。

オルセ村に到着すると、村人がすでに炊き出しを行っていた。

雪崩《なだれ》が起こってから、鉱山への道を必死で雪かきしていたらしい。

「領主様ー！　と……姫様……だか？」

アレクシスと一緒にやってきたヴィクトリアを見て、村人たちは首を傾《かし》げる。

「ほら、ウィンター・ローゼにでっかい橋をかけたあと、倒れてしまったべ、そのあと、大きくなったとルッツが言ってたべや！」

「……なまら別嬪《べっぴん》さんになってねえが！」

村長をはじめとする村人たちの言葉を、ヴィクトリアは遮るように質問する。

「状況は⁉」

ヴィクトリアが尋ねると、先着していた第七師団のヘンドリックスが伝える。

「ニーナの報告通り、オルセ村と鉱山前にある森が雪崩をせき止めていますが、鉱山への道が埋もれています。村人と、先着した小隊でなんとか森の前までは道筋をつけることができました。オルセ村総動員で」

「ありがとう！　黒騎士様、わたしをその森の前まで連れていってください」

先着した第七師団の案内で、鉱山前の森に着く。

厚い雪雲の向こうにある太陽はすでに傾きはじめ、夜の闇が近づいていた。

ヴィクトリアは無詠唱で光明の魔法を使い、周囲を照らす。

「殿下、光明の魔法を展開させても、この状況は把握できかねます、一度オルセ村に戻り、明朝ご確認を」

ヴィクトリアは形のいい唇を噛《か》みしめる。ただでさえ広い辺境とこの雪で、災害現場まで最速で駆けつけても一日を費やしてしまう。

「今後また同じ場所に雪崩が起きるかもしれません、殿下、二次災害を防ぐためにも一度オルセ村までお戻りください」

ヘンドリックスにそう言われて、ヴィクトリアはがっくりとうなだれる。

この辺境の地で育った彼の言葉には説得力がある。もう大丈夫と思っても何が起きるかわからない。

――いくら魔力があっても、絶対大丈夫とは言い切れない……これが辺境地の大自然。

やろうと思えばヴィクトリアはその森ごと焼き尽くすこともできるが、生存者や遺体のことを考えるとむやみに発動はできない。

「殿下、そのお力は明日、存分にお使いください」

アレクシスにそう指摘されて、ヴィクトリアは両手で頬を押さえる。

「……顔に出てました？」

「森ごと焼き尽くしてやろうと思っていらした」

「……手っ取り早いですけど、それをしたら、今後、雪崩《なだれ》が起きたらオルセ村を雪崩から守る術《すべ》がなくなってしまいますからやりませんよ」

「オルセ村もその昔、雪崩の被害に遭ったことがあるそうです」

アレクシスの言葉に、ヴィクトリアはアレクシスを見上げる。

「その過去があって、オルセ村の村人はあの森を作ったのですよ」

「なおさら、焼き尽くすことはできませんね。植林してあそこまで大きくさせた森なら」

「殿下。クロちゃんとシロちゃんが、夜の間に仲間を呼んで、道筋を作ってくれるそうです！」

ニーナがヘンドリックスと一緒に馬に乗ってアレクシスとヴィクトリアに追いつき、報告する。

「本当!?」

「だから逆に、第七師団はこの森近辺から下がらせた方がよいかと」

ヘンドリックスも続けて伝えた。

「よし、作業で残っている者も全員、オルセ村に一旦撤収させてくれ」

「了解です」

アレクシスの指示に、ヘンドリックスは馬を一旦森の方へと戻して、撤収の知らせを告げて回る。

村に戻ると村人が第七師団を迎え入れてくれた。

「領主様、姫様、寒かったべー、あったまるとええだよ」

村の広場の中央に、焚《た》き火《び》を起こして、待っていてくれた。

「知らせ受けてさっそく来たんだべ？」

「休まず森まで行って、日が暮れてしもうたら疲れも出るべ」

「みんな……みんなも、鉱山のために雪かきしてくれてたんでしょ？　ありがとう」

「領主様と姫様がこの地に来て鉱山からはいろんなもんが採掘されて、うちの村にもいろんな物が去年とは段違いで入ってきたべ、あったりまえだべさ」

「軍人さんたちもあったまってけ～」

「雪さ多ぐて、大したもんつくれんけど、腹へってんべ」

根菜と肉がたっぷり入ったシチューが炊き出しで振る舞われている。

第七師団の団員たちはそれを食べて一息ついているようだ。

以前、シャルロッテが開発した最新の野営テントも張られている。

オルセ村にも宿はあるが、かけつけた団員たちの人数が多いので収容しきれない。

「あと、寒いべ、これもええで、仕事は明日なら」

村人が渡すマグカップに注がれたそれの香りで、アレクシスは団員に注意する。

「飲みすぎるなよ」

その言葉にヴィクトリアは首を傾《かし》げる。

「え？　それお酒なの？」

「ホット・ウィスキーだべ」

「……身体の中からあったまるべ？」

村人はそう言う。この冬の厳しい環境では確かにそれはそうなのだが、問題は……美味しすぎるということだ。

「殿下はやめておいた方がいいでしょう、二日酔いになりかねません」

「んだば、こっちがええでねえの？」

ほいと村人から渡されたマグカップからはフルーティーな香りがする。

「ホットワインだべ」

アレクシスが注意する前に、ヴィクトリアはそれを一口、口にした。

「あったまるべ？」

村人の言葉に、ヴィクトリアはうんうんと首を縦に振り、また口にする。

しかし、連絡を受けてすぐにここまで来て、被害現場に駆けつけたヴィクトリアにとっては口当たりがよくて、熱でアルコール分が多少飛んでいても効いたらしい。村人の勧める炊き出しを食べながらスプーンを持ったままうとうとし始めてしまった。

アレクシスはヴィクトリアが落としそうになる食器を傍《そば》にいる村人に渡して、ヴィクトリアを抱き上げた。二日酔いにはならないだろうが、と思いながら、宿へとヴィクトリアを抱えて行く。

「殿下!?」

フランシスが慌てるが、アレクシスが彼を止める。

「いきなりの強行軍の後のアルコールだからな」

生存者がいるかいないか、そんなことを心配しながら眠れないまま夜を明かすよりもマシといえばマシなのだが……。問題は……。

「……もしかして、閣下は寝ずの番で殿下を……?」

「『殿下に近づく者は俺の屍《しかばね》を越えて行け』な感じで守れといったのは、お前だろ?」

フランシスにそう言うと、この部下は頭を下げた。

「ニーナが戻りましたならば、交替して閣下も仮眠をお取りください」

——……そんな美女の寝息を聞きながら寝ずの番なんて、生殺しにもほどがあるっ!

自分が団長に対して言い出したことだが、これはあまりにもアレクシスにとって試練すぎると、フランシスは深々と頭を下げたまま見送るのだった。

ヴィクトリアは目を覚ました。上半身を起こすと室内の寒気がヴィクトリアを包む。部屋の暖炉には火が入っていたがそれでも寒い。ウィンター・ローゼの領主館の私室と比較したら室温が格段に低い。

ベッドのサイドテーブルには、以前視察に来た時にはなかった間接照明も設置されていたので、ほの暗いだけで視界は思ったほど悪くはなかった。その僅かな明るさから、部屋の内装も変わっているのが見てとれた。

ウィンター・ローゼでの宿を見て、オルセ村の宿もいろいろ工夫を凝らしている様子がわかる。宿屋の主人と女将《おかみ》にその感想を伝えたいところだが、カーテンの隙間から見える向こうも闇だ。まだ日は昇らない。

——ああ、やっちゃった、眠っちゃった。わたしのバカバカ。ただの足手まといみたいじゃない。

ギュっと寝具を握りしめてヴィクトリアは反省する。

ベッドから起き上がって、傍《そば》に置いてあった自分の防寒ブーツを履く。ブーツは脱いでいたものの軍服のまま眠っていたようだ。

暖炉の傍にあるソファに近づくと、アレクシスが横になっていた。改めてソファに横たわる姿を見ると、足がひじ掛けよりもはみ出していて、黒騎士様はやっぱり背が高いんだなと思った。

目を閉じているから、眠っているのかと思ったのだが……。

「まだ、夜明けまで時間がありますよ殿下」

ヴィクトリアがソファの背に手を置いてアレクシスの顔を覗《のぞ》き込むなり言われたので、一瞬「ふぁっ」と声をあげてしまった。

「黒騎士様……風邪ひいちゃいます！　そんな状態じゃ」

毛布代わりにコートをかけている彼を見て、ヴィクトリアはベッドに戻り、今まで使っていた毛布を引っ張り出してアレクシスの身体にかける。

「毛布ぐらいかけましょ、黒騎士様。それよりも、ベッドの方がいいかも。黒騎士様も少しお休みください」

そんなことを言われても、この部屋にベッドは一つしかない。

「殿下がお休みください、私はここで十分ですので」

「ベッド、広いですよ、二人でも十分眠れます」

アレクシスは上半身を起こして自分の額に手を当てる。

「殿下、嫁入り前の淑女がおっしゃる言葉ではないでしょう」

アレクシスが起き上がって空いたソファの端に、ヴィクトリアはチョコンと座り、意味がわかっているのかどうか、キョトンとした表情でアレクシスを見る。

「え、だって、広いし、寒くないですよ？　二人一緒だと寒くないです」

確かに寒くはないだろうが……。その場所が場所である。

「殿下、私を信用してくださるのは大変嬉《うれ》しいのですが」

「もちろん、信用してます！　あたりまえじゃないですか！」

打てば響くようなその返事に、自分が告げた言葉の意味がよくわかっていらっしゃらないとアレクシスは思った。

突然背もたれとひじ掛けにアレクシスの腕が伸びて、ヴィクトリアを囲い込んだ。

いつもヴィクトリアを抱き上げてくれた。抱きつくと壊れ物を扱うように抱きしめ返してくれた。そんな直接的なスキンシップではないのにもかかわらず、囲い込まれたその体勢。密着して抱きしめられているわけでもないのに、ヴィクトリアはドキリとする。

「殿下と二人で一緒のベッドにいたら俺は俺自身が信用できなくなりそうなんです」

信じている相手に裏切られるなんて、まだ経験していないかもしれない。いままで無邪気に寄り添ってきた相手が、本能に任せて豹変《ひょうへん》するなんて想像もしていないだろう。

アレクシスの蒼《あお》い瞳がヴィクトリアを見つめ、その表情にヴィクトリアの心臓は跳ね上がりドキドキする。

その囲いの中から逃げ出そうとすれば、彼はそのままにしてくれる気がする。今までな

らそうする。だけどもし逃げ出そうとしても抱きしめて離してくれなかったら？　それを想像したらヴィクトリアの頬が真っ赤になる。

――……ずるい、ずるい、なんでそんな、カッコイイんですかー！

強面《こわもて》で恐ろしくて、貴族の令嬢は泣いて逃げ出すと言われていた彼が、そんなに大人の色気を持っているなんて誰が知るだろうとヴィクトリアは思う。

顔を真っ赤にして微動だにしなくなったヴィクトリアを見て、アレクシスは少し距離を取る。

「結婚前に合意もなく無体を働くのは、例え婚約者でもそれは許されないのでは？　だからあまり煽《あお》らないように……」

「つ、つまり、その、黒騎士様は……その……わたしのこと好き？」

「……」

ヴィクトリアはズレた毛布を引っ張り上げてアレクシスの肩にかける。

その反応にアレクシスはがっくりとくる。

もう少し、危機感を持ってくれるかと思ったのだが……。

「殿下は私にとって、大切な守るべき君主ですので」

いつも通りの黒騎士の対応に戻っているのに気が付いて、ヴィクトリアは頬を膨らませる。

「そうおっしゃると思ってました、はい、黒騎士様、頭ここです」

ヴィクトリアはポンポンと自分の膝を叩《たた》く。

「は？」

「どうせ、黒騎士様はベッドに一人で眠る気もないのですから、頭ココ。早く！　命令ですからね！」

ヴィクトリアが頬を膨らませているのを見て苦笑する。

「私の言うこと、ちっとも聞いてくださらないんですから、罰なの!!」

それは罰じゃないだろうと思うが、ヴィクトリアがへそを曲げたままずっと起きているのも困るので、アレクシスは「失礼します」と断ってヴィクトリアの膝に頭を乗せる。

ヴィクトリアはほっとしたようにアレクシスの黒髪を指で梳《す》く。

「黒騎士様、わたし考えたんですけど、やっぱりシュワルツ・レーヴェの各村には温泉を引くべきかなって思いました」

「はい？」

「ウィンター・ローゼは宿も温泉の地熱を利用して、室内をもう少し暖かくしているでしょ？　ニコル村も宿の方は同じように設備が改装されていると思うけど、オルセ村にもそうした方がいいかなって、オルセ村は他の村に比べて人口も多い方だし、他の村も。わたしはこの北の辺境の冬の寒さで、よく領民たちが無事だったなって、改めて思うのです」

「工務省の方がそれを了承してくれるかが問題です」

「……でも、みんなを少しでもこの寒さからなんとかしたいんですよね、温泉の質が違えば領地の温泉観光の売りにもなるような気がするんです」

「温泉の質……」

「ロッテ姉上が言うには、温泉の質によってその効能が違うそうなんです」

「全部同じだったらどうします？」

「それなんですよね……しかしこの辺境の冬を体感したわたしとしては、各村に温泉設置は必須だという気もするの」

ヴィクトリアの話を聞いていたアレクシスは、睡魔に引き込まれたようで、黙ってしまった。

暖炉の火の暖かさと、膝の上にあるアレクシスの暖かさでヴィクトリアもまたウトウトしてきたらしい。アレクシスの髪を一定のリズムで梳《す》いていたヴィクトリアの手の動きが止まったのでアレクシスは目を開ける。

ソファの背にもたれて、ヴィクトリアはまた眠ってしまったようだ。そっと頭を上げて起き上がり、暖炉に薪《まき》を追加して火が衰えないようにする。

ソファの背もたれに身体を預けて寝息をたてているヴィクトリアをベッドに戻そうかと考えるが、あと数時間で夜が明ける。

アレクシスはヴィクトリアがしてくれたように、毛布を彼女にかけて隣に座るとヴィクトリアはずるずると背もたれの横に身体を倒していく。アレクシスはそのまま彼女の頭を自分の膝の上に置く。そして彼女が自分にしてくれたように、夜明けまで彼女の頭を静かに撫《な》でていた。

ドアがノックされ、アレクシスが入れと声をかけると、ドア前に護衛として立っていた団員と女将《おかみ》が入室してくる。

「閣下、そろそろ夜明けです」

「すぐに出立すると言われたので、朝食は携帯できるものを準備しましただ」

「夜明け前にすまないな、女将、人数も多くてたいへんだったろう」

「そったらこと、てえしたことでねえがら……姫様……寝てるだか？」

ヴィクトリアは会話の声や人の気配で目を覚ましたらしい。アレクシスの膝に自分の頭が乗っているので一瞬驚く。

そして上半身をがばっと起こし、部屋の窓を見る。

カーテンの隙間から空がわずかに白みだしているのが見てとれた。

「起こしちまっただか」

「いいえ、ありがとうございます。わたし寝過ごしてませんよね？」

ヴィクトリアの言葉にアレクシスは頷《うなず》く。

「コーヒーがええかと思って用意して、団員さんたちにはいま飲んでもらってるだが領主様はどうするだ？」

ちなみにコーヒーは帝国の南の領地でも採れている。ウィンター・ローゼのクリスタルパレスでもトマスが栽培しているのだ。

「私も同じで。別々だと手間だろう。殿下は？」

「はい、お願いします。砂糖とミルク抜きでも大丈夫です」

「あったかいの用意しただ」

女将《おかみ》は二人にコーヒーを給仕する。

「本当に、朝早くからありがとう、女将さん。あと村長さん」

宿屋の女将と一緒に、村長も朝早くから災害対策のためにこの場にいた。

「もし、重傷者がいた場合はわたしがなるべく治療しますが、問題は事務所などが機能しない場合です。避難してきた人をこの村で保護してくださいますか？　工務省の方や第七師団の団員とは異なる人たちなので、ためらわれるかもしれませんが」

鉱山では罪人たちが労役に服しているからだ。以前視察をした限りでは、一番最初にこの鉱山の労役についた罪人たちからは、改心している様子がうかがえたが、その後、鉱山に送られた罪人も増えている。心を入れ替えて労働に従事している人間ばかりではないことは、ヴィクトリアもわかっていた。

「その際は、ウィンター・ローゼから来ている団員に監視と管理の徹底を指示する」

アレクシスの言葉に村長も頷く。

「わかっただ。村のみんなにも伝えておきますだ」

そんな会話を交わしたあと、身支度を整えて、アレクシスとヴィクトリアが村の広場に出ると、ニーナが手を振っている。

「おはようございます！　ヴィクトリア殿下！」

「ニーナさん！　おはようございます！　どうですか」

「結構進めたようです」

ヴィクトリアはアレクシスを見上げる。

アレクシスは団員が連れてきてくれた愛馬にヴィクトリアを乗せ、自分もその後ろに乗る。そして一行は昨日の日暮れ前の位置まで進むと、昨夜の間にクロとその仲間たちが雪をかいてつけてくれた道を見つけた。

「クロたちすげえな……道になってる」

団員たちからそんな声があがる。ヴィクトリアも確かに凄《すご》いと思う。

「クロもシロもその仲間たちも、イヌ科だから、嗅覚がすぐれています。鉱山事務所は自然とは違う人工的な建物だし、生活臭だって残ってると思うんです」

「なるほど、こんな感じでオルセ村を魔獣からも守っていたのですね」

「クロもシロも本当は群れを作らない一匹狼《いっぴきおおかみ》だったんですよ。でも、番《つがい》になってから他の動物たちがいうことをきいてくれて」

「そうなんですね」

「それで、その、残念ながら……あと少しでこの道は終わってしまいます」

ニーナの言葉にヴィクトリアは頷《うなず》く。言われた通り、しばらく進んだところで雪の壁で道が閉じていた。

ヴィクトリアはアレクシスに手伝ってもらって馬から下りる。

ニーナとアレクシスとヴィクトリアは広げた地図を囲み、オルセ村と森と鉱山の事務所、道筋の見当をつけて現在地を把握する。

ヴィクトリアは髪飾りに手をかけ、羽ペンを顕現させた。

「はじめましょうか」

菫《すみれ》色の瞳が煌《きら》めく。

鉱山事務所が存在するはずの方を向いてヴィクトリアは立ち上がる。

「風は東からで微風、天候は良好……太陽光と風と……」

ヴィクトリアはブツブツと口の中で呟《つぶや》きながら羽ペンを持ち、空中に術式を書き始める。その術式を書き記したそばから、目の前にある雪の壁が溶けて崩れていく。

「この状態を連続で行う……」

術式が完成すると、詠唱を唱える間もなく雪が一定方向にスピードをあげて溶けていく。羽ペンから放たれた魔力の籠《こ》もった術式はキラキラと光を放ったままだ。

「あ！　見えた！」

クラウスが声を上げる。

術式が放つ光が延びていく先に、建物らしき物体が現れる。

ヴィクトリアにもそれが見え、建物周辺の雪が一気に溶けはじめた。

「す……すごい……」

ニーナは改めてヴィクトリアを見る。

「終わった～……魔力を込めて詠唱したらまた雪崩《なだれ》が起こるかもと思ったから、術式と魔力調整だけでやったのだけど、なんとかできるもんですね」

ヴィクトリアは肩の力を抜いてはあ～と息をつく。

「お疲れさまです、殿下」

「じゃ、みなさん、進みましょう！」

「カッチェの隊が先行しろ、着いたら殿下が溶かした範囲をさらに広げてくれ」

「了解です」

アレクシスの指示の下《もと》、第一陣が先行して進んでいく。

「みんな無事でいますように」

再び馬に乗ったヴィクトリアはそう呟《つぶや》いた。

第七師団はヴィクトリアが雪を溶かした事務所へ進む。ドアを開けると、中に3人の職員がいて、ありったけの毛布にくるまって一か所に固まっていた。

「無事か!?」

「生きてるか!?」

暖炉に火を入れて室内を暖かくする。

雪が事務所をすっぽり覆っていたために、怪我《けが》はない。

「あ……だいなな……しだん……」

「よく無事だった。助けにきたぞ、暖炉で火を焚《た》かなかったんだな」

雪で覆われたために、室内で火を焚くと酸素がなくなるかもと危惧《きぐ》したらしい。

食料と水の備蓄はあったが、手付かずのままだった。

雪崩《なだれ》発生時に、外に出ていた者はいなかったようだ。

室内を温めて携帯していた食料を与えると、三人は疲労しているが救助が来たことに安心したのか少し元気を取り戻したようだ。

事務所内に、他の人間は見当たらなかった。救助された中で比較的話ができそうな工務省の職員が雪崩発生時の状況を話す。この場にいない者は、朝食を終えてから鉱山の採掘に出て、あとはわからないと言う。

後続の団員たちに任せて、カッチェたちは鉱山採掘の現場へ向かう。

雪で塞がれていた入口を見つけ、地下の集積場に続く階段を駆け下りた。

地中のせいか、幾分外よりもこの集積場の方が暖かく感じる。中に入ると、明かりはなく、シンと静まり返っていた。

もしここに辿《たど》り着く前に雪崩に遭っていたら、別の方向を捜索しなくてはならない。

「誰かいるかー！」

声が反響する。

すぐに、「ここだ～」と弱々しい声が返ってきた。

先行していた部隊がその声の方へ向かうと、囚人《しゅうじん》たちが固まっていた。

「よく無事だった、頑張ったな、もう大丈夫だ」

「まさか……救助が来るなんてな……」

鉱山には現場監督の他にも、地質調査や採掘指導の役人、監視役として駐留している第七師団の団員もいたはずだが、ここにいるのはハルトマン領でテオたちを使ってヴィクトリアを襲撃した男たちだった。

彼らを事務所へ連れて行き、身体を温めて食事をさせる。

比較的しっかりしているのは、お調子者で、捕縛された時に口がすぎて第三師団の女性団員たちに蹴り飛ばされていたプラオだった。

ヴィクトリア襲撃の罪でこのオルセ村近くの鉱山に送り込まれた最初の罪人。襲撃の主犯だったロインには、そのときの契約紋が残っている。もし逃げ出せばまた自分も焼き殺されるかもしれない不安もあって、逃げ出すこともなく、真面目に懲役に服していたようだ。

「坑道の中でも音や振動が激しかったので、最初はさっき俺たちがいた場所にみんなで集まっていたんですが、雪崩《なだれ》が収まると、坑道の奥から変な音がしたんです。ツルハシで採掘しているみたいな……カーンって音が何度も。地質調査のブライドさんが、様子を見るためにあの場から離れました。それでもなかなか戻ってこなくて……みんな心配してたんですが、しばらくしたら、叫び声が聞こえてロインや他の工務省の方と第七師団の方も坑道の奥へ行ってしまいました」

プラオの話を聞き、ヴィクトリアはアレクシスを見る。

「坑道の奥に行った工務省の地質調査の方と、監視としてこの場にいた第七師団の方が気になります」

「カッチェ、小隊を編制し、先行して鉱山の坑道に駐留していた団員、および職員の捜索を開始しろ。鉱山監視は現在どの部隊が担当だ？」

　ルーカスが書類を捲《めく》る。

「現在、ハインツ少尉が隊長を務めています。救助した団員の中には含まれていません。確認のとれていない団員および職員はこの四名」

　カッチェはルーカスから名簿を受け取り、敬礼をして部隊を率いて坑道へと向かう。

「ルーカスはここで待機、罪人たちの凍傷は、ヴィクトリア殿下が治癒された。問題はないだろう」

　ヴィクトリアは他の団員たちに手伝ってもらって、アイテムボックスから災害用の食料や薬、毛布など必要な物を取り出していた。

「しばらくの間はもちます。足りないようでしたら、オルセ村に連絡をとるように。オルセ村の備蓄でも足りなければウィンター・ローゼにいるケヴィンさんに食料と水を運ばせて」

　ヴィクトリアの言葉にルーカスは「了解しました」と敬礼をする。

　先行していく部隊を見送っていたアレクシスにヴィクトリアが声をかける。

「ここでわたしを置いていくのはなしですよ、黒騎士様」

「もちろんです。ただ一つ約束を」

「なんでしょう？」

「私の傍《そば》から離れませんように」

アレクシスの言葉に、ヴィクトリアは笑顔になってアレクシスの腕に手を添える。

小さな身体だった時のように、その笑顔は無邪気なものだった。

「当然です、黒騎士様！」

ヴィクトリアとアレクシスを囲むように、残りの隊員も坑道の方へ歩き出した。

坑道は魔石によって、採掘する現場まで明かりが灯《とも》されている。だが、雪崩《なだれ》が起きた時に魔石の動力を暖を取るために使っていたらしい。

そのため坑道は闇に包まれていた。

ヴィクトリアは髪飾りに手を伸ばして、羽ペンを顕現させる。

そして宙に術式を書き始める。

「先行した隊の生体反応を確認、坑道に沿って光明の魔法を展開」

術式から丸い小さな玉が光りながら放たれ、坑道内に明かりを灯す。

「先行した隊まで明かりはつながっています」

暗闇の中に灯されるヴィクトリアの魔法が、その場の団員たちの士気を上げた。かなりの時間、坑道の中を進んでいくと、前方から一人の団員が伝令でやってくる。この先、坑道は三方向に分かれており、先行したカッチェが指示待ちの状態だという。

アレクシスの指示で、二小隊を送り込んでカッチェの部隊と合流させてから、別々に三方向へ進路を取らせる。

ヴィクトリアも三方向に分かれている場所に到達すると、分かれ道の方にも光明の魔法を展開させた。

「わたしたちはどうするのですか？」

ヴィクトリアがアレクシスに尋ねる。

「カッチェがいる隊を追う形で進行しましょう」

アレクシスの言葉にヴィクトリアは頷《うなず》き、坑道を見渡す。

「それにしても、結構奥まで掘り進んでいるのですね……工務省の技術は凄《すご》いです」

「ロッテ様がこちらにきてから一層、採掘が進んだようです」

シャルロッテは、採掘用の器材の開発にも携わっていたようだ。

「……さすがです、ロッテ様……」

「しかし坑道内は私も団員たちも初めてです。地中に棲息《せいそく》する魔獣が現れないとも限らないのによくここまで掘り進んだと思います」

今現在、ヴィクトリアの光明の魔法が展開されているから坑内は明るいが、災害発生時は暗闇だったに違いない。危険を承知で様子を見に行った工務省が派遣している職員たちも、それを追ったロインも無事でいてほしいとヴィクトリアは思う。

その時、坑内で銃声が響いた。先行している部隊が発砲したようだ。

先行していたカッチェの部隊と合流すると、すでに、魔獣を殲滅《せんめつ》したあとだった。

ビッグワームの死骸が転がっている。

その大きさに、ヴィクトリアは息を呑《の》む。

魔石を取り除くと、その死骸は消えてしまった。

「留学先で知り合ったウィザリア王国のアレクサンドライト様が言ってたけれど……ダンジョンの魔獣ってこういうのかな……魔石を取ると、モンスターの身体が消えるって聞いたことがあります」

「ウィザリア王国……？」

「西の海の向こうの大国です。西と東に国が分断され、東側はダンジョンが発生し、そこを攻略しているのが、わたしの友人となったアレクサンドライト様のおじい様なんですって」

「ダンジョンは他の国にはあると言われていますが、この国ではあまり見かけませんね」

「ここは国境沿いの鉱山ですから、ダンジョンもあるのではないでしょうか？」

「なるほど……国境向こうはさらに魔素が濃いですから……あり得ますね」

その時、突然足元が揺れた。アレクシスもヴィクトリアも、一瞬地震かと思ったが、目の前の地面からワームが這《は》い出てきた。いきなり現れた魔獣にヴィクトリアは一瞬息を止めた。いつもならアレクシスの腕を掴《つか》むところだが攻撃するにも防御するにも、邪魔になってはいけないと、とっさに自分の両手をぎゅっと胸元で握るが、逃げ出すこともできず、硬直してしまう。

アレクシスがワームを切り刻んで瞬殺すると、魔石だけ残してその巨体は消えた。

「大丈夫ですか？」

振り返るアレクシスに、ヴィクトリアは無言で何度も首を縦に振る。そしてアレクシスの傍《そば》に寄ろうと踏み出すと、ワームが作り出した足元の穴が崩れてヴィクトリアの身体がその空洞に落ちた。

「きゃあああああ！」

まさか足元が崩れるとは思わず、ヴィクトリアは悲鳴をあげた。

「ヴィクトリア！」

アレクシスが咄嗟《とっさ》に穴に落ちるヴィクトリアの手を掴む。

「黒騎士様！」

団員たちもアレクシスの身体を支え、一緒にヴィクトリアを引き上げようとするが、ズルっと手袋が抜けそうになる。

「黒騎士様……手が……」

「しっかり掴まれ！　絶対離すな！」

「う……」

足手まといになりたくないのに、手助けするつもりで来たのに、宙に浮いた身体が頼りなくて、足元がおぼつかず、その眼下に広がる暗闇が恐怖心を抱かせる。

「くろ……きしさま……」

繋《つな》いだ手だけがわかる。手袋が滑る感触、その先の動作。

——落ちる！

アレクシスは瞬間的に察知した。ヴィクトリアの手を握ったまま、自分を掴《つか》む団員たちを片手で振り払い、ヴィクトリアに両手を伸ばす。

彼女の腕を引き上げて胸に抱きこむと、そのままヴィクトリアと一緒に暗闇に落ちていった……。

「閣下！　ヴィクトリア殿下——!!」

団員たちは落ちていく二人に向かって叫んだ。

八話　ドワーフの末裔《まつえい》たち

視界にぼんやりと明かりが灯《とも》ると、全身に感じていた痛みが消えていくのがわかった。

「黒騎士様！　黒騎士様！　痛みますか!?」

目を開けると、ヴィクトリアが心配そうな顔でアレクシスを見つめている。

暗闇の中で小さな球体が幾つか浮いて光っているのは、ヴィクトリアの展開する光明の魔法。アレクシスが感じていた痛覚が消えていくのは、治癒魔法だということがわかる。

ヴィクトリアの足元のビッグワームが出現した縦穴が崩れ、落ちると思った瞬間に、アレクシスはヴィクトリアを咄嗟《とっさ》に両腕に抱き込んで、そのまま一緒に落ちたのだった。

上半身を起こして、アレクシスはヴィクトリアを見た。魔法を行使しているぐらいだから、無事だろうとは思っていた。

「私は大丈夫です。殿下は？」

「無事です。黒騎士様が、守ってくださったから」

「よかった」

「よくないです！　黒騎士様が死んじゃうかと思ったの！」

ヴィクトリアはアレクシスに抱きついて声を上げて泣きじゃくった。アレクシスは彼女を抱きしめて、小さかった時のようにぽんぽんと背を叩《たた》いて宥《なだ》める。

「言ったじゃないですか！　ご自身も大事にしてって！」

ヴィクトリアのその言葉自体が、改めてアレクシスの身に沁みた。

彼女を守ってそれで死んだら、こうして彼女の無事を確かめることもできない。

「でも、ヴィクトリアを守らないと、俺がいる意味がないだろ……無事でよかった……」

アレクシスは宥めている手を止めて、力をこめてヴィクトリアを抱きしめた。

「……うん……黒騎士様も無事でよかった」

ヴィクトリアの治癒魔法のおかげでアレクシスもすぐに動ける。落ちた穴を見上げるが、彼女が光明の魔法を展開させても、上の方は暗闇だった。

団員たちの声が遠くで反響しているのがわかるが、ロープを下ろしても無理だろう。横穴がうっすらと見える。そこを進むしかなさそうだった。

アレクシスは立ち上がると、ヴィクトリアが立ち上がるのに手を添えた。

「横穴を進む。落ちた縦穴に戻るのは無理だろう」

「はい」

涙を手の甲で拭《ぬぐ》って、ヴィクトリアも頷《うなず》く。アレクシスがヴィクトリアに手を差し伸べると、ヴィクトリアはその手を握り、二人は横穴を歩き始める。

「怖いですか？」

「全然、黒騎士様が守ってくださるから。わたしも、黒騎士様を守ります」

「それは心強い」

「本当ですか？」

「本当、本当」

副官のルーカスと軽口をたたき合うような、ヴィクトリアに対してはあまりしない素の口調で言われて、ヴィクトリアは嬉《うれ》しくなる。君主と臣下ではなくて、姫と騎士でもなくて、彼に一番近い存在のように心を許してもらえた気がしたからだ。

鉱山の坑道内の奥で、ワームが這《は》った跡だけれど、これがいつものウィンター・ローゼの街中だったら……サーハシャハルの城下町みたいに異国情緒あふれる場所だったら、もっとよかったのにとヴィクトリアは思う。

「やっぱり怖いのか？」

ヴィクトリアは首を横に振る。

「ううん……平気……あ、でも、手は離さないでくださいね！　ぎゅってしてて！」

ヴィクトリアはいつもの調子で言う。

「はいはい」

この暗い坑道の中だから……きっと誰もいないから、彼の口調が、素のままなのかもしれない。なら、別に異国の城下町でもウィンター・ローゼの街中でなくてもいいかなとヴィクトリアは思い直した。

「なんだか……月明かりみたいだな」

「もう少し明るくしますか？」

ヴィクトリアが尋ねるとアレクシスは首を横に振る。

「いや……視界の差が激しくなるから、このぐらいがちょうどいい」

ヴィクトリアが言ったように、この暗い坑道は噂《うわさ》に聞く他国にあるダンジョンのような気がする。こうして坑道の地盤の底からワームが出現するぐらいだ。他の魔物もいるかもしれない。

「あのね、黒騎士様。わたし、嬉《うれ》しいの。このところ、黒騎士様が時々名前を呼んでくれて、敬語を使わないでお話ししてくれるの。でもなんでかなあって、思ってて……やっぱりわたしが大きくなったから？」

魔獣がいつ出現するかわからない状態はさすがに怖くて、気を紛らわすために何か話していたいヴィクトリアは、なるべくいつもの調子でアレクシスに尋ねた。

「……ヴィクトリアがずっと変わらないから……」

アレクシスの答えに、ヴィクトリアはきょとんとする。

「え⁉ わたし変わりましたよね？ 大きくなったでしょ？」

ちゃんと年頃の女性に成長したのに、アレクシスにとっては、相変わらず小さな子供なのだろうかと不安になる。

「見た目ではなく、中身が」

確かに彼女の見た目は変わった。大きくなったら、さぞや美姫になるだろうと、誰もが言った通りに。

雪まつりの日に指輪を渡して抱き上げた時、彼女がアレクシスの額にした小さなキス。

そのとき、なんとなくわかったのだ。

どんな姿になっても、彼女は変わらずに、まっすぐに、アレクシスに好意を伝える。そんな彼女なら、臣下としてでなく、そのままの自分を出しても変わらず傍《そば》にいてくれると思った。

「最初から俺から逃げることも怯《おび》えることもしないで、いきなり成長して本来の姿になっても、ずっと変わらずに、傍にいてくれた貴女《あなた》だから、大丈夫かと」

「……そうだったんですね……嬉しいからもっと名前で呼んで、普通にお話ししてください」

「しかし……改めてそう言われると、一線は引くべきかと……それに殿下の方が俺に対しても敬語を改めないようなので、やはり敬語で話しますか」

「もう！　嬉しいって言ってるのに！　黒騎士様の意地悪！　わたしの敬語の場合は仕方ないと思いません？　わたしは六人姉妹の末っ子で、一番上の姉上と黒騎士様は同じ年だし、父上がこの国の皇帝陛下なのですから」

アレクシスはむうっと拗《す》ねるヴィクトリアを見て笑みを浮かべる。彼の笑みを見て彼女も笑顔になる。いつ魔獣が現れるかわからないうえ、第七師団の団員ともはぐれている状態で、最初こそ不安に思っていたヴィクトリアだが、こうしてたわいない会話をすることで、だんだん落ち着いてきた。

ワームが作った穴はかなり蛇行していて、途中でいくつかに分かれていた。光明の魔法で幾分上り坂になっている道を選ぶと金属音がぶつかり合う音が聞こえた。

足元はずっと上り坂で、進み続けると金属音が近くなる。

視界に光が見えた。ヴィクトリアは光明の魔法を止めた。二人を包むのは暗闇だが、道の先には光が見える。そして音が聞こえる。

「くそ、ハルバードの刃が欠けた！」

声が聞えた。第七師団の団員たちの声だった。

「ハルバード隊はどけ！」

銃弾を撃ち込む音が響き、同時に弾丸を弾《はじ》く音も響いた。

魔獣と対戦中なのか、銃弾を装填《そうてん》して撃鉄を起こして再び打ち込むが、弾かれている。

ヴィクトリアとアレクシスのいる空洞からその様子が見え、ヴィクトリアがペンを顕現させる。

「ヴィクトリア……殿下、どうする気ですか」

「ハルバードも銃弾も無理なら、黒騎士様の剣も防ぐかもしれないので」

アレクシスが感心したような声をヴィクトリアにかける。

「……クレイジー・グリスリーに怯《おび》えていたのが、遠い昔のようですね」

ヴィクトリアはぎゅっとアレクシスの手を握る。

「……あの時も言いましたけど、黒騎士様がいれば、怖くないのです」

姿は見えずとも、そんな二人の会話が聞こえたのか団員の一人が、ワームが作ったと思われる横穴を覗《のぞ》く。

「閣下!? ヴィクトリア殿下!? なぜここに!?」

ヴィクトリアとアレクシスはワームの作った横穴から、団員たちのいる本来の道に戻る。

合流できた部隊に魔法が使える者がいないのか、カンテラで明かりを灯《とも》しているようだ。ヴィクトリアが光明の魔法で照らすと、団員たちが対峙《たいじ》している魔獣がはっきりと見える。

魔獣というよりも、それは岩のようなものだった。

鍾乳洞《しょうにゅうどう》によくある石筍《せきじゅん》に似ていた。鍾乳石は天井からつり下がっているつららのような岩だが、石筍《せきじゅん》はその天井の水滴が床面に蓄積し、たけのこ状に延びた岩。洞窟内の物質や環境により、大きさも形も様々だ。

しかしそんな形をしていても、対峙《たいじ》している石筍には、下の方から触手のようなものが蠢《うごめ》き出て、それは機械のようにも見えた。

二人が合流した部隊はカッチェの部隊ではなく、クラウスの小隊だったようだ。

ワームが作った通路はきっと坑道のどこかにつながっていたのだろう。

クラウスが二人の前に進み出る。

「閣下」

銃を連射していたクラウスが、再び銃弾を装填《そうてん》していた。

「ちょっと見たことない魔獣……というより魔物のようです。ただの石筍なら銃弾を弾《はじ》くことはないのですが」

装填した銃を構えて一発打つ。標的の本体と思われる部分に銃弾を撃ち込むが、金属音がして確かに銃弾は弾かれていた。

「岩……なのか？」

クラウスの説明に答えるように、その物体の下から触手のようなものが延びてきた。クラウスの傍《そば》で銃を構えていた団員に向かってものすごい勢いでその触手が延びて銃身に巻き付き、さらに団員の一人の足に絡まって引きずる。

ハルバードを持った団員が前に進み出てその触手を切断しようとするが、ガキンという金属がぶつかる音が響くだけで、切れない。

「うおっ!!」

触手が自分を攻撃したハルバードを巻き取る。触手の動きが無軌道で速い。

ヴィクトリアが羽ペンで魔術式を展開させる。

石筍の周りに植物の根が延びてくる。

「ハルトマン伯爵の持つ魔術の応用を試みます」

触手の周りに植物の根を這《は》わせるようだ。

「溶かしたり感電させるのも手かもしれませんが、触手に捕らわれている団員もいるので、火力重視の魔術を展開するより、こっちの方が安全かもしれません」

ヴィクトリアは地中の植物の根を、この得体の知れない触手を持つ石筍に似たモンスターに這わせるつもりだ。

「もしこの魔物が岩ではなく機械なら、異物が入れば停止すると思うのです」

「機械？」

「ハルバードの刃でも切断できずに、銃弾を弾いているんですよ？　見た目は岩でも中は金属かもしれません」

ヴィクトリアが展開した地中の植物の根が、石筍の触手の僅かな隙間にまで入り込んでいき、触手の動きが止まった。

触手は巻き付けるのをやめてビシビシと音をたて、銃やハルバード、団員たちの足を離して動きを止めた。

「大丈夫ですか？」

足を取られて引きずり回された団員たちに、ヴィクトリアが治癒魔法を施した。

無事だった団員の一人が、動かなくなった石筍《せきじゅん》タイプの魔物に近づき、様子を見る。

「もう動きはしませんが、この石筍のモンスターは……どうしますか？」

「いろいろと討伐に行ったけれど、こんなタイプ、見たこともない」

隊員たちの言葉はもっともだった。アレクシスですらこれは初めて見るタイプだ。

「動力は魔石だろうが、どうにも硬いな……」

ハルバードを取り戻したフリッツが、動きの止まった本体に刃を振り下ろすが、ハルバードの刃の方がこぼれてしまった。

「……一体……これは何なんだ……」

「……黒騎士様……」

ヴィクトリアがアレクシスの腕を引く。

腕を引かれてアレクシスはヴィクトリアの視線の先を見る。

石筍の先の方に影が見えた。

トカゲの姿に似たそれは、見覚えのある魔物だった。

「バジリスク……」

「全員目を閉じててください！」

ヴィクトリアはそう叫んで、強烈な光明の魔法を展開させる。

石化されないために、強い閃光《せんこう》でバジリスクの目をくらます。バジリスクは雄たけびを上げて暴れ始める。アレクシスが咄嗟《とっさ》に進み出てバジリスクを一刀両断した。

魔石を残して、その死骸も消えてしまう。

その様子を見て、ヴィクトリアはアレクシスが一撃で殲滅《せんめつ》した魔物の魔石といまだ動かない石筍のモンスターを見比べる……。

「一瞬離れてしまいました、殿下はご無事ですか？」

アレクシスが声をかけるとヴィクトリアは手を挙げて応えた。

アレクシスの傍《そば》に近づきながらも、視線は動かない石筍のモンスターに向いたままだ。

「ここは……本当に、プラオやロインたちが掘ってきた坑道なのでしょうか……？　それにこれはモンスターじゃなくて……機械仕掛けの防衛設備のような……誰かに作られたモノではないでしょうか……」

ヴィクトリアが呟《つぶや》くと、アレクシスの背後に小さな人影らしきものが見えた。

アレクシスもそれに反応して振り返る。

その影には殺気はないが、人間ではない種族と一目でわかる。

子供に読み聞かせるおとぎ話にでてくるような小さな男だった……。

「……小さな人……？」

「……ニンゲン」

その男は身に着けていた袋から丸薬を取り出し、口に放り込んで奥歯で噛《か》み潰す。

「また人間か……」

丸薬は言葉を明瞭にするためのもののようだった。

ヴィクトリアはその小さな男に近づく。

「殿下！」

アレクシスも他の団員たちも制止の声を上げる。

ヴィクトリアは手を挙げてそれを制する。

「初めまして、わたしはリーデルシュタイン帝国第六皇女ヴィクトリアです。貴方《あなた》のお名前は？」

「……女神様？」

男は、自分の目の高さにしゃがみ込んで語り掛けるヴィクトリアに見惚《みと》れて、そんな言葉を呟《つぶや》いた。

「いいえ、わたしは人間です、ちょっと魔法が使えますけど」

「人間なのか……綺麗《きれい》だから女神様かと思った……」

男の言葉にヴィクトリアは首を傾《かし》げる。

「貴方、さっき、『また人間か』っておっしゃったように思うのですが、ここ最近人間を見たことあるの？」

男は頷《うなず》く。

「四人の人間がオレたちの村にいる」

「貴方の……お名前は？」

「$%'/ｖｂＵＵ＠」

名乗ったと思われるが、数か国語を理解できるヴィクトリアも初めて聞く響きで、上手く発音できそうになかった。

「ごめんなさい。わたし発音できない」

「だろうね、人間にはむりだ」

「あなたは人間じゃないの？」

「半分人間かも。半分ドワーフなんだ」

ドワーフが言うには、先祖が、魔族と他の連中が戦争を始めた時に逃げてきたという。

その言葉に、ヴィクトリアもアレクシスも、ある人物を思い出す。

現在ウィンター・ローゼでシャルロッテと一緒に魔導列車を作っているゲイツを。ゲイツのご先祖様のように、この坑道に辿《たど》り着いて定住したドワーフもいたのだ。

彼らはゲイツの先祖と違い、ずっとこの鉱山の奥深く地中で小さな村を作り、生き延びてきたという。

「オレたちのご先祖は、人間の国は安全だと思ったみたい。山の向こうは魔素が強くて魔族同士で戦争してるし。逃げてきたんだって。そしてそのままこっそり住んでる。見つかったら追い返されると思って……ご先祖様たちの仲間もこっちにきて散り散りになったみたい。オレたちはその生き残りだ」

ヴィクトリアはアレクシスを見上げる。

「わたしたちは、四人の人間を探してここまで来ました。彼らに会えますか？」

「うん、俺たちの食料も酒もそんなにないから、ひきとってくれるならいいよ」

「案内してくれますか？」

「お願いがある」

「なに？」

「それ……返してくれ」

ドワーフが指さすのは、石筍《せきじゅん》のモンスターと思われていた物体だった。

ヴィクトリアの魔術によって、細部には木の根がびっしりと絡まっている。

「なんでなんでコレこんなになってんだ？」

「わたしがやりました。だって第七師団の団員たちに被害が出そうだったんですもの」

ドワーフはその石筍のモンスターとヴィクトリアを見比べて聞いた。

「姫様、魔法？」

「はい、ほんの少し」

ヴィクトリアはそう言うが、後ろに控えている第七師団の団員たちは「少しじゃないでしょおおお」と心の中で突っ込みを入れる。

「姫様の魔法は火や水じゃないのか……」

「それも使えるけど、そのモンスターの触手が団員にからまっていたから、怪我《けが》をすると嫌だったので、植物系の根を促進させて絡め取ったの。これ、あなたが作ったの？」

「みんなで作った……ここには魔物とかも出るから……」

石筍のモンスターは、ここに流れてきたドワーフたちが作ったモノだった。

ドワーフの案内で一行は彼らの住処《すみか》に辿《たど》り着いた。村の造りは普通のものだが、洞窟内なのに明るい。

太陽光はないけれど、それに近いものを再現している。草木も成長しているようだ。

鉱山の洞窟内にこんな小さな村が……と驚く団員たち。

ヴィクトリアとアレクシスの姿を見て声を上げたのは、ロインだった。

「……黒騎士……ということは……殿下!?」

ヴィクトリアが成長したという話は、鉱山で働いている罪人たちの耳にも届いていた。ロインには手の甲にある契約紋がすでにヴィクトリアとの契約に書き替えられているので、成長したヴィクトリアだとわかったらしい。

「ロイン！」

工務省の三人の職員も顔を上げる。どうやら畑仕事をしていたようだ。

「ヴィクトリア殿下……第七師団……フォルクヴァルツ閣下……」

「か、帰れる……」

「心配しました……でも無事でよかった!!」

「彼らのおかげで助かりました」

エドガーがドワーフたちに視線を送る。

坑道内の異音を確認しに行った一人が魔獣に襲われ、ロインやエドガーが助けに行くも、あと少しで魔獣の餌食《えじき》になるところを、このドワーフが助けてくれたらしい。

ドワーフたちはわらわらとエドガーたちの傍《そば》によってくる。

「人間の仲間が迎えにきてくれたなら、もう帰った、帰った」

「食い物が減る〜」

「酒が減る〜」

ヴィクトリアはドワーフたちにお礼を言う。

「ドワーフのみなさん、ロインたちを保護してくれて、本当にありがとうございました」

　ドワーフたちは進み出たヴィクトリアに見惚《みと》れた。

「女神様がいる」

「女神様」

「違うよ、この人はこの国のお姫様なんだって」

　案内してきたドワーフが仲間たちに説明する。

「お姫様～」

「お姫様、俺たちここに住んでていい？　お姫様の国なんだろ？　ずっとここに住んで人間には危害は加えないって約束する。人間も俺たちをいじめないで追い出したりしないでほしい」

　ヴィクトリアはアレクシスを振り返る。アレクシスは頷《うなず》く。

「ここの地域はあちらにいる黒騎士様が治めているの、黒騎士様はいいって言ってくださったわ」

　ドワーフたちは手を取り合って喜んでいたが、ヴィクトリアの視線の先にいるアレクシスを見てそのまま固まる。

「……怖そう……魔族？」

「魔王様……」

「魔王様かも……」

ドワーフたちはアレクシスを見て一歩下がる。

アレクシスの評価が魔族から一気に魔王にランクアップしたのを耳にした団員たちは、苦笑をかみ殺して沈黙を守っている。

「悪いことする人には怖いかも、でも、ドワーフさんたちは、エドガーさんやロインを助けてくれたんですもの、お礼もしてくれます」

「お礼……」

「オルセ村のお酒でどうでしょう、殿下？」

アレクシスの言葉に、ほらねと、ドワーフたちに目で話しかける。

「お酒くれるのか？」

「美味しいお酒です」

「お酒ー!!」

手を取り合って小躍りしているドワーフを見て、ヴィクトリアは呟《つぶや》く。

「ドワーフか……ゲイツさんにお話ししたらきっと驚くわね」

ヴィクトリアの言葉に、ドワーフたちは反応する。

「ゲイツって、あれだろ、俺たちの血を引く人間だろ？」

「知ってるの？」

「保護した人たちから聞いた、んーと……四百五十日ぐらい前か、この鉱山の洞窟で採掘してたのも見たことある」

「遠目に見たけど、人間に近かったけれど、俺たちの血を持ってってわかった」

ドワーフの血……それがどんな意味を持つのかヴィクトリアにはピンとこないけれど、同族意識ははっきりと認証されるものなのだろう。

「いま彼は魔導列車を作ってくれてるの、私たちの街にいるのよ」

「まどうれっしゃ……」

「なんかすごそう……」

「見たい……」

「でも、ここから出たら、いじめられる。見れない……」

ドワーフたちは残念そうにため息をつく。

「いじめないわ、わたしが約束する。いじめる人間には黒騎士様が怒ってくれるわ」

ヴィクトリアがアレクシスを振り返る。

ドワーフたちもアレクシスを見て、なんとなくこの怖い顔の人間が怒ってくれるなら安全かもと思ったようだ。

「いまはまだ雪が残っていて外は寒いけど、それでもよかったら、いつでも言ってね」

「俺、見たい!!　すぐにしたくするから、一緒に連れてって」

手をあげたのは、ヴィクトリアたちを案内してきたドワーフだった。

「おい、お前、いいのかよ」

「えっと、あなたを何て呼べばいいのかな……」

案内したドワーフをはじめ、仲間のドワーフは輪になって相談する。

「愛称でもいいんじゃないか？」

「それでも発音しづらいみたいだし、姫様、魔力ちょっぴりって言ってたし、大丈夫だろ。高位魔族同等の魔力とかないよ。きっと」

「人間だしな、それもそうだな」

「悪い人じゃないみたいだし」

「じゃ、お前がいいならいいよ」

案内してきたドワーフが、ヴィクトリアの前に進み出る。

「呼びたいように、名前を呼んでもいいよ。ドワーフの名前は発音しづらいみたいだから」

「そう、よかった。じゃあ、『ヴェルト』」

ヴィクトリアが案内してきたドワーフにそう呼びかけると、ドワーフの前に魔法陣が浮かび上がる。

「え？　え？　何？　なんで契約紋？」

名前を呼ばれたドワーフも驚いた顔をする。

ヴィクトリアが契約紋を取り消すと、ヴェルトは安心したような、ちょっぴり残念なような複雑な顔をした。

「姫様、魔力多いんだ、すげー、契約紋も消せるとかすげー」

「……姫様、名前呼んでみて？」

「ヴェルト」

ヴェルトは仲間たちを見る。

「支配されてない！」

「本当⁉」

「すげー！」

ヴェルトを取り囲んだドワーフたちがわあわあと騒いでいる。

騒ぎが収まるまで待っていたヴィクトリアに、ヴェルトが説明する。

これは彼らの先祖の話から聞いていたことで、魔族は領地を争う時に、配下を作る。その時に配下に命名すると眷属《けんぞく》として支配下におくことができる。

他種族の改名にはいろいろ条件があるらしく魔力の量によって差がでてくる。

その説明を受けて、ヴィクトリアはアレクシスを見る。

確かに帝国の中でも魔力の多さは上位のヴィクトリアなら、他種族を支配下におく条件を持っているだろうとアレクシスは思った。

「お姫様は、オレの支配者じゃなくて友達だね！」

「はい」

ヴィクトリアがにっこりと微笑《ほほえ》むと、ドワーフたちはそわそわして照れているようだ。

「じゃあ、アレもってけ、ご先祖様が作ったアレ」

「いいのか？」

「今、お姫様に愛称を貰《もら》ったお前なら、扱えるかもしれないだろ。ここにいる奴らは使えないから」

「ありがとう大事に使う。待ってて、取ってくるね」

トテトテと家に向かって走り出し、ヴェルトはハンマーを腰に括《くく》りつけて戻ってきて、ヴィクトリアの前に立つ。ドワーフらしい小道具だ。

「お姫様、黒騎士様、準備いいです」

ずいぶんと簡単な支度だが、ヴィクトリアたちも鉱山事務所に戻る時間が惜しいので、アレクシスは集まっている団員に声をかけた。

「では、近日中に、食料と酒を坑道に運ぶことにしよう。保護してもらって助かった」

アレクシスがそう言うと、ドワーフたちは手を繋《つな》いでわーと喜んで、一行を見送る。

第七師団と保護したロインたち四人。そしてヴェルトを連れて、一行は坑道に戻った。

「ヴェルトは何歳なの？」

「んーわかんない……でも、ドワーフと人間の寿命は違うから、多分この中で一番長生きしてると思う」

道すがら、ヴィクトリアが聞くとヴェルトは答える。

「やっぱりドワーフとかエルフって長寿なのね……」

「エルフ……嫌い……気取り屋なんだもん。姫様はエルフみたいに綺麗《きれい》だけど、気さくで優しいよね。女神様みたい」

「聞きました？　黒騎士様、また女神様みたいって！」

アレクシスの横でヴィクトリアはキャーと小さく叫ぶ。

「黒騎士様も優しいよね、食料や酒もくれるの。魔王様みたいだけど」

「魔王様……」

「魔族は俺たちを支配するの当たり前って感じなんだって」

「そっかヴェルトは国境の向こうのことは、ご先祖様たちから聞いてるだけなのね」

「うん……だから、試したいんだ……」

「試したい？」

「人間の魔力を持った人から名前を呼んでもらったら、どうなるのか……このハンマーが使えるのか」

ヴェルトはトテトテと、先頭を進むクラウスの隊へと早歩きで追い付く。

そして、クラウスに並んだと思ったら、一直線に走り出した。

「ヴェルト？」

光明の魔法を展開しているので視界はいい。ヴェルトが単独で走っていくと、坑道の横から、土壁を突き抜けて大きな何かが現れた。キャタピラーだった。

ヴェルトは腰に着けていたハンマーを手にする。

そのハンマーの形状は大きく変化した。

「おりゃあああああ」

キャタピラーに向かってハンマーを振りかざす。一撃すると、そこから連打。その小さな身体が一回り大きくなったように感じる。

ガンガンと硬いキャタピラーの皮をハンマーでたたきつぶしていく。

あまりの速さに、ヴィクトリアは目で追えない。

「身体能力が上がっている……」

アレクシスの言葉に、ヴィクトリアは彼とヴェルトを見比べる。

「名前をもらって魔力が上がった、戦士にもなれるというのはこういうことか」

「黒騎士様……わかるのですか？　もしかして動きが見えているのですか？」

「見えてます」

「……すごい……」

ヴェルトがハンマーの形をピッケル状に変化させてキャタピラーの脳天を突き刺すと、キャタピラーは魔石を残して消えた。

「魔石取ったー!!」

ヴェルトが魔石を高々と上げると、その身体はさっきのように小さく戻っていた。

「すごいわ、ヴェルト、強いのね！」

「強くなったの試したかったの！　お姫様が愛称をつけてくれたからだよ！」

「え？　だって名前つけただけなのに？」

ヴェルトはヴィクトリアを見上げる。

「名前を与えられた場合、持ってる能力が上がるんだ。だから支配下に置きたい種族を魔族は選んだりする。でもオレはお姫様には支配されてないから……友達！」

心強い仲間が増えて、ヴィクトリアがヴェルトに微笑《ほほえ》みかけると、別の坑道の奥から声が聞こえた。

「閣下ー！　殿下ー！」

カッチェの隊が声をあげて走ってくる。

ワームの作った穴にヴィクトリアとアレクシスが落ちてから、行方不明の四人とヴィクトリアたちを探しつつ、この坑道内を探査していたようだった。

「よくあの落下からご無事で！　それに四人も一緒とは！」

「ワームの通り道に落ちたようだ。落ちた先の横穴を進んでクラウスの隊と合流できた」

カッチェはほっと息をつく。

「しかし今の音は？」

「ドワーフのヴェルトがキャタピラーを退治してくれたのです」

ヴィクトリアが、目の前のハンマーを片手に握っているドワーフに視線を落とす。

「この領地の新しい仲間です」


ロインと職員たちを無事に事務所に収容した時には、既に日は暮れていた。

被害に遭った者に暖かい食事と暖かい寝具を用意して、とにかく休養を取らせる。

第七師団も事務所に残ったルーカスの指示により、一部オルセ村に引き上げさせていた。

そしてヴィクトリアは食事の後片付けをニーナと一緒にした後、今、二人で各部屋を見て回ってこの場から離れていた。

「しかし、よく無事だったな。ドワーフたちが助けてくれたのは幸運だが……魔獣だっていたのに……いままでよく採掘作業とかできたな」

　ルーカスの言葉にアレクシスが答える。

「鉱山は、ウィンター・ローゼ建設時から、コンラート氏が注目していたからな。帝都から資材を調達するよりも現地調達するため、建設に使用する魔石を設置して資材の採掘をしていたんだ」

　ウィンター・ローゼを建設する際や、現在も学園都市建設で使用されている魔獣避けの魔石のことである。これがなければこの辺境では安心して建設作業を行えない。

　この魔石を用いて鉱山採掘を進めていたのだった。

「なるほど……」

　ヴェルトから聞いたことだが、ドワーフたちも自分の住処《すみか》を人間に知られたくないので、坑道内に結界を張っていたというのもある。

　彼らは魔獣と人間だったら魔獣のほうがマシだと教えられてきた。魔獣なら問答無用で倒せばそれでいいけど、人間を殺してしまって、それによって自分たちの存在を知られたら全滅しかないと。

「それが結果的に、採掘作業時に魔獣に遭遇することにならなかったと……」

「しかし、こうなったら、この鉱山の坑道に駐屯《ちゅうとん》する団員は増やした方がいい」

「そうですね」

　食堂のドアを開けてニーナとヴィクトリアが入ってくる。

各職員や囚人《しゅうじん》たちが眠っている部屋を見てまわってきたのだ。

「空いている部屋も、暖かくしたので、そちらでみなさんも休んでください」

「殿下ご自身が働いていらっしゃっては、他の者も休めないのですよ」

ルーカスの言葉に、ヴィクトリアははっとする。

「あたし、お茶いれてきますね！　殿下はお休みください」

ニーナは元気よく立ち働く。

事務所の周りでは、クロとシロが哨戒《しょうかい》をしてくれている。

アッシュはヴィクトリアが坑道から戻ってからずっと彼女の足元に寄って、一緒について回っていた。まるでアレクシスと交代でヴィクトリアの護衛をしているようにすら思える。見た目は子犬のように愛くるしいが、ヴィクトリアのチャームにうっかりかかりそうになる団員に向かって吠《ほ》えたてて牽制《けんせい》するのだ。

その威嚇《いかく》で団員が正気を取り戻す様子を見て、アレクシスはアッシュがついているならヴィクトリアを自由にさせてもいいかもと思ったようだ。いつも自分と一緒というわけにもいかないし、ヴィクトリアのチャームへの耐性を団員たちにもつけてもらいたいとも思っている。

「みんな無事でよかった……」

そう呟《つぶや》いてアレクシスの隣に座り、アッシュを抱き上げる。

「お姫様、元気ないの」

「お疲れなんですよ、朝から魔法を使って雪を溶かしたり、光明の魔法を坑道内に展開させたり、閣下に治癒魔法を施したり、あの機械を止めたり……」

　カッチェも言う。

「朝からそんなに魔法使ってたの!?」

　ヴェルトが驚きの声を上げる。

「エドガーさんやロインたちを助けるために来たんだもの。魔力は使えるだけ使わないと、わたしが来た意味がないでしょ？」

「さっきも部屋を暖めてくださったの、だからみなさんも今のうちに部屋に行って身体を休めた方がいいです」

　ニーナがヴィクトリアにお茶を淹《い》れて持ってくる。

　フランシスがそれぞれに指示を与えて団員たちは部屋に下がる。

「ニーナさんもありがとう」

「そんな、あたしなんか大したことしてませんよ」

「ううん、こんな雪の中をウィンター・ローゼとオルセ村をこまめに行き来してくれていたから、今回のことは迅速《じんそく》に行動に移せたのだと思います」

　ヴィクトリアがそうですよね？　とアレクシスを見ると、アレクシスも頷《うなず》く。

「ヴェルトも、ありがとう。お部屋にヴェルト用に眠るところを作っておいたわ、ヴェルトも休んで。ドワーフだって眠るでしょ？」

見回りの時にニーナと一緒に、ヴェルトのために災害救助用の毛布を何枚か重ね、小さなベッドもどきをつくったのだ。ちなみに第七師団の団員は各自、寝袋を持参している。

「さっきも中佐さんが言ってたけど、お姫様が眠らないと、みんなきっと起きてるよ」

ヴェルトの言葉を聞いて、ヴィクトリアはアレクシスの腕に寄り掛かる。

「殿下？」

腕に抱いているアッシュの暖かさと、寄り掛かったアレクシスの腕の暖かさを感じながら、ヴィクトリアは目を閉じる。

「……」

言葉にしないものの、自分が休む場所はアレクシスの傍《そば》だと言っているようだ。

その様子を見て、ヴェルトはニーナと顔を見合わせる。

アレクシスが、ヴィクトリアの手にしているカップをニーナに渡して、ヴィクトリアに毛布をかける。

手にしていたカップを取り上げても、ヴィクトリアは閉じた瞼《まぶた》を少し震わせるだけで、目を開けることはなかった。

「お姫様、黒騎士様のこと大好きなんだね」

ニーナはソファにヴィクトリアの足も乗せて横たえた。昨夜と同じように、ヴィクトリアはアレクシスの膝の上に頭を乗せて軽い寝息を立て始めた。

「ヴェルト、部屋に案内するね？」

「はーい、じゃお休みなさーい」

食堂を出ると、ニーナは気さくにヴェルトに話しかける。

「明日は多分、殿下たちはウィンター・ローゼに戻られると思うわ。もちろん全員は引き揚げさせないと思うけど」

「そっか」

「ヴェルトも驚くよ、ウィンター・ローゼ」

一緒にいるヘンドリックスも語る。

「だけど、閣下はすぐにでも殿下を街に戻されたいだろうな」

「そうよね……殿下は冬に入る前に大規模な魔術を展開して、お倒れになったことがあるの。だから領主様は心配されているのよ」

「大規模な……魔術……」

「魔術で列車を走らせる道を作ったのよ、この国の次期女帝になるエリザベート殿下と一緒に」

「俺、その列車、見たいんだ」

「ゲイツさんとロッテ様が作っていらっしゃるの」

「ゲイツって人とも会ってみたい……」

「じゃ、早く寝ないと」

「うん。ありがと、ニーナ。ヘンドリックス。お休み〜」

ヴェルトはドアを開けて二人に手を振った。

そして二人はまた踵《きびす》を返して、食堂の方へ戻る。

「ドワーフってもっといかつい、おじさんだと思ってたわ……彼は子供みたいで可愛い」

ニーナは呟《つぶや》く。

「戦闘時には豹変《ひょうへん》するらしいよ」

「そうなんだ……あのね、ヘンドリックス。今日思ったの……ドワーフに名前をつけたみたいに……殿下がアッシュって名前をつけたから、あの子は殿下にべったりなのかな？」

ヘンドリックスは考え込む。

そもそも、アッシュの母であるシロは、ニーナが拾った子供の狼《おおかみ》。あまりの可愛さに最初は子犬だと思っていた……今のアッシュのように……。

自分には魔力を感じる力がないけれど、リーデルシュタイン帝国の貴族は魔力持ちだ。上司であるアレクシスとあの魔術無双のヴィクトリアは、シロとクロは体内に魔石を有しているとも言っていた。

魔石を体内に有しているなら魔獣ということなのに、シロもクロも人間を襲わない。

殿下はドワーフに名前をつけた。魔力を持つ者が名前をつけると眷属《けんぞく》になる。ヴェルトはそう言っていたが……それはアッシュにも当てはまるのだろうか。

「あんなになついているもの。アッシュがいうには、殿下はシロちゃんみたいなんだって、お母さんが二人みたい。あたしは？　って聞いたらお姉さんなんだって」

「ニーナよりも殿下の方が年下なんだよ？　名づけ親って言えば名づけ親だけど……でも、アッシュは殿下だけでなくて閣下にもなついているよ？」

「うん……あのね。なんか、これを言っちゃうと不敬かもしれないから……ヘンドリックスだから言えることなんだけど……領主様と殿下って、クロちゃんとシロちゃんのイメージが重なるというか……あの二匹はとっても仲良しだから、お二人もずっとそうだといいなって、あたしは思うんだ」

ニーナはそう呟いた。

九話　社交シーズン再び

ヴィクトリアは、ドワーフのヴェルトを客としてウィンター・ローゼに招き入れた。ヴェルトとゲイツを引き合わせると、二人はドワーフの血が引き合うのかすぐに意気投合し、工務省とシャルロッテも一緒になって魔導列車の作製に熱が入っていた。

あれから、鉱山の事務所やオルセ村、他の村にも雪崩《なだれ》の被害はなく、辺境領の雪は解け始めていた。あの鉱山事務所を襲った雪崩は、春の訪れの知らせだったのかもしれない。

そんな折、アレクシスの元に一通の手紙が届く。

ヴィクトリアとの朝食後のお茶をアメリアに淹《い》れてもらっていた時、セバスチャンが小さなトレーに白い封筒を載せ、アレクシスの前に差し出した。宛名しか書かれていない白い封筒を受け取り、その裏を見ると、ぎょっとする。封蝋《ふうろう》の印璽《いんじ》はリーデルシュタイン皇妃のものだった。

「皇妃陛下から？」

「執務室のデスクにある魔法陣から届きましてございます」

帝都で何か起きたのだろうかと、アレクシスはその封書を開いた。

内容は簡単なものだ。時候の挨拶と、ヴィクトリア、シャルロッテと共に、帝都皇城に戻るようにとのことだった。

封書をヴィクトリアに渡すがアレクシス宛てだったので、ヴィクトリアはためらう。

「わたしが読んでも大丈夫ですか？」

アレクシスは、もしかしたら何か他の内容が手紙に隠されているのかと思い、ヴィクトリアに渡したのだが、その細く美しい指で便せんに触れても別に何かを読み取っている様子もなかった。

「皇妃陛下からのお手紙でしたので、ヴィクトリア殿下に何かお伝えしたいことでもあるのかと思ったのですが……」

「ええ、ただの手紙です。魔力は感じられませんから。黒騎士様宛てなのですから、魔術を施すような凝った手紙にはしないと思います。黒騎士様は明日からのご予定はありますか？」

「ルーカスとフランシス大佐がいるので、仕事は彼らに回してもらうようにします。問題はロッテ様もご一緒にというところですが……」

ヴィクトリアは頷《うなず》いた。

「しかし、なぜ、皇妃陛下は殿下ではなく私にこの手紙をくださったのでしょうか？」

転移魔法陣は皇族のみしか使用できない。シャルロッテがそういう作りにしたのだと、かつて聞いたことがある。直接ヴィクトリア宛てならば、わかるのだが……。

アレクシスが首を傾《かし》げているのを見て、ヴィクトリアは微笑《ほほえ》む。

「それは、わたしが黒騎士様の花嫁だからです」

「……？」

リーデルシュタイン帝国の皇妃の末娘ではないという、皇妃である母の意向によるものだとヴィクトリアは思う。まだ婚約という形ではあるものの、末娘はすでに黒騎士様に嫁した者なので、その主人の許しを得たいと思われたのだろう。

「私の仕事は調整できますが、ロッテ様はどうでしょうか」

朝も早くからシャルロッテは領主館を出て、工務省とゲイツとヴェルトに囲まれて魔導列車作成に携わっている。

夕刻、仕事から戻ってきたシャルロッテに皇城伺候《しこう》の旨を伝えると、あっさりと彼女は頷《うなず》いた。仕事を離れるのを嫌がるかと思っていたヴィクトリアは、肩透かしをくらった気持ちになる。

「帝都、皇城へのご機嫌伺い……確かに一度、魔導列車の進捗《しんちょく》の状況を陛下にも直接ご報告しなければならないところだったので多分それもあるかな？　それに、帝都に残留してるスタッフにも会いたかったし。ゲイツさんに引き継いでおけば大丈夫だよ」

「お仕事の一環だったのですね」

仕事の一環としてシャルロッテが同意したのかと納得するが、シャルロッテが続けた言葉にヴィクトリアは驚いた。

「うん。トリアちゃんたちも、ある意味お仕事だよ」

「仕事？」

「社交シーズンになったのよ。今年の皇城主催の夜会はもちろん、シーズン中にはできるだけ夜会に出席しないと。貴族の成人を祝うだけじゃないの。領地から戻ってきた貴族たちが、自領の特産品を紹介する場でもあるんだから」

シャルロッテの言葉に、ヴィクトリアとアレクシスは顔を見合わせた。その様子を見てシャルロッテは「なんだ……二人とも、それを忘れていたのか」と呆《あき》れる。しかしそれも仕方がない。ヴィクトリアの成長、雪まつりイベント、サーハシャハルでの公務、そして今回の雪崩《なだれ》である。

この北の辺境領での雪崩はある意味、春の兆し。そして春先から初夏にかけて帝都は社交シーズンとなり、領地にいる貴族たちが帝都に集う。

「どうしよう！　そうでした！　わわ、何を紹介したらいいかな。厳選しないと！」

「でも、トリアちゃんの場合はそれだけじゃないかもね～」

「え？　何か知っているのですか？」

「行けばわかるよ」

シャルロッテは含みのある笑みをヴィクトリアに向けるだけだった。


翌日。

セバスチャンに見送られ、執務室の転移魔法陣で、ヴィクトリアとアレクシス、シャルロッテとアメリアは一瞬にして帝都皇城のヴィクトリアの私室に移動した。ヴィクトリアの私室には皇妃エルネスティーネと、ヒルデガルドが待っていた。

「お帰りトリア」

ヒルデガルドが魔法陣の中央に立っているヴィクトリアを見て呼びかける。

「ヒルダ姉上！　母上！」

ヴィクトリアは小走りに近づいて、皇妃に抱きつく。

「ずいぶんと元気になったこと」

身体は大きくなったものの、母親を見て抱きつくあたりが小さな身体の時のままで、皇妃は相好を崩す。こんなふうに甘えてくれるのは成長の遅い社交デビュー前のヴィクトリアぐらいだった。娘たちは、見た目が成長してしまえばこんな甘え方をすることはほとんどないので、母親にしてみれば嬉《うれ》しいようだ。

「ありがとうフォルクヴァルツ卿《きょう》、ヴィクトリアを連れてきてくれて」

アレクシスは一礼する。

「いろいろ準備していたのだけれど、ヴィクトリアの身体が成長したから、一度本人に会わなければならないと思っていたのです」

皇妃のいろいろ準備をしていたという言葉に、ヴィクトリアはアレクシスと顔を見合わせて小首を傾《かし》げる。

「準備って……何ですか？」

キョトンとした感じで尋ねるヴィクトリアに、皇妃はヤレヤレと肩をすくめる。

そのタイミングを狙ったように扉がノックされたので、アメリアが取り次ぎに出た。扉を開けて入ってきたのは、数人の女性たちだった。

「皇妃陛下、まかりこしました」

「よろしく頼むわね」

入室してきた女性たちの顔ぶれを見て、皇妃お抱えのドレスデザイナーたちだということを思い出した。そして中には城に残っていたヴィクトリア付きの侍女として仕えていた者の姿も見受けられた。

「アウレリア！　ベティーネ！　クリスティン!!」

ヴィクトリアが笑顔で彼女たちに呼びかけると、彼女たちは嬉《うれ》しそうに笑顔でヴィクトリアに一礼し、話しかける。

「お待ちしておりました姫様！」

「姫様がご成長されたと伺っておりました！」

「本当にお美しくなられて！」

彼女たちは口々に言い、嬉《うれ》しさと共に、ヴィクトリアの成長した姿に感嘆のため息をもらす。皇女付きの侍女は、貴族の子女が行儀見習いとして出仕するのが慣例だが、ヴィクトリアは辺境へと移動する際に彼女たちの親にも打診していた。危険が伴う移動なので、親が難色を示すようならば皇城に残り、他の職で出仕してもらうこともできると。

彼女たちは辺境行きには随行《ずいこう》しなかったのだが、いずれ社交シーズンにはヴィクトリア殿下はこの帝都にお戻りになられるはず、その時はぜひまたヴィクトリア殿下付きとして働きたいと申し出ていたのだった。

再会を喜ぶヴィクトリアと侍女たちだったが、傍《そば》にいる皇妃付きの侍女とお抱えのドレスメーカーのスタッフが皇妃に進言する。

「皇妃陛下からいただいていた数値と異なります。これは採寸をやり直さないと」

「デザインも変更する方がよろしいのでは？　ヴィクトリア殿下のお好みもあるかと」

デザイン、採寸という単語から、ヴィクトリア自身のドレスを作ることはわかっている。しかし社交シーズンの夜会用ドレスならば、ウィンター・ローゼのカリーナたちの作るドレスもひけはとらないはずだとヴィクトリアは思っていた。

「どういうことですか母上？　わざわざ夜会用ドレスの仕立て直しなのですか？」

「母上が彼女たちに依頼したのは、お前の花嫁衣裳だよ」

ヒルデガルドが呆《あき》れたように、ヴィクトリアにそう言った。

ヴィクトリアが成長する前のサイズで仮縫いは仕上がっていたが、この冬、急激に身体が成長したヴィクトリアには、以前のサイズでは無理なのだ。

「もう時間がないんだぞ。本当なら半年前ぐらいには仕上がっていないとね」

「サーハシャハルに行く前に、サイズだけでも測りたかったのに、この子ったらすぐに外交に向かってしまうんですもの。フォルクヴァルツ卿《きょう》にはお時間を取らせてしまうかもしれませんが」

「いえ」

「他人事《ひとごと》のようにしているけれど、シャルロッテ、お前もよ」

「えー！」

皇妃がシャルロッテに視線を向けて告げる。

「そろそろ対外的に、第四皇女と魔導開発局顧問は同一人物であると公表しなければ、先だってのサーハシャハルの事件のようになりかねないと、陛下のご意向です」

エルネスティーネがデザイナーたちに視線を投げると、彼女たちはシャルロッテとヴィクトリアを囲んで、ドレスルームの方へ移動していく。

ヒルデガルドはその場に残り、アレクシスの対面に座り、仕事の書類を渡す。

皇妃エルネスティーネも娘二人と一緒にドレスルームに入り、デザイナーたちに採寸やデザインについて確認を始めた。

ヴィクトリアの婚約が決まる前から、花嫁衣裳の準備をしていた皇妃。これはヴィクトリアだけではなく娘たちには全員、社交デビューした時からいろいろと準備をしている。すでに結婚しているマルグリッドやグローリアもそうだし、ヴィクトリアよりも年上ではあるが、現在結婚の予定がたっていないエリザベートやシャルロッテ、多分いらないと突っぱねるだろうヒルデガルドの分も、用意しているのだった。

その話を聞いて、ヴィクトリアはウィンター・ローゼで自分の服飾を担当してくれるカリーナたちを思い出した。ヴィクトリアが辺境に移動してすぐに、彼女たちも自分の店を持つために帝都からやってきて、ヴィクトリアの身体が成長する前も後も、服を仕立ててくれたのだ。

「恐れながら、皇妃陛下、ウィンター・ローゼにおいて、ヴィクトリア殿下専属の仕立て屋にドレスの発注もしております。夜会用にはすぐに何着かご用意できるかと」

アメリアが進言すると、エルネスティーネが頷《うなず》く。

「さすがアメリアね。この子が飛び回っている間に、準備を整えてくれてありがたいわ。辺境で作られているデザイン画は私も確認したいので見せなさい」

アメリアの進言に、いつの間にとヴィクトリアがアメリアを見ると、アメリアはにっこりと微笑《ほほえ》む。ヴィクトリアが成長してから、この社交シーズンのために、アメリアはアメリアで準備を怠っていなかったようだ。

「三日後の夜会の打ち合わせもしておきたいのです」

「夜会が三日後!? なぜもっと早くお知らせくださらなかったのですか!?」

「姫様、雪崩《なだれ》が起きたので、皇妃陛下がギリギリまでお待ちくださったのです」

アメリアの進言でヴィクトリアも言葉を詰まらせる。

「警護においても、万全を配したいの。だからフォルクヴァルツ卿《きょう》の協力が必要なのです。いいですね、あとは頼みましたよ」

皇妃エルネスティーネはそう言い聞かせて、採寸をされながらそわそわしているヴィクトリアを置いて、アレクシスが待機している部屋へと戻って行った。

「お待たせして申し訳ありません。フォルクヴァルツ卿。これも貴族の女性の務めでもありますからご理解ください」

アレクシスは、対面に座るヒルデガルドと書類を挟んで話し込んでいたようだが、皇妃がアレクシスの前に戻るとソファから立ち上がり礼をしようとする。しかし皇妃はそれを手で制した。

「私が殿下と一緒に召還《しょうかん》されたのは、この件ですか？」

ヒルデガルドが渡した書類から皇妃に視線を移す。

「ええ、フォルクヴァルツ卿《きょう》に協力をお願いしたいと、陛下からもお声がありました」

皇妃の言葉にアレクシスは深々と頷《うなず》く。

「フォルクヴァルツ卿には、ご負担になるかもしれませんが……今シーズンの夜会にはなるだけ多くご出席を」

「……」

確かに、アレクシスにとって女性を伴って夜会に出席したのは、ヴィクトリアの社交デビューと帝都を離れる時の二回だけ。

しかし、今後、こういう社交にも馴れていかねばならないのはわかっている。

ヴィクトリアが押し込められている部屋の扉が開く。

「なんのお話かと思ったら！　姉上、母上、黒騎士様に無理強いしてはダメです！」

扉から出てきたヴィクトリアは小さな身体の時のように、頬を膨らませて、皇妃とヒルデガルドに言い募る。

アレクシスはそのヴィクトリアを見て、深い蒼《あお》い目を見開いて息を呑《の》んだ。扉を開けて小走りでアレクシスの傍《そば》に来たヴィクトリアは、白いサテン地の仮縫い中のドレスのままだった。頭にはトレーン見本のレースまで着けている。

貴族の女性のドレスについて、そんなに詳しくないアレクシスだったが、ぱっと見だと本当に花嫁衣裳を身にまとっているようだ。

小さな身体だった時に、お嫁さんになるの！　と無邪気に発言していたヴィクトリアだが、本当に花嫁に見える。そしてその花嫁は自分に嫁《とつ》ぐのだ。

娼館《しょうかん》を建てるために娼婦のマリアを呼び寄せた時、やきもちを焼いてアレクシスの前に立って両手を広げ、わたしの黒騎士様なのと言ったことを思い出す。今もあの時のようにヴィクトリアは皇妃の前に立ちふさがって、母親である皇妃を軽く睨《にら》みつけて、アレクシスの首に縋《すが》り付く。

「姫様！　仮縫い中です！　ロッテ殿下もおとなしく仮縫いされているというのに！」

アメリアも慌てて出てきたが、衣装を作りに来た仕立て職人の女性たちは、「あの黒騎士」の傍に行くのも恐ろしくてドアの陰からそっと覗《のぞ》くのが精いっぱいのようだ。

しかし、彼女たちの恐れる黒騎士を前に、ヴィクトリアは小さな子供のように駄々をこねていやいやと首を振る。

「やだやだ、帰りましょう、黒騎士様！　花嫁衣裳だって、ウィンター・ローゼでも作れるし、夜会なんて一回出席すればそれでいいです。黒騎士様にとって、苦痛以外のなにものでもないじゃないですか！」

アレクシスは縋り付いてくるヴィクトリアのプラチナブロンドの髪に載せられたレースに触れる。アレクシスの手は自然に動いていた。すぐ前に彼女の母親である皇妃と姉殿下がいるのに、彼女が小さい身体だった時と同じように自分の膝の上に乗せた。

いつだって彼女を小さな時のように抱き上げたいのを我慢していたが、今も無邪気に振る舞う彼女をもっと傍《そば》に置いておきたい気持ちが自制できなかった。

白いドレスを着たヴィクトリアは、アレクシスのそんな自制も消し飛ばすほどに、抗いがたい魅力を持っている。もちろん、ヴィクトリア自身はアレクシスが伸ばした手を拒まないし、素直にちょこんと彼の膝に横座りする。

「黒騎士様？」

こんなに綺麗《きれい》で可愛いのに、頭の中には辺境をどう発展させるかという計画がたくさん詰まっている。小さい時はさすがに意識しなかったけれど、見た目も一人の女性として成長した彼女が……こうして花嫁衣裳を纏《まと》って自分のものになるのかと思うと、夢を見ているのかもしれないと彼は思う。

「綺麗だ」

今まで面と向かってヴィクトリアにそんなことを言ったことのない彼が、そう言葉に出したことに驚いて、そのキラキラする菫《すみれ》色の目を見開いてアレクシスを見つめる。

ロング・レールウェイ・クリエイトを発動させて倒れた後、帝国の国民を夢中にさせたグローリアそっくりに成長した時も、そんな言葉は言ってくれなかったのに……。

「……くろきしさま……？」

アレクシスの視線にどきどきして、たどたどしく彼に呼びかける。好きな人に褒められ

れば嬉《うれ》しい、滅多にそんな誉め言葉を面と向かって言わないならなおさらだ。

「殿下……」

「はい！」

アレクシスに呼びかけられ、小さかった頃のように脊髄《せきずい》反射で返事を返す。

「確かに夜会は苦手ではありますが、ウィンター・ローゼを知ってもらう機会が社交シーズンの夜会です。それは殿下が社交界にデビューした際にも言われていたことです」

「そうですが……」

「ならば仕事の一環です」

だから自分の感情は考えるなと、彼が言外に言っているのだとヴィクトリアは悟った。

「でも、でも……わたしは、黒騎士様に嫌な思いさせたくない！」

婚約が決まる前まで、彼がこの帝都でどのように過ごしていたかはヴィクトリアは知らないが、辺境に配されてそこで一緒に暮らしてきた自分には、帝都にいるよりも、辺境領シュワルツ・レーヴェにいる方が、彼は心安らかだろうと想像できる。

父親から爵位を継いでも彼は夜会になどは出席しなかった。実際に戦勝の式典も出席したくないと零《こぼ》していたと、ルーカスから聞いたこともある。

アレクシスにとっては夜会は警備任務の一つという感じだろう。

ヴィクトリアのそんな内心を読んだかのように、アレクシスは言う。

「殿下のお気遣いだけで十分です。私のような男では、他の貴族に領地のことを伝えることはできないでしょう。殿下でなければできないこと。その殿下をお守りすることが私の仕事であり、栄誉です」

今自分が手を添えて膝に乗せている彼女は、社交デビューの夜会の時のように、仮縫いとはいえ白いドレスを身にまとっている。

「それと、個人的な意見ですが、殿下は白い衣装をお召しになった時が一番お綺麗《きれい》だ」

婚約が決まってこの皇城に参内した時に、アレクシスが贈った白いバラのようだ。

二回も綺麗と言われて、ヴィクトリアは自分の耳まで血がのぼって赤くなっていると自覚できていた。

「その衣装を準備してくださったのは殿下の母上である皇妃陛下のお気持ちです。それをなかったことにしてはいけません」

ヴィクトリアは母親のエルネスティーネに視線を移す。

「……はい……」

その様子を扉の陰から見守っていた衣装係の女性たちは、フォルクヴァルツ司令官は確かに強面《こわもて》だけど、その容姿と性格は大きく異なっているようだと思い始めていた。

ヴィクトリアはそんな彼をじっと見つめる。

「あの、黒騎士様……」

「？」

「お願いだから、さっきの言葉をもう一回！　できれば、殿下じゃなくて名前で呼んで！　白いドレスを着たヴィクトリアが好きって言い直して！　お願い！」

ヴィクトリアがそう言うと、アレクシスは空いている手で自分の額を押さえる。

その様子を見て、皇妃がアレクシスに同情の視線を向ける。

アメリアだけが「ああやっぱり」と呟《つぶや》いていた。

「ごめんなさいね……フォルクヴァルツ卿《きょう》、こんな娘で」

皇妃の言葉にも、アレクシスは頭を片手で抱えたままだ。そんな流れにヴィクトリアだけが反論する。

「どうして⁉　わたし、黒騎士様の花嫁になるのよ⁉　黒騎士様はわたしに好きって言ってくれてもいいと思うの！」

アメリアは扉の陰に隠れている女性たちを見て、ヴィクトリアの発言に困惑していることだろうと思った。まさかこんなにも黒騎士様が好きだと無邪気に隠さず発言するとは、彼女たちは思いもよらなかったに違いない。

「だって、だって、わたしは、母上やマルグリッド姉上みたいに社交上手じゃないもの！　好きって言ってもらえたら頑張るから～黒騎士様、お願い～もう一回～」

社交上手じゃないと言いつつ、いざその場に立ったら、思いっきり辺境領の宣伝をして夜会に参加している貴族たちの興味を惹《ひ》くだろうとアレクシスは想像できる。

「殿下……そういうことはあまり人前では言わないものです」

アレクシスの言葉にヴィクトリアは頬を膨らませる。

「黒騎士様は言わなすぎなの！　もう！　綺麗《きれい》とか可愛いとかなかなか言ってくださらないんだもの！　今がチャンスなの！」

彼女はそう言うけれど、いつだって、彼女のことはすごいと思っているし、綺麗だし可愛いし、アレクシスにとって大事な大事な宝物のような人だと思っている。

この婚約は陛下の意向で決まったことだ。彼女自身は幼い容姿だったので実体のない「白い結婚」になるだろうと、個人の感情は必要ないと、最初は思っていたのだが……。

期待のこもったキラキラする菫《すみれ》色の瞳を向けられて、アレクシスは戸惑う。

ただでさえ勢いにまかせて、皇妃やヒルデガルドの前でヴィクトリアを膝に乗せてしまっているのだ。ここでヴィクトリアの要望通り「好き」なんて言ったらどんな公開処刑だと、正気に返る。

アレクシスはヴィクトリアを立たせ、自分も立ち上がる。

「アメリア殿、殿下をそちらの別室へ」

アメリアは心得たように、ヴィクトリアを促す。

「さ、姫様、ちゃんと仮縫いを」

「閣下は白いドレスをお召しになった姫様がお好きなのですから、皇妃陛下がお呼びくださった仕立ての方々に素敵な衣装を作っていただかないと」

アメリアは諭すようにヴィクトリアに語り掛ける。さすが専属侍女というべきか、アレクシスが言った綺麗《きれい》という言葉を、好きという言葉にすり替える。

「だって～」

「綺麗って言われたの、好きって言われてない！」

もちろん、ヴィクトリアもそこで騙《だま》されるほど子供ではないつもりだと、目で訴えている。

「同義語です」

「え？」

「閣下は、そうそう好きなんておっしゃいません。でも綺麗って言葉は自然と発せられたものですし、ならば脳内ですり替えても問題ありません」

「脳内で……すり替える」

「仮縫いのドレスをお召しになった姫様を見てそのお言葉です。姫様が一番綺麗なドレスをお召しになったら、もう綺麗って言葉じゃなくて直接好きっておっしゃるものと」

そうかしら？　とヴィクトリアは小首を傾《かし》げる。

「それに、姫様、さっき綺麗って言われてどうでした？　嬉《うれ》しくありませんでした？」

「嬉しかったの！　すごく！」

アメリアはうんうんと頷《うなず》く。

「姫様がねだって閣下に好きと言わせても、きっと嬉しさは半減されるものと、このアメリアは拝察いたします」

ヴィクトリアはじっとアレクシスを見つめ、アメリアに向き直る。

「……そうかもしれない」

「先ほどのように、閣下が自ら姫様を膝にお乗せになったように、花嫁衣裳を纏《まと》った姫様をギューして『もう俺の嫁チョー可愛いし、誰にも見せたくないし、どこにもやらん』ぐらいおっしゃるかもしれません」

アレクシスは表情には出していないものの、アメリアの「姫様を膝にお乗せになったように」のくだりで、頼むからそこは忘れてくれと願った。その後の言葉もそうとうインパクトがあったようで、片手で顔を押さえたままだ。

しかし、そんなアレクシスを見ることなく、ヴィクトリアは真剣にアメリアの言葉に耳を傾けている。

「わかったわ！　アメリア！　せっかく母上が準備してくださったんですもの！　ステキな花嫁衣裳を作ってもらう!!」

「ではこちらへ。皆様も、先ほどの続きをお願いします」

サイズを計測していた女性たちがヴィクトリアを促すと、ヴィクトリアは部屋に入っていく。そしておもむろに扉を閉めると、その場にいる皇妃とヒルデガルドが頷《うなず》く。

「アメリア、よくやってくれました」

皇妃にそう言われて、アメリアは一礼して、仮縫いの部屋に下がっていった。

その様子を見送って、皇妃とヒルデガルドとアレクシスはソファに座り直した。

「あの勢いで猛アタックされれば、いかなフォルクヴァルツ卿《きょう》でも形無しだな」

ヒルデガルドの言葉に、アレクシスは沈黙を守る。

「まあ、それはいいとして、今回の社交シーズンで起きている事件の概要は書類の通りだ。帝都に残留している第七師団もこの件に協力をお願いしたい」

「御意《ぎょい》」


翌日、ウィンター・ローゼ領主館に呼び出されたのはルーカスの弟、ケヴィン・フォルストナーだった。

そして領主館に入ると、執務室に通された。

そこにはいつ見ても厳《いか》つく強面《こわもて》の領主と、帝都から来た魔導開発局の要人と、そして、小さな姿の時も愛らしかったけれど、さらに美しくなった第六皇女ヴィクトリアがいた。

出会った時の小さな第六皇女殿下は「みんなが楽しく暮らせるようにするの」と、この辺境地を発展させるべくいろんな提案をして実行してきた。

そろそろ支店を任せようと、会頭である父親から打診を受けた時「うちの国の殿下が行く場所ならきっと何かあるから、僕に行かせて」と説得して、この辺境の地にやってきた。自分の勘に間違いはなかったと自負するものの、急成長した彼女を見るにつけて、この目の前にいる殿下の容姿には骨の髄までしみている商魂も吹き飛ばされそうになる。商売人としてはそれはまずい。

どうしたらいいかと第七師団副官である兄のルーカスに相談したら、「アレクシスの顔を見ていれば？」とあっさりした返事が返ってきた。その対策が効いたのか、ルーカスに似た軽い調子はなくなり、ケヴィンはビジネスモードで執務室に入ることができた。

ヴィクトリアとアレクシスは、帝都の夜会に出席する時にこの領地の名産品として宣伝するなら何がいいかと、ケヴィンを交えて相談を始めた。もちろん、雪解けの時期とはいえ、帝都への移動ができるのかとケヴィンは一瞬考えたが、相手は軍の上層部と皇女殿下なのだから、転移魔法を使用するのだなとすぐに納得する。先駆けで宣伝してくれるのならば何がいいだろうと、ケヴィンも迷うところだ。

「帝都の夜会に出席。そこでシュワルツ・レーヴェ領の名産品を紹介ですか」

アレクシスとヴィクトリアを見て、ケヴィンも唸《うな》る。

フォルストナー商会の中でも足の速い商隊を編成して、帝都をはじめとする帝国の各地へ辺境領の名産品を売り込むことを考えていた。

すでに転移魔法が使える商会の人間と共に、少量ではあるがハルトマン伯爵領へ卸《おろ》しているものもある。

ニコル村の海産物も売り込みたいし、オルセ村の乳製品なども秀逸だと思う。

「そうなの、何を紹介すればいいのか迷っています」

ヴィクトリアの言葉に、ケヴィンは頷《うなず》く。

「この領地の特産品は加工した飲料も食品も美味しいですから、どれを推してもいいとは思います。雪解け後にこちらに足を運んでくれる貴族の方もいるかもしれないし……僕は個人的にはエールを推したいんですが……」

「エールか……」

アレクシスも呟《つぶや》く。第七師団の団員たちはみな、この領地のエールは帝都で飲むそれよりも美味いと言っていた。

ここで作られるエールは村によって原材料の配合が異っている。だが、どれを飲んでも美味いと部下たちが言うのを耳にしているし、アレクシスも思う。ケヴィンも、ここの温泉宿に一泊した際に出されたエールの美味さに、思わず奇声をあげそうになった。

「ですが……」

両腕を組み、ケヴィンは言い淀む。

「何か問題でも？」

アレクシスは問題ないだろうと思ったのだが、ケヴィンはうーんと唸《うな》る。

「価格が安すぎる気がするのです。庶民にはいいのですが、殿下が出席される夜会なのですから、同席する方々の身分を考えて、もう少し、高い価格帯の物の方がいいと思います。僕もお話を受けて紹介できる特産品リストを用意しました」

数枚に纏《まと》められたリストを受け取り、ヴィクトリアとアレクシスは目を通す。

雪が降る前にケヴィンは自分の商隊を使って、この広い辺境の各村の名産になりそうなものにあたりをつけていたらしい。

「価格帯が上の…じゃあ、シードルはどうでしょう？」

ヴィクトリアが言う。収穫祭の折、お忍びでこの辺境に来た第一皇女エリザベートが殊《こと》の外《ほか》気に入って、「買い占めるぞ」とまで言った逸品だ。

「同じ発泡酒でも、お洒落《しゃれ》な感じしませんか？　エリザベート姉上もオルセ村のシードルはお気に召していました」

収穫祭の時、ケヴィンはアルル村やエセル村に足を運んでいたので、お忍びのエリザベート殿下を拝することは叶《かな》わず、人伝《ひとづて》で耳にするだけだった。

「では、それに合わせてチーズはどうでしょう。アルル村産の羊《ひつじ》のチーズは生産量が少ないので、富裕層向けに価格を上げても問題はないかと」

ケヴィンの言葉に、ヴィクトリアは首を縦に振る。

「それならばいいかもしれませんね、社交シーズンの夜会でワインを持参される方は結構いらっしゃいますが、シードルは珍しいし、この町の街路樹としてリンゴの木を植えていますから宣伝効果もありますね」

ヴィクトリアがどうでしょう？　とアレクシスを見上げる。

アレクシスが頷《うなず》くと、ヴィクトリアはぱあっと顔を輝かせる。

「黒騎士様にご負担をかけさせる夜会は嫌だと思っていましたけど、でも、こうしてみんなでいろいろ考えるのは楽しくていいですよね！」

両手をパチンと合わせて、ヴィクトリアは言う。

「辺境は、雪に埋もれて何もないところなんて言わせないわ。黒騎士様の領地です！　すごく素敵なところなんですから！」

この殿下がいるなら、辺境であろうと行ってみてもいいかなと、社交シーズンで帝都に集まっている貴族は誰もが思うだろう。そして彼らが、この美しく成長した第六皇女殿下の本質はその見た目ではないと気づくのは、多分彼女と話を交わした直後だということも、なんとなく想像できるアレクシスだった。

そして皇妃から出席を促された夜会当日。

基本的に、皇城で開催される夜会を除き、帝都には大人数を収容できる夜会用のホールがある。タウンハウスは領地のカントリーハウスとは違い、サロンでのちょっとしたお茶会ならば可能ではあるが、夜会を開催するには狭いのだ。

軍高官が開く夜会ならば、アレクシスも参加しやすいだろうと皇妃が斟酌《しんしゃく》したのか、この日の主催はバルリング軍務尚書《ぐんむしょうしょ》である。

ヴィクトリアたちは朝から皇城へと転移した。ヴィクトリアとシャルロッテの支度は、侍女数人がかりでも時間がかかる。ヴィクトリアの私室へ転移すると、部屋でヴィクトリア付きの三人の侍女と、皇妃付きの侍女も三人、そしてヒルデガルドが待っていた。

皇妃は公務でこの場にいない旨をヒルデガルドが伝えた。

「ごめんなさい……黒騎士様、朝から皇城にご一緒してもらって」

「いいえ、私も帝都に残留している第七師団に所用がありますから」

「えー本当ですか？」

「気兼ねなどされず、お仕度ください」

「そうだぞ。黒騎士様はお仕事があるから、お前の支度をぼんやりと退屈に待つなんてことはない」

ヒルデガルドの言葉に、ヴィクトリアはむうっと唇を尖《とが》らせた。しかし反論するよりも早く、アメリアをはじめとする侍女たちがヴィクトリアを取り囲み、前回の仮縫い同様、ドレスルームへとヴィクトリアを連れて行く。

その様子を見送ってアレクシスはヒルデガルドに尋ねた。

「その後、事件は起きていますか？」

「起きるなら今日あたりだろうね。城下町でも、商家の娘が一人攫《さら》われたと今朝がた報告があった」

先日、ヴィクトリアがウェディングドレスの仮縫いをしている間に、アレクシスがヒルデガルドから渡された書類は、最近帝都で頻発している事件の概要だった。

今回の社交シーズンで、帝都では若い令嬢が行方不明になるという事件が続けて起きている。時には付き添いの若い侍女も被害に遭っているらしい。

以前のアレクシスなら、「娘の安全を思うならば家にとどめておけばよい」と思っただろう。しかし、現在は領主という立場にもなり、ヴィクトリアをはじめとする皇女殿下たちとの関わりも増え、以前とは違う思いも抱いている。

年頃の令嬢が社交シーズンの夜会に出るのは、親や家が勧める縁談だけではなくて、エリザベートなどのこの国の皇女殿下たちの影響があるのかもしれない。

機知に富んで、社交を得意とし、自らの領地を宣伝する令嬢もここ数年増えていると耳にしている。

今夜の夜会でも、ヴィクトリアが菫《すみれ》色の瞳を輝かせて「シュワルツ・レーヴェは素敵なところなんです！」と、帝国の貴族たちに自慢する姿をアレクシスも見てみたかった。

「私たちも今夜は万全を期して警護にあたるが。フォルクヴァルツ卿《きょう》も――……」

ヒルデガルドの言葉を遮り、アレクシスは言う。

「もちろん殿下に危害を加えるような輩《やから》は、近寄らせません」

その口調はいつものように彼らしく落ち着いたものだったが、以前とはどこか違うなとヒルデガルドは思った。


「……完璧……。今夜の主役は絶対にうちの姫様です」

夜会のためにドレスアップしたヴィクトリアを見て、アメリアは感嘆の声を上げる。

その言葉に当の本人も驚いて鏡を見る。着付けもメイクも数名がかりで、久々のドレスアップだ。

「ウィンター・ローゼのドレス・メーカーの方は若いと伺っておりましたが、なかなか」

「ヴィクトリア殿下の美しさを上品に引き出して」

「これなら、あの堅物の黒騎士様もメロメロですよ！」

侍女たちの言葉に、ヴィクトリアは嬉《うれ》しそうな笑顔になる。

しかし、侍女や彼女の姉二人がいる前では、さすが強面《こわもて》の黒騎士様というべきか「では参りましょう」と一言告げるだけだったので、誉め言葉をすぐにもらえなかったと、ヴィクトリアが馬車の中でへそを曲げたのは言うまでもなかった。

帝都に残留している第七師団と第三師団の数名を護衛につけて、そのホールに向かう様子は、他の貴族の馬車とは違う。主催者が軍務尚書《ぐんむしょうしょ》であるバルリング公爵だから、参加する貴族には軍籍している者もいる。第七師団の黒い軍服を纏《まと》った一団は、こういった場ではあまり目にしない。

エントランスに降り立ったアレクシスとその手に引かれて馬車から降りたヴィクトリアを見て、会場に案内する従僕たちも息を呑《の》む。

帝国で恐ろしく威圧的だと言われる男が手を差し伸べ、馬車から降ろした姫は瑠璃《るり》色のドレスを身に纏い、かつて大陸中を騒がせた美姫と似た顔をしていた。

その場に居合わせた貴族たちも、その風貌で一目で黒騎士とわかる男がエスコートする淑女に視線がくぎ付けになっているようだ。

「フォルクヴァルツ卿《きょう》も、あれぐらいの反応をしてやればいいのに……」

ヒルデガルドも馬車から降り、手を差し伸べるシャルロッテに呟《つぶや》く。

「そうだねーでもそういうところが黒騎士様だよねー」

しっかり着飾っているシャルロッテだが、いつもの調子だ。そんなシャルロッテも、ヴィクトリア同様、外見は完璧である。

「黒騎士様はずるーい。今もやっぱり帰りたーいとか思ってらっしゃるはずなのに、表情に出ないんですもの」

ヴィクトリアはこそっと口元を扇で隠して、そんな言葉をアレクシスに伝える。

小さな声だが、その語りかけ方は、いつものヴィクトリアだ。

「殿下の社交デビュー時と同じぐらいには緊張しています」

アレクシスの言葉にヴィクトリアは上品に小首をかしげる。

「まだ二人で鉱山で迷子になる方が気が楽です」

「じゃあ、こっそりお話する時は、迷子になっていた時みたいに敬語なしでお話してくださいね。わたしも緊張してます」

ホールの扉が開かれると、夜会はまずまずの盛況ぶりで、既に到着していた人々は歓談をしていた。

アレクシス・フォン・フォルクヴァルツ閣下ご来場、と参加者の知らせを耳にすると、その場の貴族たちはぎょっとする。その名前を知らぬ者はいない。夜会に出席するような人物ではないと思っていただけに意外だったようだ。

若い貴族の令嬢ならば泣いて逃げ出すと言われる男の腕に手を添えているのは、髪と瞳の色は違えど、大陸の男たちを魅了した輝ける黄金の美姫、第五皇女殿下によく似た面差しの、リーデルシュタイン帝国第六皇女ヴィクトリア殿下。

アレクシスとヴィクトリアが、主催者のバルリング軍務尚書に挨拶するために会場を横切ると、男性貴族たちの視線がそのまま二人を追う。そしてその傍らにいる淑女たちもヴイクトリアに視線を向ける。バルリング公爵はアレクシスが近づいてきたのを見て、両手を広げて迎えた。

「よく来たな！　アレクシス!!」

かつての上司は嬉《うれ》しさを隠さず、アレクシスを歓待する。

そしてその隣にいるヴィクトリアを見て礼をする。

「よくお越しくださいました、ヴィクトリア殿下」

「お招きありがとうございます。バルリング公爵」

「すっかりご快復されてなによりです」

「はい。シュワルツ・レーヴェの温泉の効果もありますから。本日はシュワルツ・レーヴェ産のシードルを持参しました。ぜひご賞味ください」

シードルはすでに会場に運ばれて、紹介商品の一つに連なっていた。

アレクシスやヴィクトリアとやり取りしながら、バルリング公爵は微笑《ほほえ》ましく彼女を見て、からかうようにアレクシスに視線を戻す。かつての上司が何を思っているのか、なんとなくアレクシスは察したが、もちろん彼は表情に出さない。

バルリング公爵はアレクシスに降りかかる羨望の視線に、笑いを堪《こら》えている。

貴族の若い令嬢たちから泣いて恐れられる男の腕に手を添えてニコニコしているヴィクトリア殿下を間近で拝見したい、声をかけて話をしてみたいという男性たちの熱い思いが漂う。しかし、下心いっぱいで近づいたならば、殿下の傍《かたわ》らにいる帝国でも一番の強面《こわもて》で圧倒的な武力を持つ黒騎士に、その場で殴り殺されるかもしれないと、怖《お》じ気《け》づく様子も混ざっている。

そんな男性貴族たちをものともせず、ヴィクトリアの信奉者が二人の前に進み出る。バルリング公爵の孫娘のクララである。ヴィクトリアから「ごきげんよう」と声をかけられ、彼女は嬉しそうに笑顔を輝かせた。

「ヴィクトリア殿下、お元気そうで！」

「クララ様。お手紙届きました？」

「はい！　今夜はヴィクトリア殿下といろいろなお話ができると、待ち遠しくて！」

ヴィクトリアがそうクララに語っている様子を見て、他の貴族の令嬢たちも近づく。ヴィクトリア殿下に声をかけてもらいたい、話をしてみたいのは、どうやら男性貴族だけではないようだ。クララ嬢と同じ年ごろの令嬢もヴィクトリアと話をしてみたいと思っている様子だった。

アレクシスが少しだけヴィクトリアの傍《そば》を離れて、彼女たちが近づきやすいように距離をとる。ヴィクトリアは一瞬アレクシスが距離をとったので戸惑ったが、見上げるとアレクシスが頷《うなず》くので、彼女たちに向き合って話を続ける。

「辺境で作ったシードルを今回こちらに持ってきているの！　皆様試飲してみてくださ

い。辺境領は何もないと言われていましたが、その時から実はリンゴが名産でした」

「私、さきほど、いただきました。すごく香りがよくて、味もリンゴの甘味と酸味のバランスがとても上品でしたわ」

令嬢の一人がシードルの感想を述べると、ヴィクトリアは顔を輝かせる。

「本当？ 嬉《うれ》しいわ。実はエリザベート姉上もお気に入りなのです!! 本当はね、エールにしようかと迷ったのだけど、女性にはこちらの方が、口当たりもよくて気に入っていただけるかなって」

その言葉を耳にして、バルリング公爵がアレクシスに視線を向ける。

「エールは持ってこなかったのか？」

公爵の言葉にアレクシスは頷《うなず》く。

実はこう見えて、公爵はエールが好きだ。この地位になる前、アレクシスが所属していた第一師団の師団長だった時、戦争や災害、魔獣退治などの仕事が一段落すると、部下と一緒に打ち上げと称してエールを大いに飲んだものだった。

ちょっと残念そうな表情の公爵を見て、アレクシスが「後日お持ちします」と言うと、嬉しそうに笑う。

「ウィンター・ローゼでよく出回っているのは領地内のオルセ村で作られているエールです。視察しましたが、領地内で作る各村のエールはそれぞれ味が異なっていて、閣下にはお楽しみいただけるかと。ウィスキーも悪くないです、ドワーフのお墨付きなので」

「そうなのか!?」

「一番は……温泉を楽しんだ後に飲まれるのが格別かと」

「……お前、さりげなく領地の宣伝してるな……」

「殿下に倣《なら》っているだけです」

表情は変わらないものの、こうして軽口をたたくこと自体、彼が直属の部下だった時にはなかったことだ。

「今夜の夜会はバルリング閣下の主催、軍関係者が通常よりも多いので、例の事件は起きないかもしれませんね」

「うむ。しかしそういう時に限って今度は城下町の方で事件が起きたりする。今夜は街の警備も増やしている」

公爵の言葉にアレクシスが頷くと、今度は背後から軽く背を叩《たた》かれる。

振り向く前に、背の高いアレクシスの肩に手をかけて並び立ったのは、グリーンの軍服を身に纏《まと》った壮年の男性だった。

「なんだ、なんだ、こんなところで仕事の話か、婚約者をつれてきて昔の上司に惚気《のろけ》でも聞かせているのかと思ったのに、本当にお前は堅いヤツだよな！」

アレクシスの背を豪快に叩いて、会話に割って入ってきたのは、第四師団団長であるヴアルタースハウゼン伯爵だった。

「ヴァルタースハウゼン閣下……」

「お前自身がこういった夜会の場に入ってきたのも驚きだが、殿下のご成長には度肝を抜かれたぞ。少しぐらい連絡をよこせよ。たまには飛んできて顔を見せろ」

「閣下ご自身の方がお上手でしょう。いつでもどこへでも飛んできてください」

第四師団は時空魔法と空間魔法を主軸とする部隊で編成されており、「飛んでくる」というのは、その魔法で転移することを意味している。

アレクシスの受け答えに、ヴァルタースハウゼンは目を見開く。

この男がこんな軽口めいたことを言うとは思わなかった。困惑した様子で沈黙するのが常だったが、それが傍目《はため》には困惑しているようには見えず、第四師団の司令官の言葉を不承不承耳にしているという図になってしまっていたのだ。

もちろんヴァルタースハウゼンに限ったことではなく、誰に対してもそういう無愛想な印象を与えるのが黒騎士だった。

「聞いたか？　バルリング卿《きょう》！　成長しているのは殿下の見た目だけではなさそうだぞ！　この男が冗談を言えるようになったとは！」

「……もうそれぐらいにしてやれ」

バルリングの言葉に、ヴァルタースハウゼンは片手を振る。

「何を言っている、俺は此奴《こやつ》が殿下と一緒にこの場に入ってきた時の、招待客の唖然《あぜん》とした表情を見て、今回の社交シーズンは退屈しないと思ったぞ」

ヴァルタースハウゼンは、その時の招待客、主に男性陣の視線と表情がおかしくてたまらなかった。ヴィクトリアに視線が釘付けになった男たちの連れの女性は、明らかにその瞬間だけ、ほったらかされてしまったようなものだ。しかもその男性陣は軍属していない貴族たちで、事あるごとに「卿は軍人だからな、女性の機微に疎《うと》いのは仕方ないだろう」などとしたり顔で言っていた連中だった。

それなのに自分たちが連れの女性をほったらかしの状態にしたことに、ヴァルタースハウゼンは溜飲《りゅういん》が下がる思いなのだ。お前ら、人のことは言えないだろうと。

しかし問題がある。

あれだけの美女になってしまったら、他の男が放っておかない。エスコートしているのが黒騎士だというのは頭の中からすっかり抜けてしまっているだろう。今、ほんの少し離れただけなのに、もう砂糖に群がる蟻《あり》のように男どもが寄ってきている。

元上司たちはアレクシスの横顔を見るが、その表情は変わらない。

ヴィクトリアは若い貴族令嬢に囲まれているのに、さらに若い男性たちがその周りを取り巻き、ヴィクトリアに話しかけたそうにしている。

領地経営についての話題は、若い令嬢よりも青年貴族の方が話題に事欠かない。話をうまく引き付けて、ダンスを申し込む勇者が出てきた。軍務尚書《ぐんむしょうしょ》も第四師団長もアレクシスを見るが、アレクシスは微動だにしない。

「おい、お前、あの男たちをなんとかしないか」

ヴァルタースハウゼンが声を潜めてアレクシスに言う。

アレクシスは何を？　というような視線を彼に向ける。

――自信か⁉　自信なのか⁉　殿下の気持ちはそんなことでは他の男に移らないという自信なのか⁉

――社交辞令は身に付けたようだが、恋愛方面はまったくなのか⁉

二人の上官はアイコンタクトを交わすが、もちろんアレクシスには伝わらない。

「普通はな、こういう夜会ではファーストダンスはパートナーと踊るものなのは、お前も理解しているよな」

「ダンスは苦手なので」

「お前……ワルツだぞ？　他の男と密着するんだぞ？　いいのか⁉」

いいわけがない。アレクシスもそう思っている。

しかし、夜会とはそういうことも含まれているのも承知している。

社交シーズンには夜会に出席し、他の貴族と踊ることも淑女の仕事の一環だ。

アレクシスは頑《かたく》なにそう思っているし、そう思い込まなければ……この場には立てない。魔獣退治とか災害救助とかの方が、メンタル面の負担が少ないと改めて思う。

アレクシスは、ヴィクトリアはダンスを申し込まれれば、相手の手を取って踊りながらでも、領地の特産品について、また観光地としてアピールもするだろうと思っていた。

ヴィクトリアはアレクシスを見る。

——あれは、お前に引き留めてほしいって！　そう思ってるって!!

——俺なら止める！

年甲斐《としがい》もなく元上司二人がやきもきして心の中で叫んでいるが、ヴィクトリアは、ダンスを誘った男性をまっすぐ見つめた。

「ごめんなさい。わたし、夜会のダンスは黒騎士様と踊るワルツだけと決めています。だって、わたしが社交デビューした時に黒騎士様がおっしゃってくださったんですもの、ダンスはわたしと踊るワルツだけって」

ヴィクトリアがものすごくいい笑顔で言い切ると、元上司二人は同時にアレクシスの背を叩《たた》き、「お前はとっとと殿下と踊れ」と無言で彼を追いやるのだった……。

帝国の第六皇女ヴィクトリアが、今シーズンの夜会に出席することになったと聞いて、帝都は社交シーズンらしい華やぎを見せていた。

いくつかの夜会に出席していたアレクシスとヴィクトリアだが、先にキレたのはヴィクトリアの方だった。

「もう夜会に出席しなくてもいいと思うの！」

彼女は声を大にして叫ぶ。

それというのも昨夜、アレクシスから「殿下、各国の王族の方からダンスを申し込まれたら、断らないでお受けした方がいいでしょう」と言われたからだった。

国内の貴族には例の「ダンスは黒騎士様と踊るワルツだけ」が通るかもしれないが、周辺諸国からの来賓《らいひん》にはそれは通らないだろうとアレクシスは思ったのだ。

それを伝えるとヴィクトリアは眉間に皺《しわ》を寄せた。

「じゃあ、じゃあ、黒騎士様が他の女性からワルツを誘われたら、黒騎士様はそれをお受けするってことですよね!?」

「お断りします」

自分は帝国の一貴族にすぎないので、と付け加えた。

それを夜会の準備をしている時に思い出したのか、憤りが再燃する。

「黒騎士様だけずるい!!　ヒルダ姉上、もう夜会に出なくてもいいですよね!?」

皇城のヴィクトリアの私室で、傍《そば》にいるヒルデガルドにそう言い募った。

「フォルクヴァルツ卿《きょう》にはこの帝都でも仕事があるから、まだしばらく帝都に通ってもわ

いらなーいっ!!」

「あああああっ！　情報の速い伝達手段は欲しかったけれど、転移魔方陣、今となっては
らないとダメ」

ヴィクトリアの細い指が、夜会用に結われて飾られた髪に食い込む。

「ああっ！　いけません！　姫様！　せっかく髪をセットしたのに、掻《か》きむしらないでく
ださいませ！」

アメリアが慌てて止めると、ヴィクトリアは侍女たちに取り囲まれ、せっせと髪の崩れ
を直される。

「フォルクヴァルツ卿も災難だな」

「まあ……だいたいは覚悟しておりました」

こういうことになるだろうことも、アレクシスにはわかっていた。

いままで漠然と、殿下は自分にはもったいなさすぎると考えていた。

夜会に参加したら、それを第三者たちからも囁《ささや》かれるだろうことも。

「今回乗り切れば次回からは言われなくなる」

ヒルデガルドが言うが、一生言われそうだとアレクシスは思う。その思いがわかったら
しく、彼女がクスクス笑う。

「だって結婚してしまえば、簡単に離縁とかできんだろ？　さっさと結婚して子供でもで

きてしまえば問題ない。これが規模の小さい国なら、政略によって離縁させるなどという場合もあるだろうが、この帝国でそれをする陛下ではないだろう」

貴族たちが囁《ささや》くように、「まだ婚約だけなのだから、殿下にとって更なる良縁があればそちらへ変えても」と言われればアレクシスは何も言えない。

もともと過分な褒賞だと思っていた。

辺境伯爵という爵位以上に、ヴィクトリアとの婚約が。

「以前は、ヴィクトリア殿下にとって婚約解消が最良ではと思ったこともあります」

アレクシスの言葉にヒルデガルドが片眉だけを器用に上げてみせる。

その一言を聞いたヴィクトリアが頬を膨らませた。

「ヒルデガルド殿下は噂《うわさ》のような意見に賛同されると思っておりましたが、相手が私ではなおさらそう思われていたのでは？」

「はっ、わたしはどんな男でもヴィクトリアを嫁に出すのは反対だ。可愛い妹だからな。だが、ヴィクトリア自身が素直に感情のままに振る舞えるのは、私たち姉妹と卿《きょう》の前でだけだと思っている」

ヴィクトリアは侍女たちに髪の乱れを直してもらい、アレクシスの傍《そば》に行ってぎゅっと彼の腕を抱え込み、小さく唇を尖《とが》らせた。

「……ヒルダ姉上……」

「どうした、トリア、ご機嫌斜めだな」

「噂が広がるはずです」

「は？　何の噂？」

「ご存じないのですね……そっちの噂は」

ヒルデガルドは何か知っているのか？　と目線でアレクシスに尋ねるが、アレクシスは当然知る由もなく無表情のまま首を横に振る。

シャルロッテが扇を口元に当てて含み笑いを隠している。

「ロッテは何か知っているのか？」

妹二人の対応に、ヒルデガルドは首を傾《かし》げた。

「もちろん。実はね、ヒルダ姉様の方がフォルクヴァルツ閣下にはお似合いだって噂話を、トリアちゃんが小耳にはさんだらしいんだよね」

「はあああぁ!?」

ヒルデガルドがシャルロッテとヴィクトリアの前に歩み寄る。

「な、なんだ、その話はっ!?」

ヴィクトリアは唇を尖らせたままヒルデガルドを見上げてから、そっぽを向く。

その仕草だけは、小さかった頃のヴィクトリアのようだ。

シャルロッテが言うには、一部の若い貴族の令嬢たちの間で囁かれていた話だという。

ヴィクトリアが社交をこなしている時、特に若い令嬢と話をしている時は、黒騎士様は少し離れた所からヴィクトリアを見守っている。

ヴィクトリアが独りになるのはそういう場面に限定されていて、その様子を見守りながら黒騎士様は軍上層部の人間と話をする。

ヒルデガルド殿下と並んで、ヴィクトリア殿下を見ているそんな場面を、若い令嬢たちは目ざとく観察していたらしいのだ。

——あ、あの、ここだけのお話にしてくださらない？　ヒルダ殿下が永遠の王子様ポジションというのは重々承知しておりますわ。わたくしも憧れます。あの方は女性なんですけれど、わたくしたちには王子様なんです。

——もちろん、それは同意しますわ。

——夜会で、控えめな令嬢を誘って踊ってくださるところも、本当にお優しくて、素敵で、殿方でないのが残念なぐらいよ。

——どんなに可愛らしい令嬢でも、ヒルダ殿下とお似合いの方など見当たらないと思うの。

軍服を着ているものの、一応、ヒルデガルドは女性。

男装の麗人という認識は貴族の誰もが認めるところだ。

若い貴族の令嬢に、理想の男性のタイプは？　と尋ねれば十人中七人は「ヒルデガルド殿下」と答えるだろう。

質問は『理想の男性』なのに、ヒルデガルドの名前を挙げているところでいろいろ間違っている。だが、この発言をした令嬢二人は更に間違っていた。別の方向に。

――ええ……殿方でなくてとても残念だと思いますの……。

令嬢がちらっと視線を飛ばした先は、憂い顔でヴィクトリアを見守る黒騎士と並んで何かを話しかけているヒルデガルド。その二人の姿を見て呟《つぶや》いた。

――……わかりますわ。密かな同好の志として、黒騎士様とヒルダ殿下のツーショットを見るとヒルダ殿下が殿方でなくてとても残念ですわ……。

ものすごく不毛な妄想にふける令嬢たちの「黒騎士様とヒルダ殿下もお似合いかもしれない」発言を、ところどころ耳にしていた別の男性貴族が「別にヴィクトリア殿下でなくても褒賞としての皇女降嫁《こうか》ならヒルデガルド殿下でもよいのでは？」という自分たちの願望を含んだ発言に変化させるのに、さほど時間はかからなかった。

そしてもちろんヴィクトリアが耳にしたのは、「政略結婚ならばヴィクトリア殿下と黒騎士の組み合わせでなくてもいい」という部分なのである。

――こうなると殿下には、やはりそれなりに別の国の王族との婚姻がふさわしいのではないのか？

――正直に言って、黒騎士とつり合いがとれていないではないか。

――かといって、貴殿の子息ではさらにつり合いはとれないがな。

――周辺の各国がグローリア殿下瓜二《うりふた》つのヴィクトリア殿下見たさに、今シーズンの夜会に出られるよう、外務省に働きかけているそうだぞ。

――すでに、我が国を訪れている王族もいる。ここ数年よりも多い。

――婚約という形だが、正式に結婚されたわけではないからな、そこをごり押ししてくる国もあるんじゃないのか？

――何しろグローリア殿下の時もそうだったではないか。サーハシャハルと帝国の両軍を挙げての護衛で輿入《こしい》れした記憶はまだ新しいぞ。

そんな噂話《うわさ》は最後に、

――だが一応フォルクヴァルツ閣下も、由緒正しい血統の伯爵家ではある。実績を鑑《かんが》みて、陛下が褒賞として殿下を下賜《かし》なさったのだから。おいそれとそれを翻すようなことはないだろう。

と締めくくられるのだった。

「なんだよ……それは……」

「まあ、もっぱらの噂ですよ、ほら、そういうの大好きな人たちが多いから」

シャルロッテがそう言いながら、ヒルデガルドの肩をポンポンと叩《たた》く。

勝手な憶測と噂が広まり、独り歩きする社交界。

社交界デビュー前は、ヴィクトリアはマルグリッドが着飾って夜会へ行くのを見送りながら、わたしもいつか素敵な人と一緒に夜会に行ってみたーいと無邪気に思っていたのだが、これが理想と現実の差というべきか。

こんなことをずっと続けていたマルグリッドや皇妃、そしてエリザベートを、改めて尊敬するヴィクトリアだった。

「それだけではなく、最近、黒騎士様はモテモテなの！」

その発言を聞いて、そんなことあるのか？　とヒルデガルドがシャルロッテに視線を向け、アレクシスは自分の腕を抱えているヴィクトリアに、何を言っているのだろうという表情を向けている。

「怖いって今まで言われていたのに、そうじゃないかもって意見があるみたいなんだもん。黒騎士様はカッコイイって言葉があちこちから聞こえてくるし！　わたしなんて最初っから言っているのに！　ひどくないですか!?」

これも夜会で、ヴィクトリアの様子を少し離れて見守っているアレクシスを見ていた令嬢たちが噂の元のようだ。「顔は怖いけれど、でも、ヴィクトリア殿下を見る目は優しい」

「ちゃんと敬意を払って殿下の傍《そば》にいるし、自分たちがヴィクトリア殿下と話すときはさりげなくその場を離れてくれる」「若い男性貴族が、あの『ダンスは黒騎士様とだけ』と宣言されたにもかかわらずダンスを誘ってくる時に、黒騎士様の周囲にいるバルリング公爵やヴァルタースハウゼン伯爵から止めてこいとせかされてるのが可愛い」等々。

つまり、この婚約者たちの動向は夜会で注目を浴びているのだ。

「……わたし……夜会への出席って、おめかしして黒騎士様とデートみたいだって思ったけど、なんだか違う気がする！　これなら、ウィンター・ローゼでロッテ姉上が鉄道を作ってるのを見たり、街をもう少しにぎやかにさせたり、春から本格的に始まる学園都市の設計をコンラートさんと相談したり、他の村に視察に行ったりしていた方がいいかもしれない気がしてきましたよ！」

シャルロッテが、「わー……そこに気が付いちゃったかー……」と小さく呟《つぶや》いているのをヒルデガルドは耳にした。

「社交界にデビューした皇族の宿命だ、甘んじて受けろ。数日後にはエリザベート姉上も皇城に一時戻って夜会に出席される予定だ、それまで我慢しろ」

ヒルデガルドの言葉にヴィクトリアは頬を膨らませる。

「面白くない、つまんない、窮屈、帰る」

ヴィクトリアの呟きに、ヒルデガルドはため息をつく。

自らの魔力も地位も、すべて控えめにしてきたヴィクトリア。

　直接言葉に出して、アレがヤダ、コレがヤダなどという子ではなかったのに、とヒルデガルドは思う。

「フォルクヴァルツ卿《きょう》、なんとかしろ」

「私がですか？」

「もう少し辛抱強い子だったはずなんだ。卿が甘やかしたんだろう。責任をとれ」

「責任……」

　今日も夜会のために頭の先からつま先まで綺麗《きれい》に着飾ったヴィクトリアが腕につかまっている。ただし表情は不貞腐《ふてくさ》れたままだ。

　ここで、他の貴族たちのように、今夜もヴィクトリア殿下は素敵な装いで……などと言おうものなら、そのままドレスルームに閉じこもること確実だ。

　夜会に出席する度に、可愛いと褒めろと言うくせに、ここで褒めるとへそを曲げてしまうと予想できる。しかしこの可愛らしい姫様のご機嫌を直すような妙案は出てこない。

「ヴィクトリア殿下のご機嫌を直すのにいい案が浮かびません」

　アレクシスは素直にそう言った。

「ですが、夜会に出席している間に、殿下のご機嫌を直す方法を考えます」

　ヒルデガルドとシャルロッテは「先延ばし戦法にでたな」と内心思う。しかし、今夜の夜会をキャンセルされるよりはずっといい。

「本当ですか?」

アレクシスが頷《うなず》くと、ヴィクトリアはしぶしぶ夜会に行くことを了承した。

会場に着くと、ヴィクトリアは可愛らしい笑みを浮かべ、アレクシスの腕に自分の腕を通す。そして小さい声で尋ねた。

「お尋ねしてもよろしいですか? ヒルダ姉上とそんなに仲良くお話ししているのは当然お仕事だからですよね?」

いままで尋ねるのを我慢していたようにも見える。

アレクシスが帝都に戻るとすぐに言い渡された仕事の件。当然軍務の件であるからヴィクトリアは我慢していたのだが、想像していたよりも夜会が面白くないのでそちらに興味をもったようだ。

もしかして、すでにクララをはじめとする若い令嬢たちから話を聞き及んでいるかもしれない。

「若い女性が攫《さら》われる事件が起きています」

「ああ、やっぱりその件ですか」

やはりヴィクトリアの耳にも届いていたようだ。

若い女性の行方不明事件。夜会に出席したまま姿を消したり、爵位はなくてもそれなりに資産家の家柄の若い娘が、外出したままその行方がわからなくなるという。

だから通常の社交シーズンよりも、軍上層部の者が主催する夜会が多く、第五皇女グローリアが社交デビューした際と似たような警備態勢になっている。

「なんだか、サーハシャハルでロッテ姉上が巻き込まれた事件に似ていますね。まさかこの帝都で同じような事件が発生するとは、思いませんでした」

そしてこの場の淑女たちの視線は、会場の中央で一人の令嬢とワルツを踊るヒルデガルドに集中していた。

ヴィクトリアは姉の方に視線を向ける。

「あれ……ヒルダ姉上と踊っている令嬢って、軍服着ていないけれど……確か……ペトラさん？」

「よくわかりますね」

「ペトラさんは辺境へ行くときに、護衛についてくださった方だから覚えています。……ペトラさん……囮《おとり》ですか？」

全てを説明しなくとも、それだけで、ヴィクトリアは把握したようだった。

「第三師団は女性で編成されていますから……こんなお話を殿下がお耳にしたら、自分も囮として協力すると言い出しかねないと、ヒルデガルド殿下は危惧《きぐ》しておいででした」

先ほどの一件でもわかるように、最近の夜会について不満を抱えるヴィクトリアが、「協力します！」と言い出すだろうとヒルデガルドもアレクシスも思っていた。

ヴィクトリア自身もアレクシスからその話を聞けば、普通に夜会に出るよりも、むしろそっちの方が面白そうだと思う。

でもそれはアレクシスの仕事の領分にでしゃばるような気がしたので、その言葉を飲み込んだ。

その代わり、自分が囮《おとり》捜査に参加したらと想像してみた。

サーハシャハルに行ったときにグローリアからチャームの制御についていろいろ教えてもらったこともあり、現在はかなり抑えることができている。ヒルデガルドやシャルロッテからもお墨付きをもらった。

魔法で髪や瞳の色を変えて、変装することもできる。

変装したヴィクトリアをエスコートするのは誰になるのか、アレクシスだった場合、

「他の女性を伴っている、ヴィクトリア殿下との婚約はやはり解消したほうがいいのでは？」などと言われ、また周囲がうるさくなるだろう。

それがわかるから、アレクシスやヒルデガルドの仕事をお手伝いしたいなどとは言えなかった。やはり帝都での社交は窮屈だなと、ため息と浮かない顔を隠すように、笑顔を張り付ける。

そんなヴィクトリアにアレクシスが言った。

「お忍びで帝都の城下町に出かけるのはどうですか？」

先ほど夜会に出たくないと言い出した彼女の機嫌を直すために、アレクシスが考えて提案したのだった。

「お忍び？」

こっそりと小さい声でヴィクトリアが尋ね返す。

「いいの？」

「夜会だろうと城下町へのお忍びだろうと、現状、危険度は同じですから」

アレクシスがそう言うと、ヴィクトリアは今日一番の笑顔になる。

菫《すみれ》色の瞳はシャンデリアの光に反射して煌《きら》めき、花びらのような唇がほころぶ。

ヒルデガルドから、ヴィクトリアを甘やかしてと窘《たしな》められたが、そんなに甘やかしたつもりもない。しかしこれは甘やかしたいと思わせる表情だ。

「本当に？　嬉《うれ》しい!!」

これが夜会の会場でなければ、いつものようにアレクシスに抱きついて嬉しさを全身で表すところだ。しかし時と場所をわきまえ、ヴィクトリアはご機嫌で社交をこなし始める。そんな二人の様子を見ていたシャルロッテとヒルデガルドは、あの黒騎士はうちの末の妹をどうやって宥《なだ》めすかしたのだろうと訝《いぶか》しむのだった。

翌日、シュワルツ・レーヴェ領主館の執務室を訪れたのはルーカスだった。

社交シーズン中は、ヴィクトリアとアレクシスは帝都皇城にそのままいてもおかしくはないのだが、成長したヴィクトリアの安全のために、夜会が終わるとその都度転移魔法陣でシュワルツ・レーヴェの領主館に戻っている。

「綺麗《きれい》で可愛いお姫様とお忍びデートとか、くっそ羨ましい。帝国のモテない独身男どもに呪われるぞ。惚気《のろけ》を聞かされに伺ったんでしょうかね。オレは」

執務室に入り、アレクシスからお忍びデートについて相談されたルーカスは言葉では毒づくが、表情はからかうように、ニヤニヤしている。

「しっかし、お前じゃなくて姫様が先に夜会にキレたとは……」

「甘やかしすぎだと、ヒルデガルド殿下に言われてしまったが……甘やかしてるか？」

「なんでだよ？『婚約者を甘やかしてどこが悪い？』ぐらい言い返してもいいだろ、お前なら」

ルーカスが自分の親友を見ると、褒賞としてヴィクトリアを降嫁《こうか》させると勅使《ちょくし》から書状を渡された時、デスクで動揺していた姿と重なった。

あの時と違うのは、ここが辺境領の領主館の執務室ということと、彼が思い悩んでいる内容だった。今の悩みは、どういうデートにするか、というものなのだ。

でもいい傾向だ。それに、そろそろアレクシスだって慣れない夜会の出席にぶち切れそうだったに違いない。貴族たちの勝手な風評や噂話《うわさ》からヴィクトリアを守るより、物理で守った方が、彼にはストレスがないとルーカスは思った。

「お前たちのデートには、オペラ鑑賞はなしだな。オレみたいな男なら、奮発して彼女とデートならそれもありだけど」

ルーカスは腕を組んでそう言った。

「なぜだ？」

「客層が夜会に出席している貴族と変わらないだろ。商家の小金持ちのボンボンが彼女を着飾らせて、上流階級気分を味わうにはいいが、ヴィクトリア殿下は違うだろ。すでに何度も着飾って夜会へ出席して飽き飽きしてる。姉上たちからオペラの誘いもあるだろうし。だから貴族が行くような遊び場ではないほうが、ヴィクトリア殿下には新鮮味があっていいはずだ」

アレクシスはまじまじとルーカスを見る。

「……ルーカスすごいな……お前……」

なぜそこまで気が回るのに、現在彼女がいないんだ……という言葉をアレクシスは呑《の》み込んだ。

「ケヴィンの奴によると、帝都のプレシア・パークではロッテ様が企画制作に携わった大観覧車がオープンしたばかりだというだろ？　公園散策なんかは定番だけど、そういう新しいものがあれば殿下は嬉《うれ》しいかもしれない。あそこの池にはボートが浮かんでいるし、帝都なら池の周りの早咲きの花も見ごろだろう。あとは普通に買い物？」

「買い物？」

「普通なら貴族はその家ご用達の外商を呼ぶだろうが、街の中の店で、直接品物を眺めるなんて殿下はしたこともないだろう。かえってそれが新鮮に感じるかもな。食事もそうだ。お前が先行してこの辺境領へ行くのを見送った後、カフェにご案内したことがある。喜んでいられたから、それっぽい店をケヴィンにリストアップさせよう」

ルーカスはデスクの上にあるメモ用紙をとってサラサラと用件を書き、ドアの外にいる護衛にフォルストナー商会のケヴィンに渡せと伝令を走らせた。

「それで、殿下はどうされた？」

最近の夜会のストレスを領地経営に転換させて、この執務室で書類とにらめっこしているはずのヴィクトリアの姿はなかった。

「今、仕立て屋を呼んで私室で商談中だ」

その言葉に、ルーカスははっとした表情になる。

「セバスチャン！　テオ！」

ルーカスは叫ぶようにセバスチャンとテオを呼びつけた。そしてアレクシスの腕を引いて、私室へと案内させる。ドア外の護衛に、ケヴィンをアレクシスの私室に通せと言いおいて、アレクシスの私室に入ると、セバスチャンとテオにワードローブを確認させる。

「ルーカス中佐……どうされました……」

セバスチャンの言葉に、ルーカスは振り返って尋ねる。

「アレクシス、私服はもしかしてこれだけか？」

ルーカスはアレクシスからセバスチャンとテオに視線を移す。最後にルーカスの視線を受けたテオはコクンと首を縦に振る。

ルーカスはがっくりと、両膝と両手を床についた。

「軍服があれば問題ないと思っていたが？」

アレクシスの言葉に、ルーカスは立ち上がって声を殺しながら叫ぶように問い詰めた。

「問題大ありだろ、現に、今！　お忍びデートに軍服着て行くヤツがどこにいるよ⁉　帝国の軍服は礼服の一種だが、お忍びには向かないだろう⁉　一発でお前が黒騎士で連れが殿下だってバレてお忍びじゃねえだろ⁉」

ルーカスの一言にセバスチャンとテオは顔を見合わせ、同時に言った。

「ケヴィン氏を呼び寄せねばっ……」

「じきに来る。オレが呼んだ！」

「さすがです。ルーカス中佐」

「シャツにベストでしたら問題はありませんが、タイやトラウザーズ、フロックコートは少々数がないようで」

従僕見習いのテオですら、冷静にワードローブを把握し、もっともな意見を述べた。ルーカスは考え込む。

そこへドアがノックされ、ケヴィンの来館が知らされた。

アレクシスの私室に入ってみると、ワードローブを前に、部屋の主と兄、屋敷の執事と従僕が顔を突き合わせているので、一瞬ためらうものの、思わず言った。

「なるほど、問題はそこに至ったわけですね」

しかし、届けられたメモでだいたいを把握していたらしいケヴィンは、商人らしい笑みを浮かべる。

「閣下ほどのお方なら、やはり外商を呼んでオーダーメイドするのが相場ですが、緊急のご様子。既製服で間に合わせましょう。帝都にテーラーの心当たりがあります。今回の城下町お忍びの際に訪れてみては？」

「そこは普通、女性の服を仕立てるのでは？」

アレクシスが言うと、ケヴィンとルーカスは首を横に振る。

「そういうのもいいですがね、外商を呼んで服を作らせるのとは違って、店舗で服を仕立てる、しかも見慣れた女性の服じゃなく、紳士服ってところが、殿下には新鮮だと思いますよ」

「ていうか、あの殿下ならここぞとばかりにわたしが見立てたい〜とか言いそうだ」

セバスチャンとテオはうんうんと首を縦に振る。

「殿下が満足したら、今度はお前が別の店で殿下に何か小物を買ってプレゼントすればいいだろーよ。ケヴィン、店のリストアップを頼むぞ」

「もちろんです。今帝都で女性に人気の服飾店やカフェは必須ですね、お任せください。僕がリストアップしている間に閣下にはこちらを。既製服ですが、閣下のサイズをお持ちしました！」

ケヴィンはアイテムボックスから次々と服を取り出し、テオとセバスチャンに渡す。

「助かります、ケヴィン様」

セバスチャンが言うと、ケヴィンは笑みを浮かべる。

「いえいえ、この街の殿下ご用達のドレスメーカーは名前が知られて、他の領地へも店舗を広げそうな勢いですが、紳士向けのテーラーは少ないですからね。この機会に閣下が直接店主に一声かけていただければと思うのです。後の交渉は我々がやりますので！」

ケヴィンのその言葉に、テオもセバスチャンも、若いながらもフォルストナー商会の支店を任せられるだけあるなと思った。

そしてお忍びデートの当日。ヴィクトリアは執務室で、お忍び用の服装でアレクシスを待っていた。

辺境領でのドレスメーカーであるカリーナたちが準備したのは、帝都の大きな商家のお嬢様がデートにいきます的な服だ。アメリアをはじめとする専属侍女たちも、ヘアのアレンジやメイクのアドバイスを受け、それらしい仕上がりだった。

ヴィクトリアと常に夜会に出席していたシャルロッテは、今日のヴィクトリアの姿を見て手離しで褒めちぎる。

「トリアちゃーん！　いいじゃないの！　まさに商家のお嬢さん！　もしくは男爵家のご令嬢って感じ？」

「本当⁉」

「そういう姿も新鮮‼　可愛い子は何を着せても似合うわー」

「ロッテ姉上は、今日も夜会に出席なのに、ごめんなさい」

「私の場合は工務省と魔導開発局の人間ががっちりガードしているから平気なのよ」

王侯貴族からのダンスの申し込みもあるにはあるのだが、ロッテを囲む人材に捕まって、専門的な会話についていけるのはごくごく僅かだ。そんな中でもしつこいのはいるが、ヒルデガルドによって阻《はば》まれるらしい。

セバスチャンが、アレクシスが執務室に来ることを伝えるが彼が部屋に入るなり、ヴィクトリアは両手を合わせてキャーッと小さく叫んだ。

「素敵！　黒騎士様！」

黒いトップハットに、フロックコート、トラウザーズ。ベストの色だけ濃いグレー。瞳の色に合わせたアスコットタイという普通の貴族のいで立ちで現れたので、ヴィクトリアは身体が小さい時のように飛び跳ねたい気持ちになった。

「旦那様、こちらを」

セバスチャンから偏光グラスを差し出される。

強面《こわもて》を隠すためなのだが、かえって迫力が増した感じがすると、ヴィクトリア以外の誰もが思った。

「私からはこれを」

シャルロッテがアレクシスにステッキを渡す。

「昨日、テオから聞いて、急遽《きゅうきょ》作ってみました」

渡されたステッキは見た目は木製で塗料が塗られた意匠ではあるが、重さが違った。

「ロッテ様……このステッキはもしかして……」

柄の部分を回すと細身の剣がでてくる。

「仕込みステッキでーす。やっぱり剣は持っていたいでしょ？　お忍びとはいえ、丸腰じゃ心もとないじゃない？　ちなみに刃はミスリルだから刀身は細くても、切れ味はいいと思うんだ」

「ありがとうございます」

こんなステッキなら持っていてもいいなとアレクシスは思った。

転移魔法陣で皇城に着くと、シャルロッテは夜会用に装うため、ドレスルームに行く。

ヒルデガルドはお忍び用の変装をした二人を見て苦笑した。

「言われた通りに馬車は用意したぞ。夜には帰っておいで」

ヴィクトリアは嬉《うれ》しそうに笑顔で頷《うなず》く。

人が少ない回廊を歩き、馬車に乗り込んで城下町へと出る。

馬車からヴィクトリアとアレクシスが降り立つと、御者は馬車を再び走らせて去って行く。

「プレシア・パークに行きましょうか」

アレクシスの提案にヴィクトリアは頷く。

「はい、実は行ってみたかったの。城下町の公園、プレシア・パーク！」

夜会の時よりもわくわくした表情で、アレクシスの腕にヴィクトリアはすがる。

「あと黒騎士様、わたしのことは名前で呼んでください」

「……そうですね、では、貴女《あなた》も名前で呼んでください」

「そうだ。えーアレクシス様……わー照れちゃうー。いっそ旦那様？　きゃー」

ヴィクトリアは、思いのほかアレクシスを名前で呼ぶたびに照れている。

二人とも、殿下と黒騎士様と呼び合うのが通常の状態なので、互いの名前呼びはなかなか慣れない。結局小さい声で殿下と黒騎士様と呼び合うようになった。

城下町で人気の遊興施設プレシア・パークに行く途中に、大市場がある。

帝都城下町、市井《しせい》の民の台所と言われる場所だ。

貴族の住むタウンハウスからも近く、キッチンメイドが料理長に頼まれて買い出しに来たり、飲食店の仕入れなどにも利用されるが、規模が大きいので、庶民の姿も多い。

威勢のいい声があちこちから聞こえて、活気が溢《あふ》れていた。

中には呼び込みはしないものの、行列ができている店もある。

タレ付きの肉をその場で焼いて、煙と匂いで人を集めている光景を目にする。

「すごーい。人がいっぱい」

「朝市はもっとすごいそうです。飲食店の者も、こういったところで食材を手にするとか」

二人が市場の中央通りを歩くたびに、人々の声が聞こえる。

「プレシア・パークに行く前に、腹ごしらえはどうだー」

「鮮度は抜群だよ、アイテムボックスで運んだんだ！　採れたての野菜だよ！」

そんな声を聴きながら、ヴィクトリアは笑顔をアレクシスに向ける。

「黒騎士様、やっぱりわかってらっしゃるのね。わたしがこういうの見たかったのを」

この帝都の繁栄ぶり、市井《しせい》の人々の活気溢《あふ》れる様子が、ヴィクトリアの目指す辺境の街にも欲しいのだろうと、アレクシスはもう十分すぎるほど理解していた。

市場の様子を見て、ヴィクトリアが何か考え込んでいるようだが、それはいずれまたウィンター・ローゼに戻ったら反映されるだろう。

活気があるのはいいのだが、アレクシスの腕につかまっていた手が「すいませーん通りまーす」と商人の荷車のために離された。

人混みの流れに離されたヴィクトリアが慌ててアレクシスを追うが、通行が整備されていない場所なので流されるままだ。

ヴィクトリアの視線は、離れていても背の高い彼を追うことができる。

アレクシスも慌ててヴィクトリアの姿を探すが、すぐにまた荷車と人に阻《はば》まれた。

「くろ……」

ヴィクトリアが慌てて自分の手で口元を抑える。ここで「黒騎士様!!」と叫んだら、お忍びではなくなってしまう。

ヴィクトリアが人の流れに乗って、アレクシスがいる場所まで歩き出すと、横から数人の男たちに声をかけられた。

「お嬢さん、迷われましたか？　よかったらオレたちが案内しますよ」

そう言いながら彼らはヴィクトリアの進路を阻んで囲んだ。

「可愛いお嬢さん、プレシア・パークへ行くんでしょ？　お連れの人を探してあげる」

「もちろんオレたちもお嬢さんが一人で行くとは思わないよー。プレシア・パークは帝都でも最近流行のデートスポットだもんね。でもどー見てもはぐれちゃった感じ？」

「こーんな可愛い子を一瞬でも離すなんて。彼氏、たいしたことないんじゃない？　オレたちが楽しいところに案内するからさあ」

囲んだ男の一人が馴れ馴れしくヴィクトリアの肩を抱くように腕を回す。見るからに金持ちの道楽息子連中という感じだ。

ここは商業地区でも皇城寄りで、貴族のタウンハウスエリアにも近い。多分下級貴族の不良息子どもだろう。

だからだろうか、市場の店の者も通行人も、ヴィクトリアがからまれていることに気づいてはいるものの、相手がもし貴族ならば町人の自分たちでは店を取り潰されかねないので、率先して助けに行けない様子だ。

「結構です」

ヴィクトリアがきっぱりと断るが、不良たちはニヤニヤ笑うだけでその手を離そうとしない。

「結構ですってー了解ってことー？　話がわかる～」

断った言葉を、逆に解釈された。彼らはヴィクトリアが断っているのをわかっているのだ。

「違います。ご遠慮しますという意味です」

もう一度ヴィクトリアが言うが、聞く耳を持たない。

「遠慮しますなんて言わないで〜一緒に探してあげるって言ってるじゃん。こーんな可愛い女の子と一緒に街を歩けるなんてそうそうないからさ、サービスでプレシア・パークよりもっといいところに案内しちゃうぜ」

「は、離してください！」

ヴィクトリアがそう叫ぶと、ヴィクトリアの肩に乗せていた手が弾《はじ》かれ、ヴィクトリアの傍《そば》にくっついていた男がその痛みに声をあげる。

男の手を弾き飛ばしたのはステッキの先端だった。

ヴィクトリアを囲んでいた不良たちの前に、頭一つ分上背のある男が立っていた。

不良たちは目の前に現れたその大男にぎょっとする。

並みの男性が現れたら多勢《たぜい》に無勢《ぶぜい》で男を取り押さえてヴィクトリアを連れ去ることもできただろう。

しかし目の前の男は多分自分たちよりも位の高い貴族だと瞬時に察したらしい。

ヴィクトリアが安堵《あんど》の微笑《ほほえ》みを彼に向ける。

――黒騎士様！

偏光グラスをかけているにもかかわらず、多分それを外したらその風貌は恐ろしいものだと、本能的に若い男たちは察した。

「私の連れだ。案内は不要だ」

男が発した声は低く、ヴィクトリアを取り囲んでいた不良たちを声だけで怯《ひる》ませる。

男たちはどうしようと逡巡《しゅんじゅん》している様子だった。

「関係ない旦那は引っ込んでいろよ、先に声をかけたのはオレたちなんだぜ」

変装しているとはいえ、アレクシスの放つ殺気に気づきながらも怯まずに噛《か》みつくあたりは気骨《きこつ》があると思う。

それに、本当にヴィクトリアの連れだとは思えなかったのだろう、自分たちよりもはるかにヤバイ男にしか見えない。

苦し紛れに男の一人が言い放つが、アレクシスはステッキを持っていない手をヴィクトリアに向けて差し出す。

「関係あるから言っている。おいで……トリア」

おいでと発したアレクシスの声は、男たちに向けていたものとは段違いに優しく柔らかなものだった。

アレクシスから初めて愛称で呼ばれてヴィクトリアは破顔し、跳ねるようにアレクシスの元に駆け出していく。

「おい！　貴様！」

ステッキで手の甲を打たれた男がぶるぶる震えながらアレクシスを呼び止めるが、ヴィクトリアはアレクシスの腕に縋《すが》りつく。

何事もなかったことに安堵《あんど》して、アレクシスはヴィクトリアの頭に手を乗せる。

「こんな商業地区の雑踏で魔法を展開させない方がいいぞ。すぐに憲兵が来る」

自分が魔法を展開しようとしていたのを察知されて、男はぐっと詰まる。

ヴィクトリアはアレクシスに頭を撫《な》でられて、照れくささと嬉《うれ》しさが混ざった表情をする。

「貴様の魔力を根こそぎ彼女に奪われてもいいなら止めないがな」

アレクシスの言葉に、ヴィクトリアが男たちに視線を向ける。人形のように整った顔に凍り付くような冷めた視線を向けられて、男たちは人混みに紛れて逃げていく。

その情けない姿を見送って、ヴィクトリアはアレクシスに言った。

「わたし、他人の魔力を奪うことはできませんよ？」

「ノーダメージで枯渇するまで相手に使わせてしまえば同じことです」

ヴィクトリアならばそれも可能だろうとアレクシスは思う。

ぎゅっとアレクシスの腕に縋りつくと、二人はプレシア・パークに向かって歩き出した。

「どうせなら、『連れ』じゃなくて『妻』とか『嫁』とか言ってほしかったです」

小さな時のようにぷくっと頬を膨らませて拗《す》ねられ、アレクシスは苦笑する。

「……『連れ』でも相当なショックを受けていた様子だったので」

「でも『トリア』って呼んでくださったので、嬉しかったです。今度は離されないように、手を繋《つな》いでくださいい。いいですよね？」

プレシア・パークに入ると、目当ての大観覧車は長蛇の列だ。予約優待券を持って並び乗り込む。大観覧車はゆっくりと動き出し、空中に浮かんだ。

「うわああ、すごーい。ロッテ姉上すごいわ！　こんなの作れるなんて！　これは素敵、黒騎士様は高いところは平気ですか？」

窓の外をのぞき込んでヴィクトリアは歓声を上げる。

「もちろん」

アレクシスもサングラスを外して、一緒に窓から帝都や皇城を眺める。

「皇城が近くに見える！　街もよく見えます！　行列に並んでもこの景色は見たいですよね！　シュワルツ・レーヴェの収益が上がった暁《あかつき》には、コレを作ってもらいたいわ」

「もし建造するならば、ニコル村あたりがよろしいのでは？」

「そう！　海！　海を臨む大観覧車ステキ！　ねえ黒騎士様、わたしたち普通のデートをしているつもりなのに、こんなふうに、シュワルツ・レーヴェにもコレをとか思ってしまうのね」

そう言いながらヴィクトリアは朗《ほが》らかに笑う。

「何もないところなのですから、何を建ててもいいと仰せになったのは殿下です」

「……」

「殿下？」

「やっぱり名前！　殿下じゃなくてトリアって、さっきみたいに呼んで！　敬語もやだ！

はい、やり直し！」

「……これは習慣になっているので……」

「もう、いつも思うの！　黒騎士様がやっとわたしに近づいてくれたって思ったら、すぐに離れてしまうの！　いろんな意味で一歩進んで二歩下がる感じ禁止！」

ヴィクトリアにそう言われて、アレクシスは観覧車の窓から見える皇城に視線を移す。

繁栄するリーデルシュタイン帝国の象徴ともいえる白亜の皇城。

彼女は自分よりも一回り年下のお姫様。

降嫁《こうか》を言い渡された時は思っていた。彼女がいずれ大きくなったら、決められた結婚ではなく、今のような社交シーズン中に、自分以外の青年貴族と恋に落ちるかもしれないと。それを言い出されたらこの忠誠はそのままに、彼女を自由にしてあげようと。

しかし、そんなアレクシスの思いを知らずに、ヴィクトリアは婚約が結ばれた日から、彼を慕ってくれた。

　この社交シーズンでは、美しく成長したヴィクトリアの婚約を破棄させて別の国へという発言が聞こえてきた。しかしそんな発言をヴィクトリア自身が一蹴し、変わらずにアレクシスを慕ってくれている。

　それは暖かな春の日差しが雪を解かすように、アレクシスの固い忠誠以外の、いままで誰にも抱くことのなかった、小さな想いを育てた。それはもうアレクシス自身も認めざるをえない。

「トリア」

　アレクシスに呼ばれて、ヴィクトリアは窓に向けていた視線を彼に向ける。

「人に説教していたら、せっかくの景色を見逃すぞ」

　ヴィクトリアは向かいに座るアレクシスに抱きつく。小さな身体の時と同じように、自分の首に腕をまわして縋《すが》りつく。

「いくら軽いからって、いきなり立ち上がるな……ボートに乗ったままで場所を移るようなものだぞ……今のは……」

　アレクシスは慌ててヴィクトリアを膝に乗せる。

「黒騎士様のせいです。あ、でも公園でボートにも乗りたいです。デートっぽくないですか？」

甘くて柔らかく頼りなげな華奢《きゃしゃ》な身体を抱きしめ、その艶《つや》やかな髪にアレクシスはキスをする。

「黒騎士様、今のは場所が違うんじゃないでしょうか……」

「嫁入り前のお姫様の言葉じゃない」

彼にそう言われて、不満げな様子を見せるヴィクトリアだが、街並みを見ているうちに機嫌はすぐに戻り、空から見る帝都を楽しんでいた。


「さっきの娘が気に入ったそうだ」

ヴィクトリアに声をかけた不良たちに向かって、一人の男がそう言った。

服装は不良たちと変わらないし、言葉も流暢《りゅうちょう》だが、顔立ちは明らかに帝国の人間ではないと一目でわかる。

この社交シーズンは、諸外国から来る有力者は多い。夜会では人目を惹《ひ》くために民族衣装を着る者もいるが、普通の貴族のような装いをする観光客もいる。

あきらかに、サーハシャハル王国から来たと思われる男だった。

不良たちに指示を出している男以外に、もう一人、車椅子に座った紳士ふうの男がいた。

指示を出している男が仕えている人物なのだろう。

身なりだけは貴族的なのに、顔に傷がある。

軍関係者なのかもしれないと、不良たちはそんな印象を持っていた。

「だけどさっきの娘はダニエルのチャームに引っかからないし、ついている男も偏光グラスをかけてるぐらいだから、目は不自由そうだったけど、気配の感知はあるみたいだし、難しくないか？」

不良どものリーダーをみんな見る。

「たとえ男連れでも、今までダニエルのチャームに引っかからなかった女はいなかったのにな」

その言葉を聞いて、男が車椅子の男に何か耳打ちする。

車椅子の男は頷《うなず》いて何か指示を与え、不良たちと会話していた男が向き直る。

「その程度じゃ、フェシリティ通りのグレイス・ホールの大舞台で観客を魅了なんてできないだろうな」

その発言にリーダー格の男はむっとしたようだ。

「いいだろう。キミたちの小遣い稼ぎもここまでだな。腕のたつ人間に頼むとする」

「いや、やってやる。そのかわり報酬ははずめよ」

不良たちは他国の男から離れていった。

彼らの去っていく後ろ姿を見ながら、男は車椅子の紳士に話しかける。

『おかしら……ではなく、ボス。あれが依頼の品で間違いないですね』

『ああ、間違いない。切り落とされた足が、あの軍人だったと言っている』

車椅子の背もたれに寄りかかり、太い葉巻を取り出すと、付き添いの男がその葉巻に火をつける。

『あの男が、ただの小娘を連れ歩くはずがない。二人とも上手く変装しているが、間違いなく娘の方は、今回の依頼品、第六皇女殿下だろう。この義足のスペアどころか、最新技術で新たな義足を買ってもおつりがくるな』

『では、あのボンクラなガキどもは失敗するでしょうな』

『そう見ていい、あのガキどもと接触した俺たちの証拠は消せ。監視と準備を怠るな』

男はゆっくりと紫煙を吐き出した。


プレシア・パークの大観覧車を楽しんだヴィクトリアは、アレクシスと連れだってボート乗り場に来ていた。ボートに乗ってみたいというヴィクトリアのリクエストに答えた形だ。すでに池には家族連れやカップルがボートを漕《こ》ぎ出していた。まだ春先の季節で混雑はしていないので、すぐボートが回されてきた。

「夏場だともっと混雑してそう……」

乗り込んだヴィクトリアが座ったのを確認してから、アレクシスはオールを操る。

スーッと水面を滑るようにボートが進んだ。

「わあー……すごーい」

なめらかな動きでゆっくりと水面に漕ぎ出す様子を見てヴィクトリアが呟《つぶや》く。

「黒騎士様、ボートに乗りたいって言ったらちゃんとボートに乗せてくれて嬉《うれ》しい……ありがとうございます。それに上手です。想像したよりも揺れも少ないです」

「救難任務でボートに乗る機会もありましたから」

「むう……敬語に戻ってます」

「すぐにはなかなか……」

「ルーカス中佐にはもっとフランクです」

付き合いの長い友人兼部下と比較されて、アレクシスは苦笑する。

「雪が解けたら、アルル村へ視察に行こうと思っている、一緒に行くか？」

「え、アルル村に行くの？　行きたい！　アルル村はそろそろ子羊《こひつじ》たちが生まれる時期ですよね。エセル村には早咲きの花が咲いていそうです」

「アルル村の近くには湖があるらしい」

「もしかして、元シュリック子爵領の事業者たちが紡績をやっているエリアの近くですか？　アルル村やエセル村には開拓の手は出したくないのですが、そこなら、気候もウィンター・ローゼよりも温かい感じするし、観光的に梃入《てこい》れして、こんなふうに湖にボートを浮かべて楽しめそうじゃないですか？」

「そういう話をしてるほうが、ヴィクトリアらしい」

この池を大きくクルリと一周してみようとオールを漕《こ》ぎ出した。

池を回り終えてボートを降り、新鋭の画家の絵画展を覗《のぞ》いて、プレシア・パークから大商店が連なる商業エリアへ抜けた。

「食事にしますか？　殿下」

手を繋《つな》いでいるヴィクトリアに問いかけると、ヴィクトリアは頷《うなず》いた。

彼女は、また敬語と殿下呼びに戻ってますと心の中で思うが、口に出して注意することはしなかった。

自分自身も彼を名前ではなく黒騎士様と呼んでしまうので、もしかしたら多分彼を黒騎士様と呼ぶことは一生変わらないかもしれないとも思ったからだ。

大きな店が並ぶ商業エリアはプレシア・パーク前の市場よりも貴族のタウンハウス寄りの場所にあり、身なりのいい貴族や商人たちが行き交っている。

どの店舗も市場近くの商店と比較して、洗練されていて高級感がある。

「さっきの市場も楽しそうでよかったし、こういうお洒落《しゃれ》な感じのお店が並んでいるのも何かワクワクします。ウィンター・ローゼの商業地区にもこういう商店街を作りたいな。観光業ですから、観光する裕福な層には好まれるかなって思うの」

「そうですね」

カフェテリアに入ると、ヴィクトリアは内装や客の様子を観察しているようだ。

気に入った様子で、嬉《うれ》しそうな表情になる。

「でもこういうのもセンスなんですよねえ……マルグリッド姉上みたいに、お洒落《しゃれ》でハイセンスな人なら、そういうの見極められるんでしょうけれど、わたしはなかなか」

「大丈夫、ウィンター・ローゼはいい街になってきています」

身なりのいい紳士と愛らしい女性の二人連れとなると、店の者は客が貴族かもしれないと察して、窓際の景観のいい席に案内する。

テーブルクロスや飾られている花や花器も、サイズといい色彩といい、若い女性が好みそうなインテリアだ。

「このお店もステキ」

ヴィクトリアが言うとアレクシスも安心する。

帝都、いや帝国でも指折りの大商会の息子たちは、どうやって年頃の女性が好む店を探し出すのだろうと、不思議に思う。

店の中では、多くのカップルや若い女性たちが友人同士でにぎやかに、お茶や軽食を楽しんでいた。

ヴィクトリアはそんな様子も興味深そうに見ている。

「ね、黒騎士様、ここでお食事した後はどうします？」

「実は、先日いろいろとあって……」

「はい」

「自分の服を、この帝都で仕立てようと思っているのですが……」

「わあ！　いいですね！　黒騎士様は軍服もお似合いですが、今日の黒騎士様の装い、すごく素敵です。そういう感じの服、仕立てましょうよ。他にも普段着も！　わー楽しみ！　タイの色とか選んでみたいな。旦那様の服を見立てる奥様って気がする！」

アレクシスはポケットからメモを取り出す。ケヴィンが推薦するテーラーの名が数件記されている。店舗のリストを作ってもらったと伝えると、ヴィクトリアはまるで自分のことのようににっこりして頷《うなず》いた。

あの大商会の息子たちは未来が見えるのだろうか。彼らの予想通りの反応をヴィクトリアはする。

そんな彼女に食後のデザートが給仕される。

自分が、婚約者とつれだって、こうして帝都の街を歩く日がくるとはアレクシス自身も想像もしたことがなかったとしみじみ思う。

アレクシスが笑顔のヴィクトリアを見つめると、ヴィクトリアは照れながらケーキを口にしてまた笑顔を向ける。

世間の恋人同士が言う、彼女（彼）がいればそれだけで幸せなんだというセリフがなんとなくわかる気がした。

カフェから出て、ケヴィンが紹介してくれた紳士服のテーラーに入り、紹介状を店員に渡すと、ほどなく店主らしい紳士が現れた。

「サイズを測りますので別室へどうぞ、お嬢様はこちらでお待ちくださいませ。お茶をお持ちします」

「あ、もし見本が見られるようならば……」

「ええ、当店ではカタログもご用意しておりますので、ドリス、お嬢様にお茶とカタログをご用意して差し上げておくれ」

数人の男性客がヴィクトリアに視線を向けている。

それを察して、アレクシスはヴィクトリアを連れてその店を出るべきかと思案したが、当のヴィクトリアはアレクシスを誘って、ショーケースからネクタイピンを取り出してもらう。

「わー素敵、くろ……アレクシス様に似合うと思うの。どう？」

ネクタイピンを指でそっとなぞる仕草から、僅かな魔力の放出を感じた。

「このタイピン、ステキだからこれに似合うタイも作ってもらいましょ？」

ヴィクトリアからタイピンを渡されると、アレクシスはそのタイピンを見つめる。この店にいる他の者にはわからないが、やはり微量な魔力が感じられる。

多分、いまヴィクトリアはこのタイピンになにがしかの魔法を施したのだろう。

「他のタイピンやカタログも見せてもらって待っていますから、これを持っていてくださいね」

アレクシスが頷《うなず》くと、ヴィクトリアはショーケースの方に行き、「さっきのもいいけどこっちもステキだなあ」と呟《つぶや》きながらタイピンを見つめる。

店員に待ち合わせのサロンに案内されるヴィクトリアの後ろ姿を見送って、アレクシスは店主の案内に従った。

「腕が鳴りますね、フォルストナー家からのご紹介とは……」

貴族相手に商売をする者にとって、上流貴族の紹介状に匹敵するのがフォルストナー商会の紹介状だ。フォルストナー商会の客筋や顔の広さから、大口の顧客を紹介されることもあるからだ。

流れるような仕草でアレクシスの背幅や首回りを測っていく。

この初老の店主はこの店の二代目だと言う。

だが、帝都のこのエリアの店の中ではまだまだ新参の部類に入る。

「お連れ様はお若いですが奥様ですか？」

セバスチャンやテオも変装するのを手伝ってくれたが、なによりフォルストナー兄弟があれこれと変装の仕上げを施しただけはある。

上位貴族の接客もしたことがあるだろうに、店主もまだアレクシスが黒騎士とはわからず、ヴィクトリアが第六皇女だということも気づいていない様子だった。

「……将来的には……」

「おお、やはり。ではご婚約中で？　よろしいですなあ」

喋《しゃべ》りながらもアレクシスのサイズを手早くメモしていく。

「それにしてもお客様は体格がご立派で……もしかして軍の方ですか？」

「わかるのか？」

「ええ、筋肉の付き方で」

数値を紙に書き記しながらうんうんと店主は頷《うなず》く。

うるさい感じのお喋りではなかったので、アレクシス自身も店主の話に返事をするのが苦ではなかった。

新参の店ではあるものの、腕は確かなので、ようやく上位貴族の顧客がついてきてそれなりに店も名前を覚えてもらえるようになったことや、詳しい事情は話さないものの、跡取りの問題が、目下この店主を悩ませているようなことも、アレクシスは感じられた。

そんな会話を続けていると、アレクシスの手にしていたタイピンが熱を持ち始めた。

初めは気のせいかと思ったが、握っているタイピンを見ると青白い光を放ち始め、店主もそのタイピンをのぞき込んで、アレクシスを見上げる。

「……これは……」

アレクシスは店主を見る。

「これはさきほどのタイピンですが……こんな光り方なんてしません」

もちろん店主の言葉が正しい。

洒落《しゃれ》た意匠のタイピンではあるが、何の変哲もないタイピンが部屋を照らすほどに光りだすのはあり得ない。

「店主、サイズはもういいだろうか、連れが心配になってきた」

アレクシスの言葉に店主は何度も頷いた。


ヴィクトリアは用意されたカタログを手にして「黒騎士様にはどういうのが似合うかなあ」と思いながら、ページをめくっていた。

案内されたサロンは個室で、ここで上客と商談をしたり、仕立ての際に連れの女性が待ったりする部屋だった。

室内のファブリックも高級感溢《あふ》れるものだったが、お茶を運ぶ女性店員の挙動がおかしいことにヴィクトリアは気が付いた。

ネクタイピンを見ている時は普通だったのに、お茶を給仕する時に、何かに怯《おび》えているように見える。

あからさまなその様子に気づかないフリをしてカタログを見ながら、給仕されたお茶を口にした。

――これは……。

一口口にすると、何かが混ぜられているのに気が付いた。

――なるほど、客に一服盛ったなら挙動も不審になりますよね。

ヴィクトリアには毒や麻痺《まひ》に耐性がある。

帝国の一番小さなお姫様、魔力も少ないと思われていた頃、こうして一服盛ってヴィクトリアを自分の手中に治め、中央政権に手を伸ばそうとする貴族もいたからだ。

しかし、お忍びで変装していて自分が第六皇女とはわからないはず。客の連れの女性に一服盛るとは一体何が彼女にそんな真似をさせたのだろうとヴィクトリアは考えた。

さっきアレクシスに渡したタイピンが、自分になにかあれば反応するはずだったので、さてここで自分はどういった対応をしたらいいものかと思案する。

ドアがノックされて、女性店員がドアを開けると、二人の青年が部屋に入ってくる。

「よくやった、ドリス」

「オリヴァー様、どうかもうこんなことはおやめください。こんな……」

「大丈夫だよ、ドリス。悪いようにはしないから。オレのことを想ってくれるドリスのためなんだよ」

青年のうちの一人が女性店員に甘い言葉を囁《ささや》くようにそんなことを言う。

どうやら青年の一人がここの店主の親族で、この女性店員はこの青年を慕っている様子が見て取れる。

その様子を見たヴィクトリアは「その男の言葉、絶対嘘《うそ》っぽい」と思った。

どう見ても、その気がない金持ちのボンボンが口先だけの甘い言葉で純な若い使用人をたぶらかしているようにしか見えない。

縋《すが》る店員の手を払い、オリヴァーと呼ばれた青年がヴィクトリアの顔をのぞき込む。

「ダニエル。この娘、目を開けているが、薬は効いているのか？」

部屋に入り込んできたのは、プレシア・パーク前の市場でヴィクトリアをナンパしようとした不良たちだった。

「まあ微量だがチャーム持ちだからじゃないか？　魔力があるからそういう反応なんだろうさ。さっさと運ぼう、連れの大男が来たらやっかいだ」

そう言うと、ヴィクトリアを抱き上げて部屋を出ていく。

黒騎士様以外の男に横抱きされるのは不本意だと、ヴィクトリアは思う。

「裏に馬車を回している」

意外にも力があるのかヴィクトリアを抱き上げて、店舗の裏手に回ろうとする。

「いい加減に下ろしてもらえませんか？」

廊下に出たところでヴィクトリアが口を開いたので、驚いて男が足を止める。

「薬が効いていない……だと？」

驚きで抱えていた力が抜けたのか、ヴィクトリアはその腕から落ちた。

ヴィクトリアは猫のような身軽さで床に足をついた。

「馬車には乗りたくありません。ここには未来の旦那様とお買い物に来ているので、旦那様もご一緒でなければ」

「そうか」

ポケットからナイフを取り出し、ヴィクトリアの前に突き出す。

「ちゃんと別の未来の旦那様を紹介してくれるらしいぞ。おとなしく馬車に乗るんだ」

「……」

青年の言葉をヴィクトリアは考える。「別の未来の旦那様を紹介してくれる」という言葉。

これはどういう意味なのか……。

「聞いているのか!?」

突然男の一人がヴィクトリアの髪を引っ張り、ナイフで一房切り落とす。

貴族か裕福な家柄の令嬢ならば、傷をつけなくても髪を一房切り落としただけで泣き出すと思ったのだろう。

——顔や身体に刃物を向けず髪に……。連れ去ろうとする対象者に傷をつけない……。

しかし切り落とされた髪を見ているだけで微動だにしないヴィクトリアに業を煮やしたもう一人の男が、ヴィクトリアに近づく。

「ダニエル、四の五の言わせずさっさと移動するぞ。叫ばれたら面倒だ」

手を伸ばしてヴィクトリアの腕を引こうとするが、あと少しで触れるところで、その手にバチバチッと静電気が走り、一瞬手を引く。

「くっそ、静電気かよ」

もちろん、そんなに都合良く静電気が起きるわけがない。ヴィクトリアがそれとなく魔力でもって発生させたのだ。

床に落ちた髪を見て冷静に考え、そして男を見つめる。

人形のような表情のない顔だった。

「別の未来の旦那様を紹介とはどういうことですか？」

ヴィクトリアがそう尋ねると、アレクシスが廊下の奥から現れた。

ナイフを持っていた男がアレクシスに気付き、ヴィクトリアを盾にしようとする。

その男の手が肩に触れたところで、またもヴィクトリアが魔法で静電気を発生させた。

普通の静電気よりも強く、男は持っていたナイフを取り落とす。

従業員をそそのかしていたオリヴァーと呼ばれる男も、慌ててドアの外へ逃げようとするが、店主が回り込んで、男の横っ面を殴った。

アレクシスは巨体に合わない素早い動きで距離を詰め、ヴィクトリアにナイフを向けて脅していたダニエルを捕らえる。

「貴様……今、何をした」

重低音の声が聞こえる。その声を聴いただけでダニエルの毛穴がブワッと開いた。アレクシスが彼のみぞおちに拳を撃ち込むと、彼は膝をつく。

「ヴィクトリア！　ケガはないか⁉」

「大丈夫です」

ヴィクトリアの言葉に安心し、ダニエルが取り落としたナイフを拾い上げる。床に一房、ヴィクトリアの髪が切り落とされているのを目にした。

「く、黒……アレクシス様？」

ケガはないと彼女は言うが、一房だろうと髪を切り落とされているのを見て、この男たちを許せるわけがない。

虎《とら》の尾《お》を踏むとはこのことかと、傍《そば》にルーカスやアメリアがいたらそう呟《つぶや》いたかもしれない。

アレクシスは背後で立ち上がろうとしていた男を回し蹴りにして、豪快に壁まで吹っ飛ばした。

しばらくは立ち上がれないだろうとヴィクトリアは思った。

アレクシスはそのまま、店主ともみ合っているもう一人の男の胸倉を片手で軽々とつかみ上げた。みぞおちに一発拳を入れると気を失った。

ヴィクトリアはアレクシスに抱きつく。

「多分、彼らは何度もこういうことをしてきたでしょう。憲兵に引き渡して訊問《じんもん》してもらってください。もしかしたら例の事件にも関わっているかもしれません。裏口に馬車を用意してると言っていました。他に仲間もいるかもしれませんから」

ヴィクトリアの言葉を聞いた店主は他の従業員を呼び出して、裏口にある馬車を確保して憲兵を呼ぶように命じた。

アレクシスは裏口の馬車のところに行き、中にいる二人の男も殴った。

「黒……じゃなくてアレクシス様、治癒魔法かけてもいいですか？」

「こいつらに!?　貴女《あなた》を狙ったんだぞ！」

ヴィクトリアの言葉に、アレクシスは何をそんな情け深いことを！　優しすぎるにもほどがある！　と思ったのだが、ヴィクトリアが告げる理由は全然情け深くもなく、実に現実的なものだった。

「だって、これではこの人たち、自白できないじゃないですか……」

「……自白……」

「いろいろ詳しく聞かないと。帝都で令嬢たちが行方不明になっている事件と繋《つな》がっているかもしれないでしょ？」

コツンとヒールの音を響かせ、最初にアレクシスに殴られ蹴り飛ばされた男に歩み寄る。

「だからアレクシス様、瞬殺はダメですよ？　この人たちに、いつから、誰を、どうしたのかを……ぜーんぶ、素直にお話ししてもらわないと」

人形のような無表情で、そんな言葉を誰にともなく言うヴィクトリア。

「もしも素直にお話ししてくださらない場合は、もう一回、ううん、何度でも同じようにアレクシス様が今みたいに注意してくだされぱいいと思うの」

ヴィクトリアは、自分にナイフを向けたダニエルに告げる。

「憲兵さんが来たら、素直にお話ししてくださいね」

ヴィクトリアの発言に、蹴り飛ばされた男は背筋に悪寒を走らせた。

憲兵が到着する頃には四人ともアレクシスによって捕縛されており、馬車もろとも留置所に送られたのだった。

そして後日、ヴィクトリアの元に男たちの供述の内容が報告された。

やはり帝都での、令嬢行方不明事件にかかわっていたようだ。

彼らが実行犯なのは間違いないのだが、この事件の後ろには別の人物がいるらしい。

外国人の男二人連れ、一人は車椅子に座っており、その男が、もう一人の男に指示を出して彼らに実行させていたところまではつかめた。

車椅子に座っているというはっきりとした特徴があるにもかかわらず、そういった人物が発見されたという報告はなかった。

「帝都からすでに出ているかもしれませんね」

「その可能性は高いな」

「それはそうと……その捕り物の舞台になっちゃったあの紳士服店もお気の毒だよね。いい店らしいじゃない……でも不良息子のしでかした今回の件で店の信用がなくなって、お店を畳むらしいよ。」

「ええ～！」

シャルロッテの言葉を聞いて、残念そうにヴィクトリアが声を上げる。

そんな二人にアレクシスが声をかける。

「そのことですが」

「え？」

「あのテーラーをウィンター・ローゼに呼ぼうかと思っているのです」

不良息子はさておき、店主の腕はケヴィンの推薦だけあって素晴らしいものだった。店主自らお詫《わ》びと共に仕立てた服を届けに、アレクシスを訪ねようとしていたのだ。

服は帝都のフォルストナー商会が預かり、アレクシスの元へ届いている。

「さすが黒騎士様！　ウィンター・ローゼには第七師団もいるし、工務省もいるし、旅行で来てくれる人たちも、そういうテーラーがあるならって立ち寄ってくれるかもしれないし！　ケヴィンさんがいるから遠方からのお客様だったとしても仕上がった服を届けることも問題ないし！」

「賛成してくださいますか？」

「もちろんよ！　だって黒騎士様の軍服以外の装い、ウィンター・ローゼでも見たいもの！　さっそく店主の方に連絡をしましょ！　こちらに来てもらって交渉を！」

後日、店主は皇城に呼び出された。自分の不良息子が店主の目の前で連れ去ろうとしていたのがお忍びで来ていた帝国の第六皇女であり、そして自分が服を仕立てようとしていた客が黒騎士だとわかると、腰を抜かすほど驚き、二人に熱心に店の移転を勧められると感激のあまり泣き出した。こうして、腕のいいテーラーがウィンター・ローゼに来ることになったのだった。

　そして——シュワルツ・レーヴェ領も、根雪も解けて暖かくなってきた。

　ヴィクトリアは、夜会への出席もそろそろ取りやめて領地の内政に集中したい気持ちだった。

　しかし、観光地として宣伝できる機会と思い、今夜は、宰相《さいしょう》であるフェルステンベルク公爵が主催する夜会に出席している。

「帝国には美しい姫がいると聞いていたが、確か結婚されたのではなかったのか？」

　諸外国の王侯貴族たちが、夜会に出席するヴィクトリアを見て、そんな言葉を漏らす。

　黒騎士と共に夜会に現れるヴィクトリアを一目見たさに、ヴィクトリアが出席する夜会には、国内だけではなく国外の貴族の出席者も増えていた。

「あの姫様は帝国の第六皇女ヴィクトリア殿下、一番下の姫様です」

「うちの息子にどうだろう。年の頃も釣り合いが取れそうだ」

　海外の身分の高い貴族たちからそんな声が上がる。

「はあ……しかし、ヴィクトリア殿下は既にご婚約中でして……」

「婚約!?　なんと、その幸運な男はどこの国の男だ」

「いえ。この国の貴族で……」

「挙式がまだなら、交渉の余地はあるだろう？」

「はあ……しかし皇帝の命により既に決まっておりますれば……」

「どの貴族だ、その男に直接交渉してみようではないか」

しかし、そんな強気な発言をするも、「ヴィクトリア殿下の婚約者はこの国の辺境伯、アレクシス・フォン・フォルクヴァルツ閣下です」と言われ、黒騎士の姿に視線を移すと、彼らは勢いを削がれるのだった。

しかしそんな会話を尻目に、社交シーズンに遅れてやってきた隣国の王子殿下が進み出て、ヴィクトリアの前に現れる。

「ヴィクトリア殿下、フォルクヴァルツ卿《きょう》」

アルデリア王国第二王子ギルベルト。イザベラの兄だった。

かつてヴィクトリアは、アレクシスとの結婚か、この王子との結婚かと選択を迫られたことがあった。

ヴィクトリアを取り囲んでいた諸外国の貴族の子弟は、ギルベルトを見て舌打ちしたくなった。

外務省に泣きついてようやくヴィクトリアに夜会のダンスを申し込める彼らは、ひたすらヴィクトリアの容姿を褒めちぎり、自分の国はいいところだからぜひ来てほしいとヴィクトリアに誘いをかけていたのに、そんな枠から一歩先んじそうなライバルの登場に、焦りと興味の目を向けた。

それを目にした帝国の貴族の令嬢たちも、また注目する。

金髪に薄いグリーンの瞳をした白皙《はくせき》の美青年といった彼は、独身の……しかも帝国の高位貴族の令嬢たちの政略結婚の相手としても、この社交シーズンでは注目を集める人物だった。

「サーハシャハルでは妹を救ってくれてありがとう。ぜひお礼をと思っていたのです。帝国の留学から戻って、イザベラ自身思うところがあったみたいで、こちらにはとんでもない迷惑をかけてしまったようなのに……感謝に堪《た》えません」

「とんでもないことです。イザベラ王女はお元気ですか？」

「サーハシャハルから戻ってきて、またすぐ別の国に留学に出てしまうぐらいには元気だよ。本当にありがとう。フォルクヴァルツ卿」

爽《さわ》やかな笑顔でアレクシスに礼を言うギルベルトに、ヴィクトリアとアレクシスは顔を見合わせた。

そこで会場に流れる曲が変わる。ヴィクトリアとギルベルトを見た楽師が気を回したようだ。

「せっかくの夜会、一曲お相手願えないだろうか？」

気さくにヴィクトリアをダンスに誘う態度にも嫌味は感じられない。なるほど、確かに若い令嬢たちの注目を集める人物だなと、ヴィクトリアの傍らにいるアレクシスも思う。

「フォルクヴァルツ卿、よろしいだろうか？」

この社交シーズン、ヴィクトリアを取り囲む他国の貴族の子弟たちは、帝国の青年貴族たちよりもヴィクトリアと接見する機会があったように見受けられる。

最初こそ「ダンスは黒騎士様とのワルツだけ」と、ヴィクトリアは他国の王侯貴族も断っていたが、シーズンも終盤になって、記念に一曲だけでも、という言葉を固辞することはなくなっていた。

アレクシスが頷《うなず》くと、ヴィクトリアは控えめな笑顔を張り付けたまま、ギルベルトの手をとった。

タイミングよくワルツの曲が流れる。

優雅なリードでヴィクトリアをその場からギルベルトは連れ出した。

会場にいる者、特に貴族の若い令嬢たちは、ヴィクトリアと王子ギルベルトのダンスを見て、まるで一枚の絵のようだと、その美しさにほうっとため息を漏らす。

帝国の社交界でマルグリッドとメルヒオールのカップルが踊る時と、同じようなため息だった。美男美女のカップルは眼福というわけだ。

貴族の中でも特に年ごろの娘をもつ親たちは、諸外国の貴族の子息と踊るヴィクトリアを最近よく見るものの、その相手はどこの国の貴族だろうと詮索する。

自分の娘の嫁ぎ先として、ヴィクトリアと踊る相手を吟味するらしい。

ヴィクトリアが黒騎士にベタ惚《ぼ》れなのは、もうこの社交シーズンで知らない者はいないからだ。

曲に合わせて踊りながらギルベルトがヴィクトリアに告げる。

「お世話になってばかりで気がひけるのだが……実は一つお願いがあるのです。ヴィクトリア殿下」

「なんでしょう」

「イザベラのことなんだよ」

「イザベラ王女？」

「先の帝国への留学で大変な迷惑をかけておいて、こんなことを頼むのは憚《はばか》られるが、僕も妹が心配で……フォルクヴァルツ卿《きょう》の領地に大きな学校を建設する予定があると聞いてね。イザベラをそこで預かってもらえないだろうか？　もちろんあれだけの騒ぎを起こしたのだから、名前を変えて、イザベラとわからないように配慮するつもりなんだが」

元々、イザベラは普通の姫君だったが、心無い貴族の噂《うわさ》話で、チャームを使いまくってあんなに我儘《わがまま》で傲慢《ごうまん》な姫君に成長してしまったようで、アルデリア国王も兄である王太子殿下も、どうにか以前のような彼女に戻ってほしいと願い、帝国に留学させたのだが、やはりそこでも騒動を起こしてしまったのだった。

「マルグリッド殿下に諭《さと》されたのがすごく効いたみたいでね。逆にあちこちの国へと留学して『アルデリアのためになるところにお嫁に行くから』と僕にも宣言してたけど、サーハシャハルではああいうことになっただろう？　それなのにまだあちこちの国への留学をやめないんだ。父も兄も心配で……」

この話をアレクシスが耳にしたら、どこの国の親も末っ子には甘いものだと思うだろうが、ヴィクトリアはギルベルトの心配が、自分を窘《たしな》める姉たちと重なる。

「黒騎士様と相談してみます。そのうえでイザベラ王女がよろしければ、このお話を進めませんか？」

ヴィクトリアの言葉に、ギルベルトは安堵《あんど》のため息をつく。

そしてちょうど一曲が終わったところだった。

「よかった……。改めてフォルクヴァルツ卿《きょう》にもお願いしたいな」

ヴィクトリアをアレクシスの傍らまでエスコートして、アレクシスにも同様にイザベラ留学の件を話した。

「少し不便な場所ですが、よろしいのですか？」

アレクシスの言葉にヴィクトリアがにっこりとする。

ギルベルトはがっちりとアレクシスの手を握って「感謝する、フォルクヴァルツ卿！」と感極まった様子でそう言った。

そこへ、来場者の知らせが入る。

帝国第一皇女エリザベートの登場だった。

その場の出席者は一斉に、エリザベートに注目する。

今夜の主催者であるフェルステンベルク公爵が挨拶をするために進み出て、エリザベートに一礼する。

「フェルステンベルク公、遅れての出席ですまない。が、卿にとって吉報をもってきた」

「なんでございましょう、エリザベート殿下」


「どうやら私は数時間前に伯母上《おばうえ》と言われる身になったようだぞ」


ニヤリとエリザベートは笑う。

その言葉の意味はマルグリッドの出産があったことを意味する。

フェルステンベルク家の跡取りだ。

公爵は感極まって泣き出しそうになるのを堪《こら》えている。声を出せばうれし泣きになるに違いない様子を見て、エリザベートが声をあげる。

「会場にいる全員に伝えたい。我が妹、マルグリッドに男子が誕生したとの知らせが入った。今宵《こよい》の主催者フェルステンベルク公の初孫だ！　盃を持って祝いの言葉を今宵の主催者に贈ろうではないか！」

エリザベートが準備させたのだろう。その言葉で会場にいる給仕たちが、参加者全員にグラスを配る。グラスはハルトマン伯爵領で作られたもので、祝い酒として持ってきているのはエリザベートが辺境領から買い上げたシードルだった。

透明なグラスの中を金色の泡が優雅に上っていく。

ヴィクトリアとアレクシスもグラスを渡され、エリザベートが乾杯の音頭《おんど》を取ると、参加者は公爵に祝いの言葉を紡ぐ。

そんなお祝いムードの中に、更なる吉報がもたらされた。サーハシャハルに嫁いだ第五皇女グローリアの出産の知らせである。

令嬢誘拐事件の主犯ではないが、実行犯が早期に捕まり、帝国の皇女二人が嫁ぎ先で跡取りを出産という知らせに、昨年のヴィクトリア婚約に引き続き、帝国中が今年もお祝いムードに包まれるのだった。

十話　第六皇女殿下は黒騎士様の花嫁様

社交シーズン終盤。エリザベートがハルトマン伯爵領から帝都に戻ったところで、今期のヴィクトリアの社交はおしまいと姉たちから告げられた。

最初こそはりきっていた社交シーズンの夜会だったが、周囲からの「まだ結婚はしていないのだから、婚約はなかったものとして別の結婚相手を」などという勝手な話が広がり、テンションが下がっていたヴィクトリアにとっては朗報だった。

「ただし、このままシュワルツ・レーヴェに戻って領地経営とはいかないぞ」

ヒルデガルドのその言葉を聞いて、思いっきりどうして？　という表情をする末の妹の様子に、姉たちは噴き出しそうになる。

「だってお前は領地経営じゃなくて、今回はやることが山積みなんだよ」

ヒルデガルドが呆《あき》れたようにヴィクトリアに言うと、ヴィクトリアは小首をかしげる。

「はい？」

「結婚式の準備があるだろう？」

ヒルデガルドの言葉を聞いてヴィクトリアははっとする。

「帝都の大聖堂を押さえてあるし、花嫁衣裳も仮縫いのままだし、招待客を決めるのも」

ヒルデガルドが指を折りながら結婚式までのプロセスを確認するように言うと、花嫁になるヴィクトリアはきょとんとして尋ね返す。

「え、帝都で挙式？ なんで黒騎士様の領地ではダメなのですか？」

「は？ マルグリッドの時もそうだっただろう⁉ だいたい皇女の挙式は帝都で……」

「誰が決めたの？」

ヴィクトリアの素直な問いに、姉たちは顔を見合わせる。

「そういう決まりなの？」

他意はなさそうな純粋な質問に、ヒルデガルドが言葉を詰まらせる。

「決まりというわけではないが……」

「じゃあ、シュワルツ・レーヴェで式を挙げてもいいのよね？」

ヒルデガルドとヴィクトリアのやりとりを黙って見守っていたエリザベートは、扇を片手でパチパチと閉じたり開いたりと弄《もてあそ》び、末の妹ヴィクトリアは何を考えているのだろうと思案にふける。

皇女の挙式——前例でいえばマルグリッドだ。フェルステンベルク家に嫁ぐ形にはなったが、公爵家は帝都に隣接する領地であり、当主であるフェルステンベルク公爵はこの国の宰相《さいしょう》。マルグリッドの相手メルヒオールは、その公爵家の跡取り息子で内政官としても有能。互いの立場にふさわしく、政権の中枢である帝都の大聖堂で挙式した。

「せっかく今シーズンの夜会でシュワルツ・レーヴェについてアピールしたのですよ。そっちで挙式したいです。一応、昨年シュワルツ・レーヴェに入領した時に、いろいろ準備を進めていたんですよ」

ヴィクトリアの言葉にアレクシスは驚く。領地開発の提案だけにとどまらず、結婚式の準備を辺境領に来た時から進めていたことを知らなかったからだ。

というのも、本来二人で相談して進める案件なのだが、ヴィクトリアとしては、「黒騎士様は領地のことでお忙しいから、そこはわたしがフォローしないと！」という気持ちが勝っていた。またヴィクトリアの降嫁《こうか》についてアレクシスは当初受けていいものかと悩んでいたことを副官のルーカスとの会話の端々で感じ取り、土壇場で「やっぱりやめる」とか言い出せない状況を作っておこうと考えて、準備を推し進めていたのである。

シュワルツ・レーヴェの工務省から、迎賓館《げいひんかん》クラスのホテルの建設がほぼ完了したとの報告も上がっている。そこで働く人員はアクア・パーク支配人バッヘムの、かつての人脈によって増員している報告も受けていた。

「わたしと黒騎士様の家族は、領主館別館に泊まっていただけば大丈夫よね？　マルグリッド姉上が考えてくださったスパだけじゃなく、いろいろ増設したし」

「まー別館はホテル並みだから問題はないけどー」

シュワルツ・レーヴェに現在も長期にわたって滞在しているシャルロッテも肯定する。

「それに、帝都の大聖堂で挙式すると、変な争いが生じそうでイヤです」

ヴィクトリアが言うのは多分、出席者のことだろう。資格もないのに招待されなかったとか言い出す輩《やから》が出てくるのは想像できた。そういう人間は辺境領で挙式するとなると、遠方なので式に出席したいとは言いださないだろうという目論見《もくろみ》もあるようだ。

「出席者を厳選するといっても……シュワルツ・レーヴェの教会では客が入りきらないだろう？」

ヒルデガルドが招待客の人数を計算してそう告げるが、ヴィクトリアは不思議そうに尋ね返す。

「ねえ、なんで挙式が大聖堂でなければダメなの？　祭壇を作ればそこでいいのでは？」

「祭壇を……作る……ヴィクトリア、お前、ウィンター・ローゼのどこで挙式する気だ？」

それまで沈黙してヒルデガルドとヴィクトリアの会話を聞いていたエリザベートが問いかけた。ヴィクトリアはよくぞ聞いてくれました！　とでも言いたげに菫《すみれ》色の瞳を煌《きら》めかせる。

「クリスタル・パレスです！」

その一言を聞いて、姉たちは「ああ～」と納得するような声をあげた。

そこならば、広さも申し分ない。ガラス張りの巨大温室に、急ごしらえとはいえ祭壇を設置。外観も中の花々も、挙式会場として華やかさの点では大聖堂にもひけはとらないというか、勝っているかもしれない。

「素敵でしょう？　教会や聖堂みたいな厳《おごそ》かな場所での挙式もいいですが、巨大温室公園クリスタル・パレス。ステンドガラスはありませんが、質のいいガラス張りの城を模した外観は目立つし、中には噴水もあって水が光を反射して綺麗《きれい》だし、お花もたくさんあって可愛いし……ガーデン・ウェディングですよ！」

領地経営に関して、類《たぐい》まれな提案を発揮し続けてきたヴィクトリア。

自分の挙式のプロデュースもするつもりなのだ。

「緑と花と水に囲まれた素敵な会場での挙式。これって、わたしがやれば、帝都のまだ未婚の女性もちょっと憧れちゃう～とか思ってくれそうじゃないですか。これが成功したら、教会の予約が取れない～でも式はあげたい～と思ってる人だって、こういう方法もあるんだって思ってくれそうでしょ？　それにシュワルツ・レーヴェのウィンター・ローゼで挙式するとね、そのままニコル村に行って、お船で新婚旅行とかもできそうでしょ？　女の子にとって結婚式は一世一代の晴れ舞台だし、このぐらい派手で華やかな感じがいいと思うの！」

身振り手振りで姉たちに説明する。自分で自分の結婚式をプロデュースする貴族の令嬢なんて聞いたこともない。おまけにそれを新たな領地に収益をもたらす企画として上げてくるヴィクトリア。破天荒な妹の発言を聞いてさすがの姉たちも驚いたようだ。

「……お前……そこまで考えてたのか？」

ヒルデガルドの言葉にヴィクトリアは頷《うなず》く。

「式の進行は従来通りにしておけば、問題はないでしょ？　黒騎士様には、当日の警備関連についてご相談しようと思ってました」

姉たちはヴィクトリアの隣で呆然《ぼうぜん》としているアレクシスに同情の視線を向ける。

「フォルクヴァルツ卿《きょう》、その表情からして、この挙式プランに関しては今初めて聞いたようだな……一度全部この強引な妹からよくよく聞き取りしておいた方がいいだろう」

エリザベートに言われてもう一度、アレクシスはヴィクトリアを見つめる。

「黒騎士様は、もう全面的にトリアちゃんにお任せしちゃえば？　なんといっても企画力は天才ですよ、うちの妹」

シャルロッテも頷く。

「素敵な式にします！　それに触発されてエリザベート姉上が結婚に前向きになったら、今まで必死にエリザベート姉上との結婚をまとめようとしていた貴族の方々に、これぐらいやらないと結婚したいと思ってもらえないのでは？　とか言えちゃいますよね⁉」

エリザベートは最後の一言で頭を抱えた。

言われっぱなしなのが悔しいらしく、エリザベートはアレクシスに言う。

「本当に、フォルクヴァルツ卿にはこんな妹で苦労をかけるというか……」

「いえ、私自身が結婚するとは思わなかったので、ヴィクトリア殿下の提案ならば、それも楽しそうです」

アレクシスの「自分が結婚するとは思わなかった」という言葉は、この場にいる姉たちには共感できる一言だった。

そして末の妹を見つめ、衣裳についての打ち合わせには必ず戻るようにと釘《くぎ》を刺した。

現在の帝都は、第五皇女グローリアが婚約を決めた時の帝都の状態になっている。

ただでさえ諸外国からの来賓《らいひん》が多い社交シーズンで、帝国の美しい姫君をぜひ我が国に迎え入れたいと、皇帝に直接願い出る使者もいるようだ。

そうした手順を踏む者もいれば、無断侵入者も増えている。

捕まえてみればやはり各国の王侯貴族の手の者だったりするので、外務省がその対応に当たっていて慌ただしい。

挙式が帝都ではなくウィンター・ローゼならば、そういった邪魔は入らないだろう。

末の妹がそこまで考えていたのかどうかはわからないが、突拍子もないが、かなりいい案であるような気もして、エリザベートは頷く。

「じゃ、姉上、またドレスの打ち合わせの時に来ます！　ロッテ姉上、帰りますよ」

　シャルロッテとアレクシスの腕を引いてヴィクトリアは魔法陣に入る。専属侍女のアメリアも付き従った。ヴィクトリアのそのご機嫌の良さといったら、実の姉たちから見ても眩《まぶ》しいものだった。本当に小さな時は社交界に憧れている様子だったのに、今は社交界がヴィクトリアを待ち望んでも、彼女は黒騎士様のシュワルツ・レーヴェと、その領主である黒騎士様の方が何倍も大事らしい。

　転移魔法陣でウィンター・ローゼに戻ったヴィクトリアたちをセバスチャンが出迎える。いつにも増して、ヴィクトリアの嬉《うれ》しそうな笑顔が眩しいとセバスチャンは感じた。

　社交シーズンが始まった頃も、確かに嬉しそうではあった。

「黒騎士様とおめかししてお出かけです！」と。確かに貴族の令嬢のデートらしいデートといえば社交シーズンの夜会だ。しかし、ヴィクトリアはリーデルシュタイン帝国の皇女。夜会に出席すれば外交的な仕事もその場では出てくるだろう。デートらしいデートとはいえなくなってきて、転移魔法陣で帝都に移動して戻る度にため息も増え、社交シーズン当初よりもテンションは下がっていたように思う。

　しかし今、ヴィクトリアは晴れ晴れとした表情だ。

「戻ったわ、セバスチャン。聞いて、社交はもうおしまいなの！」

　ヴィクトリアは出迎えたセバスチャンに嬉しそうにそう言う。

「お疲れさまでございました。殿下」

「一番疲れたのは黒騎士様です。黒騎士様、本当にお疲れさまでした」

アレクシスに向き直って、ヴィクトリアはそう告げる。

「これでしばらくはシュワルツ・レーヴェでゆっくりできますね」

「ゆっくり？」

「社交がないってだけでゆっくりできると思いません？　わたし、マルグリッド姉上を尊敬します。あの社交シーズンを何度もこなしてきたのは、マルグリッド姉上ぐらいですよ。そうそう、ねえセバスチャン、そのマルグリッド姉上とグローリア姉上に男の子が誕生したのよ！」

その言葉にセバスチャンも驚いた様子だ。

「なんと！」

「母子ともに健康で、フェルステンベルク公爵も大喜びでした。サーハシャハルも今頃は国を挙げてお祝いしてる頃じゃないかな？」

「なんとめでたい……ようございました」

国の元家臣の一人として、セバスチャンには思うところがあったようで、この報告にいたく感激している様子だった。

「あとは、姫様と閣下のご結婚式ですね」

アメリアの言葉に、ヴィクトリアは嬉《うれ》しそうに頷《うなず》くのだった。

シュワルツ・レーヴェでは春を迎えて、領民は酪農に精を出す。

雪が解け、ヴィクトリアが魔法で作り上げた街道も通行できるようになったため、観光地としてのサービス業を請け負う領民たちも少しずつ仕事が増えているようだ。

「帝国語が上手いね、アンタ、もっと南の国から来たんだろ?」

「ああ、ココはすごいね、仕事がある。顔に傷もあって足の不自由なオレにも仕事がもらえるなんてなかなかないよ」

「今が一番、出稼ぎにはいい時さ。雪も解けて、なによりもここの領主様とウチの国の姫様の結婚式が行われるんだ。もともと辺境の田舎で何もないところだったが、いまじゃ、北の帝都とまで言われてるらしいからな」

「へえ……結婚式……」

「すっげえ大魔法を使うお姫様さ。可愛いくて綺麗《きれい》で、何よりあのおっかない顔の領主様にぞっこんで、男は見た目じゃなくて中身って思ってんだろ。オレなんかも希望がもてるってもんよ。さー稼ぐぞー」

気のいい地元の領民らしい男はそう言って、足の不自由な男から離れた。

「すっげえ大魔法……ね……」

「アニキ——！」

足の不自由な男にアニキと呼びかけて、走ってくる男がいた。弟ではないようだ……。

「例の『作業』終わりましたぜ……」

男に近づいて、小さい声で報告する。

「実際に作動するかどうか、わかりませんが……」

「『依頼品』を封印する道具はあるから、騒ぎに乗じていけるだろう」

アニキと呼ばれた男は、街の中央にそびえ立つガラス張りの城に目を向ける。

「なんでも会場になるらしいから、好都合だ」

視線を外して、うつむきながら男は暗く微笑《ほほえ》んだ。


ヴィクトリアが領地であるシュワルツ・レーヴェに戻ったと聞いて、ヴィクトリア目当ての諸外国の貴族たちが観光と称してウィンター・ローゼを訪れている。

会見を請う手紙も多く来るが、それだけではなく直接面会に訪れる者もいる。

そういった相手には「挙式準備で多忙につき、お取り次ぎできません」とセバスチャンと第七師団が全面的に断りを入れていた。

念を入れて、領主館における第七師団の護衛を以前より増員した。

護衛の増員は慣れているが、本来ならば、領地に戻ったので村のあちこちに移動して、領民が冬の間どんな様子だったのかを視察したかったようだ。せめて街の中をと思っても、小さな身体の時のように、自由に思うままに街の様子を見に行くことができないヴィクトリアは、少し残念そうではあった。

「帝都のお忍びデートの時、せっかく黒騎士様が視察に行こうって誘ってくださったのに、その時間が取れないって、どういうことだと思う？　アメリア」

「挙式目前なのですから、視察に行くというのがそもそも無理ではないかと。しかし姫様、念願の挙式です。万全を期して臨みませんと」

「……」

「こんな土壇場で閣下の気が変わったらどうします？　例の『やっぱり俺にはもったいない』とか『やっぱりまだ当面は婚約のままでとか』言い出したら……」

アメリアの発言に、はっとしてヴィクトリアは頷《うなず》く。

「退路を断たないとね」

「姫様……その言い方は……」

二人の後ろでそんな会話を聞いて、アレクシスが笑いを堪《こら》えていた。

「殿下」

アレクシスの声を聞いて、二人はびくっと背筋を伸ばす。

「お、お、おはようございます黒騎士様！　ええっと、その、いつからそこに……？」

「さあ、いつからだろうな。今日はクリスタル・パレスで会場の打ち合わせだろう？」

敬語を使わない彼の言葉に、ヴィクトリアは嬉《うれ》しそうに彼の腕につかまった。

クリスタル・パレス――それはシュワルツ・レーヴェ領の新街ウィンター・ローゼの観光名所として、帝国では有名になりつつあるガラスの城を模した巨大温室公園だ。

広いエントランスホールに中央の噴水。突き当たりには静かな流水階段もある。

流水階段の前に祭壇をしつらえて、客席を扇型に設置するのはどうかと、工務省のデザイン局から意見が出される。

緑と水。ガラスの向こうに春の青空が広がる自然と一体化したこの場所は、大聖堂とはまた違った趣《おもむき》の式場のレイアウトだ。

「わあー！　素敵!!」

ヴィクトリアは両手を広げて祭壇設置の準備をしている場所まで早歩きで進む。

「客席が扇状になるのか……」

会場の設置を請け負った工務省の職員が答える。

「はい。晴れの挙式ですから、中央の噴水も設置する祭壇もお二人の姿もご参列される方にはよく見える配置に整えました」

春の女神かと思わせる笑顔のヴィクトリアを見て、職員たちもつられて笑顔になっている。

「結婚式も従来とは異なる場所でとは……このクリスタル・パレスならではの景観の良さが発揮されますな……」

噴水の水位や水量も調節してみようと、その場でヴィクトリアは提案していく。

「姫様～こちらにいらしただか～」

「トマスさん？」

クリスタル・パレスを管理するナナル村出身のトマスが白い花を抱えてやってくる。

「試しにいろいろ考えただよ～結婚式のブーケですだ～。こんな形になるだで」

「わあ」

白いバラをメインに、ところどころ紫色の小さな花をあしらい、丸く可愛らしいブーケになっている。

「領主様、どうですだ？」

ブーケのサンプルを手にして嬉《うれ》しそうにくるくるとその場を回るヴィクトリアを見て、アレクシスは頷《うなず》く。式場に飾る生花の打ち合わせをと、工務省のスタッフがトマスと一緒にエントランスから離れて行く。

ヴィクトリアは見本のブーケを熱心に眺めて呟《つぶや》く。

「いいのかな……わたしばっかり幸せな気持ち」

相手の黒騎士様に迷いはないのだろうかと思うヴィクトリアだったが、彼を見てドキリとする。

「ヴィクトリア」

「……はい……」

いつものように彼はヴィクトリアに手を差し伸べるので、ヴィクトリアはブーケを片手に彼の手を取る。

「似合ってる」

「え、本当ですか？」

ウェディングドレスの仮縫いの時も、今のブーケの時も天真爛漫《てんしんらんまん》に幸せそうに笑う彼女が本当に綺麗《きれい》で、アレクシスは眩《まぶ》しかった。

そして……挙式当日――。

出席者は今までにない式場に戸惑いながらも、緑と花に囲まれて青空を見渡せるクリスタル・パレスの会場で、花嫁となるヴィクトリアを待った。

マルグリッドとサーハシャハルから祝いにきたグローリアの腕には、生まれて一月近くになる小さな男の子がおとなしくすやすやと眠っていた。

父親であるリーデルシュタイン帝国皇帝に付き添われ、ヴィクトリアの長いベールとドレスのトレーンが式場の通路に広がる。

会場の一角では楽師たちが幻想的な曲を静かに奏《かな》で、アレクシスは式典用の軍服姿で皇帝に付き添われるヴィクトリアを祭壇の前で待っていた。

皇帝自身が一人の父親として娘を嫁に出す情景。

花嫁衣裳を着たヴィクトリアの美しさは想像以上で、参列している客たちも、祭壇に立つアレクシスに対して改めて嫉妬と羨望の眼差《まなざ》しを送る。

白いウェディングドレスを纏《まと》った彼女は綺麗《きれい》で、今更ながら、彼女との結婚が夢のようだとアレクシスは思う。

皇帝が娘の手をアレクシスへと渡したところで、楽団の奏でる音楽が更に静かになり、最後の一小節が終わった。教皇が二人に祝福の言葉をかけ、次に誓いの言葉をなぞるように宣誓をはじめようとした――。

その瞬間。

クリスタル・パレスの一部のガラスが……轟音《ごうおん》と共に砕け散った。火薬の匂いと散乱するガラスの破片。そして煙が広がる。

出席者たちも教皇も大混乱に陥った。

「何だ、これは！」

皇帝とエリザベートが魔法を発動しようとしたが、違和感にはっと顔を見合わせた。

「父上、姉上、お客様の安全をお願いします！」

ヴィクトリアがそう叫んで走りだす。

「ヴィクトリア、動くな！　この空間には耐魔法術式が施されている！　魔力に制限がかかっているぞ！」

エリザベートが声を上げるが、クリスタル・パレスの中も外も、領民や出席者がパニックに陥っていた。

「第七師団！　出席者の避難の誘導を！　クリスタル・パレス外にいる領民もだ！」

アレクシスが指示を出す。まるでそこだけがいきなり戦場になったかのような騒ぎだった。

アレクシスもヴィクトリアも、建物の外にいる挙式を祝いに来た領民たちの元へと走り出す。

爆薬以外にもエントランスから大量の煙が流入し、それまでの景色と一変する。

第七師団の軍服を着た二名の団員が「殿下はこちらへ！」といって、ヴィクトリアの腕をつかみ、その細い腕にバングルを嵌《は》める。第七師団の軍服を着ているが、明らかに異国の男たちだった。しかし濃い煙によって制服の袖の端しか視認できなかった。

耐魔法術式が施されているところをシャルロッテが魔導具で感知し、アレクシスの指示で第七師団がその破壊を試みる。一つを破壊すると、エリザベートと皇帝の魔力で残った耐魔法術式を破壊、魔力全開にして周囲を防御しつつ煙幕を消し去った。

そしているはずの……ヴィクトリアの姿がなかった。

消え去った煙幕と一緒に、彼女も消えていたのだ。

立ち尽くすアレクシス。出席者の中の他国の王侯貴族が、同情しつつもどこか溜飲《りゅういん》が下がったように黒騎士に視線を向ける。

あれだけ綺麗《きれい》な花嫁を目の前で攫《さら》われた。やはり辺境伯とはいえ、一貴族の男には分不相応な姫君なのだ——そう思う者も実はいたのだが……。

今のアレクシスを目の前にしたら、その男は恐怖で失神したに違いない。


「馬を出せっ!!」


戦神の怒りを思わせるアレクシスの叫びに周囲は息を呑《の》む。

愛馬であるオーニュクス号が団員たちの手から離れ、アレクシスの前に走りこんでくる。

そんなアレクシスの横で子犬がキャンキャンと吠《ほ》えた。アッシュだった。アレクシスがアッシュを抱き上げてオーニュクス号に飛び乗ると、アッシュが遠吠えをする。

ウィンター・ローゼの街門の外から、アッシュの遠吠えに呼応するように狼《おおかみ》のクロが吠えるのが聞こえた。

青空に影が差し、街を暗くした。雲が太陽の光を遮ったのではなく、上空で無数の鳥が羽ばたき、ウィンター・ローゼの空を横切っていく。

「アッシュ！　ヴィクトリアはどっちだ！」

アッシュが吠えたてると、オーニュクス号は一人と一匹を馬上に走り出す。

上空を横切る鳥の群れを追い抜き、ウィンター・ローゼの街門を嵐のように駆け抜けた。

「第七師団はフォルクヴァルツ卿《きょう》に続け！」

ヒルデガルドが指示を出すと、既に街門を抜けたアレクシスを追い始めた……。


馬車はかなりの速度で進み、窓からの景色が流れるように過ぎていく。すでにウィンター・ローゼを出ていた。この馬車の中には三人の男とヴィクトリアがいる。

多分どこからか盗んだのだろう第七師団の制服を着た男が二人と、その二人の真ん中に、帝国の貴族……招待客に扮した服装の男が一人、ヴィクトリアの対面に座っていた。

この第七師団の団員に扮した男二人が、ヴィクトリアの手首に魔力を封じるバングルをはめ、あの場から彼女を連れ去った。

男たちを見ると、どう見てもサーハシャハル出身の人物と思われた。招待客に扮していた男が満足そうに葉巻に火をつける。

この三人が会場に耐魔法術式の装置を設置。警護の一環に見せかけて、皇族の魔力を封じる算段だったのだろう。

そしてヴィクトリア自身にも魔力を封じるバングルをはめれば、抵抗されることもない。以前、ハルトマン伯爵をクリスタル・パレスに案内した際に使用したものよりもはるかに改良されたものだった。

多分今頃は煙幕も消え、残った爆薬も回収されている。設置した爆薬が爆発しなかったのが証拠。だが、目的である花嫁略奪には十分な時間だったようだ。

『コレがあの男の依頼の品か……もったいねえな～若くてキレイで、まっさらなお姫様も、あのエロ爺《じじい》の慰み者か……もうアニキがヤッちゃってもいいんじゃないですか？』

明るい茶色の髪の男が、ヴィクトリアをコレ呼ばわりする。

アニキと言われた中央に座る男が紫煙を吐き出した。

『手は出すなよ。報酬は前金で島一つ、すでに貰《もら》い受けているからな』

右側に座るアッシュブロンドの髪の男が、止めるように言う。

『島一つっすか……』

『ちょっと前に国で起きた例の事件をもみ消すために、船での生き残りも何人か身代わりに牢屋《ろうや》にぶちこんだろう？　その代償も兼ねてるからな。ボスの右足を切断したあの男から奪っただけでも、報酬以上の価値はある』

サーハシャハル語で語る彼らの会話を、ヴィクトリアは人形のように微動だにせず聞いていた。

サーハシャハル語。

第七師団の軍服を着ているが、その荒《すさ》んだ雰囲気は軍人ではない。島一つという報酬。魔力を封じるように改良されたバングル。自分を依頼の品と言った。こんなことをしでかしそうな人物に心当たりがあった。

『ルトラ殿下』

ヴィクトリアの一言に、沈黙していた顔に傷のある男が葉巻をくわえて暗く笑う。

『聡明なお姫様だな』

『帝都の社交シーズンで令嬢が行方不明になった件も……彼女たちをどうしました？』

『大丈夫、みーんなお姫様を待ってるから。ねえアニキ、傷をつけないようにするから、ちょーっと味見してもいいよなあ？』

この場で魔力が使えたらと、ブーケの影に隠れているバングルを握る。

一見装飾品に見えるだけに、忌々《いまいま》しく感じる。

このバングルを外す方法を考え、ヴィクトリアは決心した。

『刃物で脅そうとするな。しまっておけ』

葉巻の男の右側に座っている男が言う。

まるでヴィクトリアの考えを読んだかのようだ。ヴィクトリアが考えたのは、男の刃物で自分の手首を切り落としてバングルを外し、魔力を解放すること。

ただし、魔力を封じられている現状で、この手を切り落とすことは一種の賭けだ。骨まで切断できるかどうか。できなければバングルは外れない。そして恐ろしい痛みが待っている。でもいざとなったらやるべきだとヴィクトリアは決意していた。

『皇族の姫様だ。下手に手を出して自害でもされたら報酬が消える』

男の葉巻の灰が馬車の床に落ちた瞬間、馬車が激しく揺れた。

ヴィクトリアに手を出そうとしていた男が、何が起きたのか確認しようと馬車の窓から覗《のぞ》く。

『ちっ、もう追いかけてきやがった！　なんかでかい黒い狼《おおかみ》もついてきてやがる！』

アレクシスの乗る愛馬を先導するように、馬車を追うのは黒い狼。シュワルツ・レーヴェ辺境を守護するクロだ。

尋常じゃない大きな体躯《たいく》の狼クロの気配に、馬車を牽《ひ》く馬が必死で走るが、その後輪をクロの牙に粉砕された。

馬車は激しく揺れたが、ヴィクトリアはソファの背もたれをしっかり掴《つか》んで、叫び声一つ上げなかった。

クロの唸《うな》り声がすぐ近くで聞こえて、馬車が止まる。

「クソ！　帝国の辺境は魔獣が多いとは聞くがこれかよ！」

ヴィクトリアに手を伸ばそうとした若い男がそう叫んで、傾いた馬車のドアを蹴破った。

「ヴィクトリア!!」

傾いた車内のヴィクトリアの耳に聞こえてきたのは、アレクシスの声だった。

その声は遠くからだが、確かにヴィクトリアに聞こえた。目の前の男たちにも聞こえたようだ。

「黒騎士様!!」

ヴィクトリアは叫ぶが、右側のアッシュブロンドの男が拳銃を取り出し、発砲する。

クロをその発砲で威嚇《いかく》し、馬車から距離を取らせた。

「お姫様を連れていけ、例の場所で落ち合うぞ」

葉巻をくわえた男が、アッシュブロンドの男にそう指示を出す。

「しかし」

「ヤツに切り落とされた右足がひりつくんだよ、オレは残る。行け！」

その言葉を合図に、アッシュブロンドの男が再び発砲し、クロをさらに威嚇して馬車からヴィクトリアを引っ張りだして肩に担ぎ上げる。

「嫌！　離して!!」

担ぎ上げられたヴィクトリアは男の背を叩《たた》くが、魔力を封じられたヴィクトリアはただのお姫様でその力は弱い。

馬車を牽《ひ》いていた馬にヴィクトリアを乗せ、自らも騎乗する。

「離しなさい！　黒騎士様、黒騎士様――！」

「ヴィクトリアーー!!」

アレクシスがもう少しで止まった馬車に届くというところで、ヴィクトリアは再び馬で連れ去られた。

ヴィクトリアの視界にアレクシスが映るが、その姿はまた遠のいていく。

クロがヴィクトリアを追いかけていくのがアレクシスの視界に映る。あの辺境の守護獣ならば、ヴィクトリアを護ってくれるだろう。

そのアレクシスとオーニュクス号の前に、馬車から出てきた葉巻をくわえた男と調子のいい男が立ちふさがる。

『オレらの依頼人もアレだけど、ご面相ならこっちの方がおっかねえじゃんよ。これと結婚するとか、あのお姫さんの好みはどうなのさ』

『お貴族様だからな、外見の好み云々《うんぬん》は二の次、家格のつり合いだろうさ、ましてこの男に皇帝がくれてやった褒賞品』

『もったいねえ』

アレクシスはオーニュクス号から飛び降りざまに、男二人に剣を振りかざす。

『右足の借り、返さしてもらうぜ帝国の黒騎士!!』

互いの剣が力任せに重なり合う音が鳴り響く。

——帝国製の義足、悪くねえな。

アレクシスと一度、剣を交わした男は、義足の強度を案じたが、剣で受けることができて満足そうに口元に笑みを浮かべる。

次に繰り出す攻撃への踏み込みも、申し分ないと男は思った。

クロの襲撃で馬車の御者台から投げ出された男も、剣を抜き、アレクシスに向かって切りかかる。

剣を合わせて力の押し合いをしていたところの隙をついた形だが、アレクシスは力を抜き、バランスを崩させて、自分に切りこんできた御者の首を刎《は》ね飛《と》ばす。

――本当に馬鹿力だな！　おまけにためらいも容赦もねえ！

その一連の動作の速さに、軍服を着こんでいた男は息を呑《の》む。

アレクシスの巨体が、まさかそんな速さで攻防の切り替えをするとは思わなかったのだろう。

『速ぇえ……っ！』

そう呟《つぶや》いた瞬間、軍服の男の身体をアレクシスの剣が貫いていた。

『う……そ……だろ……』

「俺の団の軍服を勝手に着るなコソ泥が」

そう言いながら、その巨体を反転させるように剣を引き戻して、アレクシスは男の首を刎ねた。

――っち、あっという間にタイマンかよ！

義足の男は内心舌打ちをする。

――おまけに、返り血一滴浴びてねえって、どんな化け物だよ！

その思考の合間にも、アレクシスの剣先が義足の男に襲い掛かる。

その剣を剣で受けながら、男は言いようのない高揚感を抱いていた。

右足を失った時の船上での戦闘の感覚が男を包む。

今までも、海の上で人を襲い、奪い、殺《あや》めてきたが、はっきりとここまで命の危険と隣り合わせな戦闘は、数えるほどしかなかった。ここ数年来では一番の敵だ。

アレクシスの素早い剣の動作を剣で受ける。そして先ほど、アレクシスがやったように力を抜きバランスを崩させて斬りこむが、アレクシスは剣で受けた。

――バランスを崩したはずなのに、すぐさま体勢を立て直して次の攻撃に入ってきやがる。

『くそ！』

そして何度目かのアレクシスの上段からの攻撃を男は受け止める。

足元が地面に押さえつけられるような衝撃。

――とんでもねえ……力だ！

男の右足……義足の足首部分から脛《すね》にかけてミシリと音がしてヒビが走る。

その違和感に男は背筋に冷や汗を流す。

剣と剣の、力と力の拮抗《きっこう》が崩れる瞬間だった。

「悔い改める時間は、もういいな。改めもしないだろう。貴様は万死に値する」

アレクシスは紺碧《こんぺき》の瞳を据えてそう言うと、男の剣から自分の剣を離した。

再び上段からの攻撃を予測していた男だったが、アレクシスの剣は心臓を貫く。

男が思考をする前に、その突きで命を奪った。

アレクシスの戦闘が終わるのを待っていたかのように、オーニュクス号がアレクシスの前に現れ、アレクシスは再び騎乗して、ヴィクトリアが連れ去られた方向へと走り出した。

ヴィクトリアを連れ去った男は、銃でクロを威嚇《いかく》しながら、馬を走らせていた。

射程距離を考えているかのように、ヴィクトリアを追っていたクロが立ち止まり遠吠《とおぼ》えをする。

遮蔽物も何もない平原に、クロの咆哮《ほうこう》が響き渡った。

銃を向けられ、射程距離が縮まらない状態に焦れて吠えたという感じではなかった。

男は馬を走らせながら訝《いぶか》しむ。その咆哮は、この青空に似つかわしくない異様な雲を呼び寄せているかのようだった。

『ち、ここで雨雲か……』

男はそう呟《つぶや》き、ウィンター・ローゼが位置する方向から迫りくる雨雲を見つめた。しかし、それは雨雲ではなく……青空を覆う鳥の大群。

種類も異なるのに、大群をなして空を飛行し、ヴィクトリアを連れ去る男の方へ向かってくる。

異様な上空の気配を察した馬が嘶《いなな》き暴れはじめる。

鳥の大群は上空で旋回した後、男の進路をふさぐ形で低い飛行で男に当たる。

『くそ！』

追跡は躱《かわ》せると思っていたのに、進行を阻《はば》まれた馬がいま来た方向へと暴れながら回る。

男の周囲に小鳥が群がり、視界を塞ぎ始めた。

『なんだ、この鳥はっ！　チクショウ‼』

ヴィクトリアを掴《つか》んでいた手を離し、両手で鳥たちを追い払おうとするが、鳥はさらに群れを成して男に襲いかかり、男は落馬した。ヴィクトリアも引きずられて落馬する。

落馬した男の周りにだけ鳥がさらに群がる。

ヴィクトリアは落馬して身体を打ち付けるが、痛みで動けないほどではない。自由になったので馬車の方向へ走り始めた。

『まて！』

男の声を無視して、草原の中を走っていく。ヴィクトリア自身は走っているつもりなのだが、生い茂った草や高いヒールの靴のため、歩くのと変わらない速度。

それでも男に捕まえられないのは、鳥が男を襲っているからだ。

「黒騎士様……」


身体の痛みと心細さで泣き出しそうになるけれど、泣くよりも、今はこの自分を連れ去ろうとする男から少しでも離れるのが先だとヴィクトリアは思う。

馬車に残った男たちとアレクシスがどうなったかも気になっていた。

残された馬がヴィクトリアの横におとなしく付き従い、伏せた。

「乗せてくれるの？　ケガはなかった？　ごめんね、必死で掴《つか》まれて痛くなかった？」

ヴィクトリアが横乗りすると馬は立ち上がりゆっくりと歩き始める。

「ありがとう。怖いけど、さっきの馬車のところまで行ってほしいの。わかる？　大丈夫よ。クロはわたしのことを守ってくれただけだから、お前を襲ったりはしないはず」

言葉がわかるのか、ゆっくりとだが、壊れた馬車の方へと馬は進み始めた。

何もない平原。

振り返ると、男を襲撃する鳥の群れからはかなり距離ができた。それでも、馬車の影は見えない。

馬の横に狼《おおかみ》のクロが並ぶ。

「ね？　クロは頭のいい子だから襲わないでしょ？　クロ……黒騎士様はどっちにいるかわかる？」

クロは少し速度を上げて、馬を先導するように歩き始めた。ヴィクトリアを乗せた馬はおとなしくその後ろをついて行く。そしてしばらくすると、クロはピタリと足を止めた。

耳を澄ますと、キャンキャンと小さな鳴き声が近づく。

「アッシュ！」

ヴィクトリアが馬の首をそっと叩《たた》くと、馬は歩みを止め、ヴィクトリアは思い切って飛び降りてアッシュの声の方へ歩き出す。

「アッシュ！　黒騎士様は!?」

小さな狼《おおかみ》の子はヴィクトリアの傍《そば》に来て、ちぎれんばかりにしっぽを振る。

アッシュが走ってきた方向へ視線を向けると、遠くに黒い影が見える。

その影はだんだんと近づいてきて、彼の姿がはっきりと見えた。

ヴィクトリアはアレクシスの元へと走る。

「黒騎士様!!」

アレクシスを乗せた愛馬は、ヴィクトリアの傍に着くと、速度を落とした。

アレクシスは愛馬から飛び降りて、ヴィクトリアを抱きしめた。

その力は息ができないほどだけど、それ以上に安心感があった。それまで彼女を抱き上げる時、彼は常にそっと壊れ物を扱うように触れていた。

こんなふうに力任せにヴィクトリアを強く抱きしめることはなかった。

腕の中でヴィクトリアがじっとしているのに不安になったのか、力を緩める。

「クロが助けてくれたの……鳥たちが男を襲って、その隙に逃げてきたの……魔法を封じられなければ……こんなことにはならなかったのに……」

ヴィクトリアは自分の腕にはめられているバングルを見つめた。

アレクシスは忌々《いまいま》しそうに彼女の腕にはめられたバングルを握り、粉砕した。

魔力が戻ってくるのがわかると二人は、ほっとした表情になる。

そして、アレクシスはまた彼女を強く抱きしめる。

ちゃんと彼女が腕の中にいるのを確かめるように。

「よかった……怖くて、何度も泣きそうになったけど、絶対、黒騎士様が来てくれるって信じてました」

「……遅くなりました……本当に目の前で掻《か》っ攫《さら》われるとは思わなかった」

ヴィクトリアはじっとアレクシスの顔を見つめる。

「ずっと思っていた……貴女《あなた》は綺麗《きれい》で可愛くて、俺の手になんか絶対に届かないお姫様で、貴女《あなた》を望む男はきっと星の数ほどいる。俺よりも幸せにできる男がいるだろう、夜会で、他国の王族や貴族が貴女を請うのを見ていて、もしかしたら、『この婚約はなかったことに』と切り出されるかもしれないと思っていた……」

ウェディングドレスの仮縫いの時も、ブーケの見本を手にした時も、ヴィクトリアは変わらずにアレクシスに笑顔を向けて「花嫁様になるの」と言葉にして、彼に変わらない想いを向けていた。

まるで夢のようだと、思っていた。

この第六皇女殿下が、黒騎士と恐れられる自分を幸せにする魔法なのかと。

「そういうことは、ちゃんと言ってください。わたしだって、不安だったんですよ？　黒騎士様は、わたしのこと、父上である皇帝陛下の命令だから、結婚してくれるのかなって。わたしだけが黒騎士様のことが好きで、黒騎士様は他に好きな人がいるのかなとか、政略結婚だからいやいやなのかなとか、すご一く考えた時もありましたよ！　でも、わたしが、絶対絶対、黒騎士様の花嫁様になって……幸せにしようって思ってた……」

最初は勢いがよく、彼女は怒ってるのかなとも思ったが、だんだんと声が小さくなる。

「悪かった……ちゃんと言うべきだった……貴女を愛している。ウェディングドレスを着て、俺の前に立った時に、例え神に罰せられても、俺のものだと言いたかった」

彼の言葉に胸が詰まって、黙ってヴィクトリアは彼に抱きつく。

そんな不安な様子なんか見せなかったのに、彼が本心を語ってくれるのが嬉《うれ》しかった。

「わたしたち、祭壇の前で、結婚の宣誓しようとしていたんですよ？　神様にだって罰せられません。むしろ祝福してもらわないとダメです」

アレクシスはヴィクトリアの手を握る。

「そうだった……健やかなるときも、病めるときも、喜びのときも、悲しみのときも、豊かなときも、貧しいときも、愛し、敬い、慰め、助け——この命ある限り、永遠の愛と忠誠を誓う。愛しているヴィクトリア。結婚してほしい」

順番が逆だと周囲に言われるだろうことを、彼はわかっているだろうか。

そんな不器用な彼が愛《いと》しくて、ヴィクトリアは頷《うなず》く。

「私も誓います。黒騎士様……愛してます」

アレクシスはヴィクトリアの頬を両手で包んで、彼女の唇にキスをした。

唇を離すと、アッシュは元気よくしっぽを振って、鳴き声を上げて走り始める。

その先に人々の姿が見えた。

「お迎えが……来ました。黒騎士様」

第七師団や友人、両親と姉妹、そして二人の治めるこのシュワルツ・レーヴェの領民たち。

アレクシスはかつて小さい頃のヴィクトリアを片腕で抱き上げた時と同じように、白いウェディングドレスを纏《まと》った彼女を抱き上げた。

抱き上げられたヴィクトリアは自分たちを迎える彼らに向かって手を振る。

わたしたちはここにいると、みんなにわかるように。

ほんの一瞬、春の強い風が吹いて、ヴィクトリアの白いベールが辺境領の青空に舞った。

〈『第六皇女殿下は黒騎士様の花嫁様 5』 完〉

ヒーロー文庫

第《だい》六《ろく》皇《こう》女《じょ》殿《でん》下《か》は
黒《くろ》騎《き》士《し》様《さま》の花《はな》嫁《よめ》様《さま》 5

翠川《みどりかわ》 稜《りょう》

2021年10月10日 第1刷発行

発行者 前田起也

発行所 株式会社 主婦の友インフォス
〒101-0052 東京都千代田区神田小川町3-3
電話／03-6273-7850（編集）

発売元 株式会社 主婦の友社
〒141-0021
東京都品川区上大崎3-1-1 目黒セントラルスクエア
電話／03-5280-7551（販売）

印刷所 大日本印刷株式会社

ISBN 978-4-07-449272-5